Liz Greene · Jenseits von Saturn

LIZ GREENE

JENSEITS VON SATURN

PLUTO · NEPTUN · URANUS

EINE ASTROLOGIE DES KOLLEKTIVEN

HUGENDUBEL

Herausgeber der Reihe »Kailash-Buch«: Gerhard Riemann

Aus dem Englischen von Bettine Braun

Die Originalausgabe erschien unter dem Titel »The Outer Planets and Their Cycles«

© CRCS Publications, POB 20850, Reno, Nevada 89515, USA

© der deutschsprachigen Ausgabe Heinrich Hugendubel Verlag, München
Alle Rechte vorbehalten

Umschlaggestaltung: Dieter Bonhorst
Produktion: Tillmann Roeder
Satz: Fotosatz Otto Gutfreund, Darmstadt
Druck und Bindung: Spiegel Buch, Ulm

ISBN 3 88034 225 3

Printed in Germany

Inhalt

Vorwort des Herausgebers	7
Einführung	8
Erster Vortrag	11
Zweiter Vortrag	43
Dritter Vortrag	77
Vierter Vortrag	105
Fünfter Vortrag	149
Sechster Vortrag	175
Siebenter Vortrag	205

Vorwort des Herausgebers

Die folgenden Vorträge wurden erstmals im April 1980 gehalten, und zwar im Rahmen einer geschlossenen Wochenend-Konferenz, die unter der Schirmherrschaft des Wrekin Trust bei der alten römischen Mineralquelle Bath in der Grafschaft Avon in England veranstaltet wurde. Der Wrekin Trust wurde 1971 von Sir George Trevelyan zur Untersuchung der verschiedenen Aspekte spirituellen und psychologischen Wissens gegründet. Ich war in der glücklichen Lage, verschiedene Workshops und Vorträge über eine ganze Reihe astrologischer Themen unter der Schirmherrschaft dieser Organisation anzubieten, und ich möchte an dieser Stelle Sir George Trevelyan und Malcom Lazarus, dem Programmdirektor, für ihre Unterstützung bei diesen Veranstaltungen danken.

Einführung

Von dem Vortrags-Wochenende bis zur Veröffentlichung der Vorträge sind fast drei Jahre vergangen. Manche Fragen, die ich zu jener Zeit zu erforschen begonnen hatte, haben sich inzwischen entfaltet oder verändert – so auch die Weltereignisse. In den Vorträgen befaßte ich mich hauptsächlich mit Strömungen in der kollektiven Psyche, die sowohl in der Gesellschaft als auch in Individuen als politische oder religiöse Bewegungen oder Visionen aufgetaucht waren. Nun ist durch die Geschehnisse seit dem Jahre 1980 ein Teil dieses Materials zeitgerecht eingeordnet worden. Im Jahre 1980 habe ich der damals noch zukünftigen Konjunktion von Saturn und Pluto in Waage mit einiger Beklommenheit entgegengesehen, da jedesmal in diesem Jahrhundert kurz vor Fälligwerden einer solchen Konjunktion ein größerer Krieg ausbrach. Jetzt, da ich diese Einführung schreibe, befindet sich die obige Konjunktion schon seit mehreren Monaten innerhalb der wirksamen Gradtoleranz und wird exakt bei siebenundzwanzig Grad Waage. Ein Krieg, der vorher nicht erklärt wurde, hat inzwischen stattgefunden zwischen Großbritannien und Argentinien, und im Nahen Osten ist ein weiterer Krieg ausgebrochen mit möglicherweise ernsten Folgen, da der Staat Israel sich darum bemüht hat, die Palästinensische Befreiungsorganisation zu liquidieren. Auch wenn diese Ereignisse keinen globalen Riesenbrand entfacht haben, so gab es doch Schlachten in Ausmaßen, die einer *Schutzherrschaft* der Saturn-Pluto-Konjunktion voll entsprachen.

Es ist inzwischen viel geschehen auf der Welt, und mein Verständnis für die äußeren Planeten und die von ihnen symbolisierten Kräfte hat sehr zugenommen, doch meine ursprüngliche Idee und Vorstellung von der Konferenz verbleibt unverändert in mir und schlägt sich jetzt nieder in der Veröffentlichung der Vorträge in Buchform. Meine Absicht war und ist, das Verständnis zu stärken für die tiefgreifenden und machtvollen Ausbrüche und Veränderungen in der kollektiven Psyche, jenem mütterlichen Schoß, den Jung in seinen Werken so ausführlich beschreibt als das Meer, aus dem alle Individuen hervorgehen.

In der Zeit seit der Konferenz hatte ich durch meine Studien und meine Arbeit als Jungsche Analytikerin reiche Gelegenheit, die Wirkungen der äußeren Planeten in Träumen und frischen Erlebnissen meiner Analysanden und Astrologie-Klienten zu beobachten. Diese unmittelbare Konkretisierung von bislang rein intuitiven Spekulationen aufgrund von Horoskopdeutungen hat mir bestätigt, daß es richtig ist, die äußeren Planeten als höchst bedeutungsvolle Repräsentanten des Kollektiven zu sehen, so wie sich dieses im Rahmen eines individuellen Lebens auswirkt. Die äußeren Planeten stehen für die Macht des Schicksals, wirken so lange überwältigend, blind, zwanghaft und oftmals zerstörend, bis das Ego genug Einsicht entwickelt, um unterscheiden zu können zwischen sich selbst und den kollektiven Strömungen, von denen es ein Teil ist. Wie es Jung in Band 16 seiner Gesammelten Werke ausdrückt: »Unter diesen Umständen besteht die einzige Hilfe darin, das Individuum gegen das Gift der Massenpsychose zu immunisieren.« Zusammen mit Psychotherapeuten und Pfarrern müssen sich die Astrologen heutzutage – mehr als alle anderen – bemühen um eine ausgewogene Reaktion auf die ihnen vorgetragenen panischen Ängste vor einem Holocaust oder einer Apokalypse. Diese Ängste sind heute weitverbreitet und tragen viel Unruhe in das Leben der Menschen. Das sind die Themen, denen die Wrekin Trust Conference gewidmet war. Das dringende Gefühl, in der Gemeinde der Astrologen größeres Verständnis für die äußeren Planeten wecken zu müssen, hat in den vergangenen drei Jahren keineswegs in mir abgenommen.

Als in erster Linie mit einzelnen Personen arbeitende Analytikerin ist mir jene weit verbreitete Einstellung nicht überwältigend sympathisch, wir könnten die Welt gemäß unseren edlen Vorstellungen verändern, indem wir auf Demonstrationen oder in Form von Streikpostenketten die übrige Menschheit anschreien und sie aufklären über die Schlechtigkeit gewisser Organisationen oder politischer Parteien, oder indem wir großartige und wohlgemeinte Pläne fabrizieren, mit deren Hilfe wir den blinden und stupiden Menschenmassen spirituelle Erleuchtung bringen wollen. Wir tragen ja in uns selbst genug Blindheit und Stupidität, um uns damit lebenslang oder noch länger zu beschäftigen. Ich stehe fest an der Seite Jungs, der einmal sagt: Wenn etwas nicht stimmt mit der Gesellschaft, dann stimmt etwas nicht mit dem Individuum, und wenn mit dem Individuum etwas nicht stimmt, dann stimmt etwas nicht mit mir. Gemäß diesem Ausspruch muß jeder verantwortliche Ratgeber oder Therapeut arbeiten; denn für den Menschen, der voller Hoffnung und Idealismus nach einem besseren Leben und einer besseren Welt strebt, ist die Stelle, an der er ansetzen muß, die eigene prima materia. Hier ist der Ausgangspunkt für jedes alchemistische Opus, und letzten Endes ist hier auch der einzige für das Individuum greifbare Wert, auf den es vielleicht ein Recht hat. In diesen Vorträgen werden nun zwar größere Bewegungen des Kollektiven besprochen und die Horoskope verschiedener Länder ausgelegt, doch sind die Vorträge trotzdem in erster Linie der individuellen Interpretation gewidmet. Schließlich ist es ja das Individuum, das kollektiven Mythen und Visionen Ausdruck gibt. Die Gesellschaft ist letztendlich ein Konglomerat von Individuen, keine unabhängig existierende, abstrakte Einheit. Die äußeren Planeten sind transpersonal, d. h. jenseits des Persönlichen, doch offenbaren sie sich durch die Psyche von Individuen, das heißt, durch Sie und mich. Aus diesem Grunde glaube ich, daß ein Mensch, der sich wahrhaft um die Frage nach Gut und Böse in der Welt bemüht, sich letztendlich auch in seinem eigenen Inneren dieser Frage stellen muß. Denn man selber ist der einzige Ort, an dem einige Hoffnung dafür besteht, eine Lösung zu finden. Gut und Böse auf Staaten oder Ideologien zu projizieren ist ein faszinierender, einen selbst beschwichtigender Zeitvertreib, führt aber nirgendwohin außer zu Hoffnungslosigkeit und Verzweiflung – wie sie ja derzeit allgemein verbreitet sind.

Diese Vorträge liefern also keinerlei Lösungen für das Ach und Weh dieser Welt. Der Leser wird auch schwerlich eine ausgesprochen politische Richtung in ihnen feststellen können. Es werden in der Tat keine Patentrezepte angeboten. Meine Absicht war es, Fragen aufzuwerfen und individuelle Überlegungen für die Nutzanwendung unserer astrologischen Einsichten anzuregen, die uns vielleicht zur Rolle der äußeren Planeten in unseren eigenen Leben kommen mögen. Das war und bleibt auch unverändert Sinn und Ziel dieser unserer Wrekin Trust Conference.

London, November 1982   L. G.

Erster Vortrag

Das Thema der äußeren Planeten habe ich deshalb für unsere Tagung ausgewählt, weil ich den Eindruck habe, daß heute ganz allgemein eine ungeheure Angst vor der Jahrtausendwende umgeht. Ich frage mich, wieso eigentlich? Diese Angst, so kommt es mir vor, ist geradezu ein Warten auf den Weltuntergang. Und tatsächlich sprechen mehrere ganz rationale Gründe dafür, daß die Welt untergeht – wie etwa die übermäßige Anhäufung von russischen Waffen an der deutschen Grenze oder die wachsende Zahl von Kernwaffen und Atomwerken. Wenn man den Fernseher einschaltet oder eine Zeitung in die Hand nimmt, dann kann einem wirklich sehr rasch das kalte Grausen kommen. Wer all diese Gefahren ignoriert, ist entweder unaufrichtig oder dumm. Darüber hinaus macht sich aber noch ein gewisses Etwas breit, das aus all den drohenden Gefahren allein nicht zu erklären ist und das es einem schwer macht, ganz nüchtern auf die bestehende kritische, aber dennoch in den Griff zu bekommende Weltsituation zu reagieren. Wir stehen nicht nur am Ende eines Jahrhunderts und Jahrtausends, sondern auch eines astrologischen Zeitalters. Zu solchen Zeiten gebiert die menschliche Gesellschaft die merkwürdigsten Phantasien, die zwar mit äußeren Ereignissen zusammenhängen können, aber nicht von ihnen verursacht werden.

Auf einer unterschwelligen Ebene werden wir von einem Gefühl beschlichen, das uns allesamt in angstvolle Erregung versetzt, und zwar weit hinaus über unsere üblichen, bewußten Reaktionen auf Zeitungsnachrichten. Das Gefühl, daß uns etwas bevorsteht, daß eine große Veränderung auf uns zukommt. Wer die Prophezeiungen der Hellseher für das kommende Ende des Jahrhunderts kennt, weiß, daß Flutwellen, ungeheure Erdbeben, landende Ufos, die Wiederkehr Christi oder ein Polsprung vorausgesagt werden. Diese Prophezeiungen sind jedoch keinesfalls einmalige Erscheinungen. Es sind die archetypischen Bilder einer Veränderung, einer tiefen, psychischen Veränderung auf einer unbewußten kollektiven Ebene. Solche Bilder finden wir in den Träumen von Menschen, die in ihrem inneren oder äußeren Leben eine tiefgehende Wandlung erleben. Solche Bilder begegnen einem aber auch in den Prophetenworten am Ende von Jahrhunderten – und zwar an allen Jahrhundertwenden. Diejenigen unter uns, die auf dem Gebiet der Astrologie arbeiten, brauchen nur in den Ephemeriden die denkwürdigen Konjunktionen aufzuschlagen, die in den nächsten zwanzig Jahren auf uns zukommen. Nicht etwa, daß es solche Konjunktionen noch nicht gegeben hätte. Nur jetzt, wo sie mit dem Ende des Jahrtausends zusammenfallen, versetzen sie die Menschen in Panik – sogar manche Astrologen, die es eigentlich besser wissen müßten! Neulich wurde ich noch spät abends angerufen, und eine Stimme sagte: »Nicht wahr, Sie sind doch Astrologin? Es stimmt doch, daß im Jahre 1984 sämtliche Planeten kollidieren?« Solche Erlebnisse meine ich. Ich gestehe, ich war richtig verstört. Es scheint mir eine dunkle Vorahnung in der Luft zu hängen, die man aber nicht unbedingt auf die Weltereignisse zurückführen kann. Ich finde es schon schwierig genug, mit den Gegebenheiten des täglichen Lebens fertig zu werden – und nun noch diese sonderbaren Phantasien und Weltuntergangsängste! Manche Phantasien sind spirituell überzogen, wie z. B. die von der Wiederkehr Christi, andere dagegen konkret übertrieben, wie die eines weltweiten Holocausts.

Wenn wir es nun mit unserem psychologischen Scharfsinn fertigbringen, diese Strömungen annähernd zu verstehen, so sollten wir uns doch davor hüten, von uns selbst anzunehmen, wir allein hätten uns unsere Vernunft bewahrt, wir allein könnten die Dinge objektiv überblicken und reagierten anders als die übrige Menschheit. Das kollektive Unbewußte – nach Jung die allen Menschen gemeinsame tiefere Schicht der menschlichen Psyche – ist ein Bereich, von dem wir nicht allzuviel wissen. Ziemlich viel dagegen wissen wir vom kollektiven Bewußtsein und seinen von der Gesellschaft geschaffenen Regeln und Strukturen, durch die es uns vermutlich möglich gemacht wird, miteinander zu leben und zu arbeiten. Aber der unter der Oberfläche dieser Strukturen fließende unterirdische Strom ist und bleibt mysteriös. Daß er überhaupt vorhanden ist, wird uns erst bewußt, wenn er einmal ins äußere Leben ausbricht, sich offenbart etwa in einem plötzlichen Aufstand einer Menschengruppe oder eines ganzen Volkes, vielleicht als Revolution gigantischen Ausmaßes, die in einem Blutbad endet. Ganz wie ein Individuum kann auch eine ganze Nation in eine Psychose verfallen, wobei sich eine große Anzahl sonst völlig vernünftiger Menschen in einen kreischenden Mob verwandelt. Man kann das gleiche in kleinem Stil bei jedem Fußballspiel beobachten. Manche Menschen infizieren sich leichter als andere – sie sind eben offener. Andere Menschen halten sich für immun – aber auch sie schweben ständig in Gefahr, sich zu infizieren. Dann gibt es Menschen, die eine angeborene natürliche Beziehung zur Welt der kollektiven, unbewußten Psyche zu haben scheinen und es doch fertigbringen, in Einklang mit dieser Welt zu leben. Das sind die Künstler, die Visionäre. Weil sie vertraut sind mit dem kollektiven Unbewußten und ihm durch ihre ganz persönlichen schöpferischen Bemühungen Ausdruck geben können, sind sie nicht so überrascht wie die übrige Menschheit, wenn es irgendwo auf der Welt einen plötzlichen Ausbruch gibt. Ich denke dabei an William Butler Yeats und sein Gedicht *The Second Coming,* das er schon lange Zeit vor dem Aufkommen des Nationalsozialismus in Deutschland schrieb – es ist die Vision eines neuen astrologischen Zeitalters, eine grauenvolle Vision, in keiner Weise erfüllt von Liebe und Brüderlichkeit. Der Künstler und der Visionär werden von aus jener merkwürdigen Welt aufsteigenden Bildern bedrängt, ihre Zwänge werden zu Botschaften. Die Grenze zwischen dem Künstler und dem Menschen mit einer Psychose ist unscharf – ich glaube, weil beide Verbindung haben mit dem kollektiven Unbewußten. Und dann gibt es Menschen, welche die Kräfte dieses Bereiches zu manipulieren versuchen – zum Guten oder Bösen.

Adolf Hitler ist für mich ein treffendes Beispiel für einen Menschen, der die Bilder des kollektiven Unbewußten für seine ureigensten zwielichtigen Zwecke erfolgreich zu manipulieren verstand. Auf den Gebieten der Politik und Religion gibt es eine ganze Anzahl begabter Manipulatoren. Ich bin der Meinung, daß über dieses Thema einmal gesprochen werden muß, nicht nur wegen dem, was in den nächsten Dekaden auf uns zukommt, sondern auch, damit wir uns einen historischen Rückblick verschaffen auf die Ereignisse bei früheren großen Konjunktionen und Jahrtausend-Visionen und aus der Vergangenheit Lehren ziehen können. Dann sind wir vielleicht besser in der Lage, die aufkommenden Tendenzen zu ermessen, genauso wie diejenigen unter Ihnen, die individuelle Astrologie studieren, mit Hilfe ihrer aus der Vergangenheit gewonnenen Erfahrungen neue Horoskope für die gegenwärtige Zeit auszulegen versuchen.

Ich bin überzeugt, daß wir aus einem individuellen Radixhoroskop eine Menge herauslesen können über die Durchlässigkeit und Empfänglichkeit des Horoskopeigners für die Mächte des Kollektiven. Die Menschen, die ja im Erleben jener mystischen Welt und in ihren Reaktionen auf sie sehr verschieden sind, legen ihre Erlebnisse – die sich im Leben jedes Menschen anders ausdrücken – sehr verschieden aus. So kommt es, daß ein Mensch eine große Veränderung vorausfühlt und deshalb in Panik gerät, während ein anderer Mensch ganz unbefangen dahinlebt bis zu dem Augenblick, in dem ihm sein Haus überm Kopf zusammenbricht.

Dies ist ein Boden, den Astrologen meist nicht betreten. Aber Jung hat eine Menge geschrieben über seine Beobachtungen auf diesen Gebieten. Viele Menschen sind der Ansicht, daß seine Arbeiten über die Archetypen und das kollektive Unbewußte bei weitem sein großartigster Beitrag zur Psychologie sind. Die meisten unserer modernen Therapien befassen sich mit dem Individuum, mit seinem Inneren oder mit seiner Anpassung an die Gesellschaft. Das muß so sein, denn das Kollektive ist durch eine Therapie nicht zu behandeln. Wir können nur versuchen, uns selbst zu erforschen. Dies ist ein weiterer Grund, weshalb die Ausbrüche des Kollektiven so problematisch und geheimnisvoll sind. Jung arbeitete recht viel mit Mythen, die für ihn die Bilder waren, durch die das Kollektive sich in den Kulturen ausdrückt. Ich bin der Meinung, daß wir dieses Material allmählich in die Astrologie einführen sollten. In früherer Zeit, besonders in der Renaissance, arbeiteten die Astrologen mit der Annahme, das Kollektive drücke sich in Eklipsen und großen Konjunktionen aus. Ihre Interpretationen waren immer ganz buchstäblich und bezogen sich auf Kriege, Seuchen oder das Sterben von Königen. Wir heute halten diese Dinge nicht für sehr brauchbar. Wir wissen auch nicht viel über den Einfluß, den die Astrologie in der Zeit der Renaissance auf politische Handlungen hatte. Wie schon gesagt, befasse ich mich mit diesen Fragen, weil viele Menschen sich stark ängstigen und natürlich zuerst an den Astrologen herantreten, um von ihm zu erfahren, ob die Welt wirklich untergeht. In all diesen Jahrtausend-Terror möchte ich nun etwas hoffnungsvollere Töne anstimmen. Meine Hoffnung beruht nicht auf der idealistischen oder mystischen Annahme, daß wir etwa eine Verklärung der menschlichen Geistigkeit und Herrlichkeit erleben werden. Beim gegenwärtigen Stand der Dinge wäre es ziemlich dumm, so etwas anzunehmen. So etwas könnte sich vielleicht allenfalls bei Wrekin Trust-Konferenzen bewahrheiten. Dennoch handelt es sich um ungeheuer mächtige, schöpferische Kräfte, die sich nicht immer nur in zerstörerischer Weise auszudrücken brauchen. Auch ich weiß keine Antwort darauf, was man mit ihnen anfangen sollte, doch bin ich der Meinung, es könnte für uns von Wert sein, wenn wir lernen, diese Kräfte etwas besser zu verstehen, und erkennen, wo sie sich auswirken in unseren ureigensten Lebensläufen.

Ich muß nun diejenigen hier im Raum um Verzeihung bitten, die völlige Neuanfänger sind, weil wir jetzt ein paar Horoskope besprechen wollen, die Sie nicht werden entziffern können. Es stand aber im Programm, daß gewisse astrologische Grundkenntnisse eine wichtige Voraussetzung für die Teilnahme an dieser Konferenz sind, und so ist es Ihre eigene Schuld. Sie wurden auch gebeten, Ihre eigenen Radixhoroskope mitzubringen. Wenn jemand von Ihnen Fragen stellen möchte und mir dazu sein Horoskop gibt, können wir es an die Tafel heften. Leider reicht die Zeit nicht aus, um die Horoskope aller Teilnehmer zu besprechen.

Ich werde auch die Horoskope von Persönlichkeiten hinzuziehen, die in Gegenwart oder Vergangenheit als bedeutende Werkzeuge oder Medien für das Kollektiv gedient haben, wobei ich sehr dunkle und sehr helle Gestalten zu besprechen gedenke. Wir können dabei erforschen, welche Faktoren der Geburtshoroskope besondere Anfälligkeit für das Kollektiv anzeigen. Es gibt, wie ich schon sagte, Menschen, die nur sehr geringe Beziehungen dazu haben. Sie sind sich des Kollektiven überhaupt nicht bewußt, obwohl es stets ein Teil jeder Psyche ist und schließlich einmal durchschlägt. Andere Menschen wieder ahnen eine Veränderung schon zwanzig oder dreißig Jahre ehe sie eintritt. Die entsprechenden Bilder tauchen in ihren Träumen, ihren Phantasien und künstlerischen Schöpfungen auf. Ich erwähnte bereits Yeats mit seiner Prophezeiung von Unordnung und Chaos, die über die Welt hereinbrechen würden. Er beschreibt ein grimmiges Tier, dessen Stunde gekommen sei und das sich nach Bethlehem schleiche, um dort geboren zu werden. Yeats starb gerade, als Hitler sich darauf vorbereitete, in Polen einzumarschieren.

Yeats schrieb sein Gedicht, ehe auch nur ein einziger Mensch ahnte, was in Deutschland geschehen sollte. Ich möchte nicht behaupten, er habe Hitler prophezeit, aber Yeats hatte sich eingehend mit Astrologie und den astrologischen Zeitaltern beschäftigt. Für ihn handelte es sich um eine Vision des Wassermann-Zeitalters. Es war aber auch das Erlebnis eines überwältigenden Bildes von Chaos und Raserei, die unmittelbar aus den Tiefen des Kollektiven auszubrechen drohten – was dann auch geschah, kurz nachdem Yeats geschrieben hatte, daß Deutschland als Hebamme daran beteiligt sein würde.

Jahrtausendphantasien scheinen zyklisch aufzutreten. Aber sie brechen anscheinend nicht nur alle tausend Jahre hervor, sondern auch zu den Halbzeiten, also alle fünfhundert Jahre. Das scheint besonders für die Jahrtausendbewegungen in der christlichen Welt zuzutreffen. Auch sie werden in Zeiten großer Konjunktionen mächtig. Ich nenne Ihnen ein Beispiel dafür, wie sich das ausgewirkt hat. Im Jahre des Herrn 1524, wie man damals sagte, fand eine gewaltige Konjunktion statt, um vieles eindrücklicher und bedeutender als die Planetenkonjunktionen, die in einigen Jahren fällig sind, und zwar wegen der Anzahl der damals beteiligten Planeten. Sie können sich vorstellen, daß im Jahre 1524 die Astrologen ganz hysterisch wurden. Ihnen waren nur sieben Himmelskörper bekannt, und diese sieben standen alle in Konjunktion im Zeichen Fische. Neptun war damals auch beteiligt, aber davon wußten sie noch nichts. Natürlich nahmen alle an, daß der Weltuntergang bevorstehe, und sie meinten das ganz buchstäblich. Keine Rede von Symbolen oder dem kollektiven Unbewußten. Fische ist ein Wasserzeichen, und wenn alles am Himmel in den Fischen steht, dann geht eben die Welt unter in einer großen Flut. Im Jahre 1000 hatten ebenfalls alle Menschen den Weltuntergang erwartet. Aber die Tatsache, daß die Welt damals nicht untergegangen war, beruhigte die Menschen im Jahr 1524 in keiner Weise. Ein Astrologe in England baute sich eine Arche, was angesichts all des zu erwartenden Wassers ganz vernünftig war. Die Menschen des sechzehnten Jahrhunderts dachten anscheinend nicht an psychische oder innere Veränderungen. Auch wir heute verstehen diese Dinge noch nicht wirklich. Das Jahr 1524 kam und ging, aber es ereignete sich nicht viel. Wenigstens äußerlich. Es fanden einige Kriege statt, aber das war damals nichts Ungewöhnliches. Daß Frankreich in Italien einfiel oder Österreich-Ungarn in Frankreich, war nichts Außerordentliches. Es gab einen kleinen Ausbruch der Schwarzen Pest, der sich aber auf Südfrankreich beschränkte und nicht zu vergleichen war mit dem großen Ausbruch der Pest im vierzehnten Jahrhundert, dem ein Drittel der Weltbevölkerung zum Opfer fiel. Während der Dekade, in der sich die große Konjunktion zusammenzog und wieder auflöste – wir müssen uns vor Augen halten, daß solche Konjunktionen genau wie jeder andere Transit oder jede Progression ihre Zeit des Aufbaus und ihre Zeit der Ausbreitung haben –, passierte nicht so viel, um all diesen Schrecken zu rechtfertigen. Das einzige denkwürdige Geschehnis war, daß ein zorniger junger Mann namens Martin Luther hinging und ungezogene Sentenzen über die Kirche an Kirchentüren nagelte – und daß einige wenige Menschen aufhorchten.

Die Welt ging also insofern unter, als die vorherrschende, bisher ganz unbezweifelte Ansicht über die Welt unterging. Ein großer Riß erschien in der bisher unerschütterlichen Bastion des Einen Wahren Glaubens, der fünfzehn Jahrhunderte lang in der westlichen Welt dominiert hatte. Für uns ist es heute schwer zu verstehen, wie gewaltig dieses Geschehen war. Bis Luther gab es einfach keine geistige Wirklichkeit außer der katholischen Kirche. Abgesehen von einigen Einzelerscheinungen in Form von Ketzern würde es niemand in der Bevölkerung gewagt haben, den katholischen Weg zur Erlösung auch nur anzuzweifeln. Ich hoffe, diese Geschichte beweist Ihnen ebenso wie mir, daß sich der Weltuntergang auch auf einer subtileren Ebene als im grobstofflichen Bereich abspielen kann.

Die Zeit des Endes kann sich auf verschiedensten Ebenen abspielen. Das hängt auch von dem ab, was vorhanden ist in jener Welt, die durch aufbrechende neue Energien verändert wird. Ich bin der Meinung, daß ist weitgehend bedingt durch die in der Gesellschaft vorhandenen Strukturen, dadurch, wie flexibel oder starr sie sind und wie weit sie sich einer Veränderung anzupassen vermögen. Das wiederum hängt weitgehend ab vom Stand bzw. der Qualität des Bewußtseins der die Gesellschaft prägenden Individuen. Denn nur ein Wert, der sich in Übereinstimmung mit der ihn tragenden Form befindet, kann sich ausdrücken.

Die Konjunktion des Jahres 1524 brachte eine Veränderung mit sich, die schon vorausgesagt worden war und die lange Zeit gebrodelt hatte. Sie lag bereits in der Luft durch das Vorgehen Heinrichs des Achten, dessen Bruch mit dem Papsttum eher persönliche als visionäre Gründe hatte. Heinrich traf auf einen gut vorbereiteten Boden. Kurios an der Sache war, daß die Astrologen, die der Reformation positiv gegenüberstanden, also vor allem in Deutschland und in der Schweiz, sofort verbreiteten, die große Konjunktion des Jahres 1524 sei ein Vorbote Luthers, die Sterne stünden auf seiner Seite, die Konjunktion begünstige ihn und zeige an, daß es Gottes Wille sei, daß die Kirche ihr korruptes Wesen ablegen möge. Wie Sie sehen, kann man allem, auch den Planeten, eine politische Bedeutung unterlegen. Wie dem auch sei – ich habe das Gefühl, daß jetzt eine ähnliche Veränderung in der Luft liegt. Eine drängende kollektive Sehnsucht äußert sich auf vielerlei Weise. Meiner Meinung nach spiegelt der Trend zur Erforschung des eigenen Inneren, wozu die Entwicklung neuer Therapien, die Meditation, die Astrologie und andere verwandte Bestrebungen zu rechnen sind, diese Sehnsucht nach einer alternativen Sicht der Wirklichkeit wider. Wenn eine Veränderung vor der Tür steht, fürchtet man auch den Tod, denn irgend etwas muß sterben, um Platz zu machen für die Veränderung. Das spiegelt sich in den Träumen eines Menschen, dessen Persönlichkeit eine tiefe Veränderung erlebt. Er träumt vielleicht, daß alte Leute sterben – der Vater oder die Mutter oder ein altes ausgewachsenes Selbst – und erleidet einen panischen oder depressiven Zustand, bis das Neue hervortritt und er die Notwendigkeit, daß etwas Altes sterben muß, einsieht.

Es gibt keine Veränderungen, ohne daß dabei irgend etwas stirbt. Alle derartigen Bewegungen in der Psyche bewirken, daß sich Todesbilder damit verbinden. Die Religionen wissen das schon von alters her, sie pflegen deshalb Mythen von sterbenden und auferstehenden Göttern. Dem Erlebnis einer Neugeburt oder einer Erlösung muß stets der Tod eines alten Wertes vorausgehen. In allen Kulturen stellen die Initiationsriten symbolisch den Tod dar als den Vorboten für die Geburt der geretteten oder erlösten Seele. Viele Künstler machen eine tiefe Depression durch, ehe ihre künstlerische Kraft von neuem hervorbricht. Ich bin also der Meinung, daß ein gut Teil der gegenwärtigen Jahrtausendängste, wie schon ähnliche Ängste in der Vergangenheit, genauso stark gespeist sind von Vorahnungen von großen Veränderungen wie von der Furcht vor einer buchstäblichen Zerstörung der realen Welt.

Damit will ich keineswegs implizieren, daß die nächsten zwanzig Jahre wunderbar werden, etwa besser als die Jahre nach der Konjunktion des Jahres 1524. Die in ganz Europa ausbrechenden Religionskriege waren ja unmittelbare Auswirkungen der Reformation. Sie zogen sich hin bis ins nächste Jahrhundert, bis zum Dreißigjährigen Krieg – und im Problem Nordirland begegnen sie uns immer noch. Luther brachte nicht den Frieden, sondern das Schwert. Ich zweifle nicht daran, daß in den nächsten beiden Dekaden ein paar Überraschungen auf uns warten, obwohl Gott angeblich Engländer und deshalb gesittet sein soll. Wir sind Menschen, nicht Engel, und in der Welt existiert viel Armut, Unterdrückung, Ungerechtigkeit, viel Wut und Raserei. Der Schulterschluß von Uranus, Saturn und Neptun, der uns noch in der laufenden Dekade erwartet, wird – dessen bin ich sicher – in Politik und Wirtschaft einige umwerfende Wirkungen zeitigen. Sie können sich sicher vorstellen, welche Aufregungen diese Konjunktionen einem Menschen, in dessen Horoskop sie sich spiegeln, bereiten werden – und nun stellen Sie sich vor, wie es wird, wenn diese Konjunktionen in den Horoskopen mehrerer Länder relevante Punkte ansprechen. Betroffen sind z. B. Großbritannien, Amerika und die Sowjetunion. Zweifellos wird das Kollektive an allen empfindlichen Stellen in Aufruhr geraten. Das bedeutet aber noch lange keinen Weltuntergang.

Es besteht ein sehr wichtiger Unterschied zwischen der bevorstehenden vielfachen Konjunktion und früheren ähnlichen Planetenballungen. In den vergangenen Jahrhunderten gab es bei großen Konjunktionen keinerlei individuelle Reaktionen. Kein Mensch lief damals herum und dachte nach über den Sinn seiner Identität oder seines inneren Selbst, abgesehen vielleicht von einigen Neuplatonikern. Wenn ein Mensch ein Gespür hat für die Stellung, die seine Individualität über die Gesellschaft hinaus einnimmt, der er angehört, werden kollektive Veränderungen ganz anders auf diesen Menschen wirken.

Solche Überlegungen liegen auf der gleichen Linie wie bestimmte Gedankengänge Jungs. Jung stellt folgendes fest: Wenn mit der Gesellschaft etwas nicht stimmt, dann stimmt auch etwas nicht mit dem Individuum, und wenn mit dem Individuum etwas nicht stimmt, dann stimmt auch mit mir etwas nicht. Für mich heißt das, wenn im Kollektiv etwas Umwälzendes passiert, dann muß die einzige Sicherheit im gefestigten Sinn der ureigensten Individualität ruhen. Sonst besteht keine Möglichkeit, den Ausbruch in ruhige Kanäle zu leiten, ohne daß man ein Opfer des Kollektiven wird, das einen blindlings mit fortschwemmt. Und weil das Kollektive blind ist und von keinem Bewußtsein ausgerichtet wird, kann man keine höfliche Diskussion mit ihm abhalten und auch nicht sorgfältig Buch darüber führen, wer bezahlen muß und wer nicht. Diese Ausbrüche sind wie wilde Ströme und von einer Rücksichtslosigkeit, wie sie einem nur in der blinden Natur begegnen, nicht aber im reflektierenden Geist eines Menschen. Sie begegnen uns aber im Naturbereich des zivilisierten Menschen, in seinem Kollektivbereich, der ihm weitgehend unbewußt ist. Das Kollektive theoretisiert nicht. Es strebt auf sein Ziel zu, ähnlich der Macht der Wehen, wenn ein Kind geboren wird. Wer davon erfaßt wird, wird mitgerissen. Es gibt keine Garantie für das Resultat. Es kann eine Renaissance entstehen wie um das Jahr 1500. Oder es entsteht ein nationalsozialistisches Deutschland. Beide Möglichkeiten sind in uns, sowohl in der Gesellschaft wie auch im einzelnen Individuum. Wie gut kann man verstehen, daß Jung sich mit diesen Dingen beschäftigt und stets, wenn er über das Phänomen des Nationalsozialismus in Deutschland schreibt, folgendes unermüdlich als seine Überzeugung wiederholt: Wenn wir keine Wiederholung solcher Erfahrungen wünschen, dürfen wir nicht von Gesetzen, Rechtsstrukturen, von religiösen Idealen oder politischen Parteien erwarten, daß sie eine solche Wiederholung verhindern. Unsere einzige Hoffnung besteht darin, daß wir erkennen, an welcher Stelle in uns die Schlacht geschlagen wird, und daß wir versuchen, zwischen unseren eigenen individuellen Werten und der um uns ausbrechenden Bewegung zu unterscheiden.

Ich präsentiere Ihnen jetzt ein Diagramm an der Tafel, das dazu dienen soll, Ihnen die schwierige Vorstellung vom Kollektiven und Individuellen näherzubringen. Das Diagramm stammt aus Jolande Jacobis Buch über Jungs Psychologie. Ich finde es sehr nützlich.

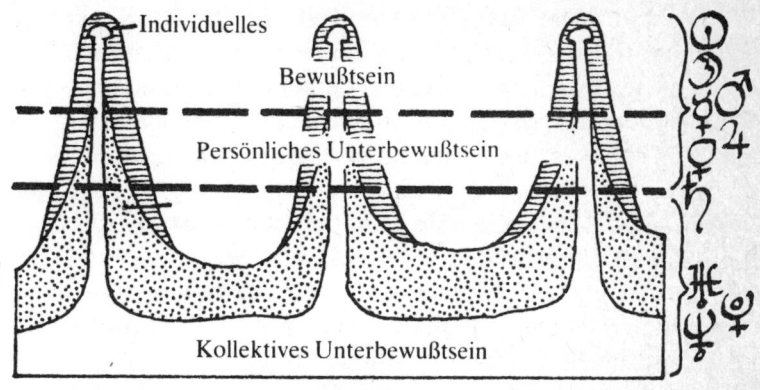

Abbildung 1:
Die Struktur der Psyche und ihre Beziehung zu den inneren und den äußeren Planeten

Von oben gesehen, wirken die einzelnen Berggipfel ganz wie völlig voneinander getrennte Einheiten. Der oberste Abschnitt dieser Berge stellt die individuellen Persönlichkeiten dar. Auf dieser Ebene sind wir ganz voneinander getrennt, denn wir unterscheiden uns völlig voneinander. Jeder Mensch hat ein Horoskop für sich, und wenn wir die individuellen Punkte eines Horoskopes betrachten, wie z. B. den Aszendenten, das MC, die Sonne oder den Mond, haben wir die Landkarte eines in sich abgeschlossenen Individuums vor uns. Vom astrologischen Standpunkt aus gesehen, bedeuten Sonne, Mond, Merkur, Venus, Mars, Jupiter und die vier Eckpunkte des Radixhoroskops die Kräfte, Bedürfnisse und Merkmale eines einzelnen Individuums. Durch die Plazierung dieser Planeten in den verschiedenen Zeichen und Häusern und durch die Aspekte dieser Planeten wird die individuelle Persönlichkeit beschrieben.

Unter dem eben besprochenen obersten Abschnitt sehen Sie einen zweiten Abschnitt, in dem die Berge immer noch voneinander getrennt sind. Diese tiefere Schicht steht für eine Ebene der Psyche, die von der Tiefenpsychologie erforscht wird. Jung hat diese Schicht das persönliche Unbewußte genannt – Freud nennt sie das Unterbewußtsein. Es ist jene Seite der Persönlichkeit, die im Schatten liegt, die wir nicht sehen können, weil sie sich hinter uns befindet. Sie ist noch individuell, aber die meiste Zeit unseres Lebens möchten wir lieber nichts davon wissen, daß diese Seite auch ein Teil von uns ist. Sie enthält alles Material aus der Kindheit – mit den Eltern zusammenhängende Komplexe, unterdrückte Traumata und Wunden, begrabene Emotionen, ungelebte Möglichkeiten, unentwickelte Talente. Alles, was am Bergesgipfel liegt, ist mir bekannt als zu mir gehörig. Was in der mittleren Schicht liegt, gehört mir auch, es kann aber sein, daß es mir nicht bewußt ist. Zwischen den beiden Bereichen befindet sich eine Schwelle – und dem Überschreiten dieser Schwelle und der Befreiung von in der mittleren Schicht aufgestauten Inhalten sind die Bemühungen vieler Psychotherapeuten gewidmet. Je mehr ein Mensch von all den in diesem Schattenreich verborgenen Inhalten bewältigen kann, desto vollkommener wird er, desto stärker lebt er sein eigenes Leben.

Astrologisch ausgedrückt heißt das, daß ich auf dieser Schwelle zwischen der hellen und der dunklen Seite der Persönlichkeit Saturn plazieren würde. Saturn ist die hemmende Schwelle. Er symbolisiert die Grenzen. Weiter bin ich der Meinung, daß er auch die Grenze zu der unteren Region hier beherrscht, dem Bereich, wo die einzelnen Berge aus einer großen Landmasse aufsteigen. Die scheinbar getrennten Gipfel wachsen aus einem gemeinsamen Wurzelbereich auf. Wenn man sie von hier aus betrachtet, sind sie keine Individuen. An dieser Stelle hier möchte ich die äußeren Planeten Uranus, Neptun und Pluto anordnen. Wenn jemand von Ihnen mit Chiron experimentiert, nehme ich an, daß er auch ihn hier im kollektiven Bereich anordnen würde.

Wenn Sie ein Horoskop betrachten, können Sie von den inneren Planeten eine ganze Menge ablesen über das individuelle Temperament und Potential des Horoskopeigners. Die äußeren Planeten dagegen sagen mehr aus über die Masse, zu der ein Individuum gehört. Die Umlaufzeiten der äußeren Planeten sind viel länger. Die Umlaufzeit von Uranus beträgt vierundachtzig Jahre. Er bleibt ungefähr sieben Jahre in einem Zeichen. Neptun braucht einhundertachtundsechzig Jahre für die Umrundung des Zodiaks. Er bleibt ungeführ vierzehn Jahre in einem Zeichen. Pluto braucht zweihundertachtundvierzig Jahre. Seine Umlaufbahn ist elliptisch. Den Skorpion durcheilt er in etwa achtzehn Jahren, für den Stier dagegen benötigt er ca. dreißig Jahre. Die langsameren Planeten stehen in engem Zusammenhang mit der Generation, zu der ein Mensch gehört und auch zu den Strömungen in einzelnen Generationsgruppen. Eine Generation ist eine sehr vage Einheit. Wir benutzen das Wort Generation in der Alltagssprache, z. B. wenn wir von Generationsunterschieden zwischen älteren und jüngeren Menschen sprechen. Es gibt aber keine starre Grenzlinie zwischen einer vorhergehenden und einer nachfolgenden Generation. Diese Gruppen überschneiden sich, je nachdem, ob man Uranus, Neptun oder Pluto in Betracht zieht. Der Altersabstand zwischen einem Individuum und seinen Eltern kann beträchtlich variieren, z. B. gibt es Frauen, die schon mit fünfzehn Jahren Kinder gebären, und Männer, die noch mit siebzig Jahren Kinder zeugen. Es gibt kein eindeutiges biologisches Kriterium, welches die einzelnen Generationen voneinander abgrenzt. Es gibt aber eine eindeutige Linie, die eine Siebenjahresgruppe mit bestimmten Grundverhaltensweisen umreißt: Sie alle haben Uranus im gleichen Zeichen. Dann gibt es eine Vierzehnjahresgruppe mit Neptun im gleichen Zeichen und eine Achtzehn- bis Dreißigjahresgruppe mit Pluto im gleichen Zeichen. Also gibt es bestimmte Menschen-Kollektive, deren Mitglieder auf einen bestimmten Mythos oder eine Struktur ansprechen, die von einem äußeren Planeten verkörpert werden.

Eine einleuchtende, wenn auch vereinfachende Metapher für die obigen Zusammenhänge liefert uns ein Musikstück. Erstens gibt es einen Grundrhythmus, den Rhythmus der Baßnoten oder der Trommel, mit dem die Gesamtstruktur des Stückes festgelegt ist. Dann gibt es eine etwas bewegtere Linie, durch die verschiedene Werte und wechselnder Ausdruck hinzukommen. Schließlich läuft in der Höhe eine Melodielinie, die in beide anderen Linien hineinschwingt und doch synchron mit beiden verläuft. So laufen verschiedene Grundstrukturen nebeneinander her und bilden doch zusammen ein komplettes Musikstück. Wenn Sie zum Beispiel im Jahre 1946 geboren sind, steht Neptun bei Ihnen in der Waage, Uranus in den Zwillingen und Pluto im Löwen. Sind Sie 1951 geboren, ist Ihr Neptun zwar noch in der Waage und Pluto noch im Löwen, aber Uranus ist bereits im Krebs. So gibt es auf manchen Gebieten Ähnlichkeiten zwischen Ihnen und der Gruppe, deren Neptun in der Waage und deren Pluto im Löwen steht, was aber uranischen Ausdruck anbelangt, werden Sie sich von der obigen Gruppe unterscheiden.

Die wechselnden Gruppierungen der äußeren Planeten zeichnen sich z. B. durch die unterschiedlichen Lebensanschauungen der verschiedenen Generationen ab. Der einen Generationsgruppe sind bestimmte Werte wichtig, die sowohl der vorhergehenden als auch der darauffolgenden Gruppe überhaupt nichts bedeuten. Ich möchte nun etwas ausführen, was diese äußeren Planeten bedeuten könnten, weil ich der Meinung bin, daß ein Verständnis dafür sehr nützlich sein kann. Wir begreifen dann nicht nur, Träger welcher kollektiven Werte wir selbst sind, sondern auch, wie alle die verschiedenen Gruppen zusammenwirken, um ein großes Webmuster innerhalb des kollektiven Organismus zu bilden. Ich bin überzeugt, daß die äußeren Planeten hauptsächlich durch das Unbewußte wirken. Das sind nicht etwa Kräfte, die vom Ich gebändigt, manipuliert oder gelenkt weden können. In der Weise funktionieren sie gewiß nicht. Versuchen Sie einmal, einen Uranus-, Neptun- oder Plutotransit zu lenken! Dazu wünsche ich Ihnen viel Glück.

FRAGE: Was ich bei dieser Skizze nicht richtig verstehe, ist, wie weit der Mensch unbewußt lebt. Wenn Sie über das kollektive Unbewußte sprechen, wollen Sie damit sagen, daß alle Menschen das gleiche Unbewußte haben? In welchem Ausmaß sind die Menschen mit dem Unbewußten verbunden? Verbindet z. B. das kollektive Unbewußte alle Menschen, die hier im Zimmer sind, auf einer ganz bestimmten Ebene?

LIZ GREENE: Auf diese Fragen kann ich keine ganz befriedigende Antwort geben, genausowenig, wie ich diese Dinge in voller Entsprechung durch eine zweidimensionale Zeichnung auf einer Tafel darstellen könnte. Ich kann nur über eigene Beobachtungen und Erfahrungen sprechen oder Persönlichkeiten wie z. B. Jung anführen, die ja viel mehr als ich beobachtet und erfahren haben. Aber ja, es gibt eine gemeinsame Hauptebene, auf der sich alle menschlichen Wesen instinktiv gleich verhalten. Und zwar ist das nicht nur die biologische Ebene des Sexus, der Aggression und des Hungers, sondern auch die Ebene der hohen Ziele und der religiösen Visionen. Anscheinend haben wir alle die gleiche psychische Struktur, die in allen Zeitaltern durch einander ähnliche Mythen ihren Ausdruck findet. Freud investierte viel Zeit in die Erforschung der Strukturen des Instinkts im kollektiven Unbewußten, das er das Es, nicht das kollektive Unbewußte nannte. Er fand zwei Grundinstinkte, die in jedem menschlichen Wesen existieren – den Instinkt, sich zu vermehren, und den Instinkt zu zerstören – und nannte sie Eros und Thanatos, sexuelle Begierde und Todeswunsch. Jung investierte viel Zeit in die Erforschung weiterer Triebe, von denen er glaubte, daß auch sie in jedem Menschen verwurzelt seien. Er beschäftigte sich intensiv mit dem religiösen Instinkt, jenem Etwas in uns, das unsere biologischen Bedürfnisse in religiös bedeutsame Bilder und Symbole verwandelt. Jungs Vorstellung war, daß der Trieb des Menschen, das Material seiner Grundinstinkte in transzendente Bilder zu verwandeln, ihm genauso angeboren sei wie der Sexualtrieb. Nach allem, was ich bisher im Laufe meines jungen Lebens schon erfahren konnte, scheint mir, daß beide recht haben. Diese Triebe sind ausnahmslos allen Menschen eigen. Färbung und Qualität der Instinkte mag von Mensch zu Mensch verschieden sein, es gibt aber keinen Menschen, der sie nicht hat.

Auf diesen allertiefsten Ebenen sind wir Menschen alle gleich und haben alle die gleichen unbewußten Bedürfnisse und Verhaltensweisen. Dann gibt es Ebenen, auf denen sich eine Menschengruppe im Ausdruck dieser Werte geringfügig von einer anderen Menschengruppe unterscheidet, wie man es bei Rassen- oder Volkskollektiven erkennen kann. Wer die Mythen eines Kulturkreises studiert, findet, daß sie zwar letztlich die gleichen Strukturen haben wie die Mythen anderer Kulturkreise, sich in ihrer Ausprägung jedoch voneinander unterscheiden. Das liegt nicht etwa an klimatischen Unterschieden oder an dem, was die Menschen in der Schule gelernt haben. Mythen tauchen spontan auf und formen eine Kultur. Es scheint so, als ob sich über der untersten Grundebene der gemeinsamen Instinkte gewisse Unterschiede zwischen den verschiedenen Völkern entwickeln. Das geht jedem sofort auf, der die Religionen verschiedener Kulturen vergleichend studiert.

Im gesamten Kulturkreis des Mittelmeerraumes wurde die Große Mutter angebetet. Diesen Kult findet man nirgends unter den nordischen Völkern, die etwa den *teutonischen* Stämmen. Diese neigen eher zum Kult um einen großen Himmelsvater, was auf Unterschiede in der psychischen Orientierung dieser verschiedenen Völker hinweist. So etwas kann man rational erklären, etwa damit, daß im Kulturkreis um das Mittelmeer überwiegend Ackerbau getrieben wurde und die Fruchtbarkeit der Erde ihr Symbol in einer göttlichen Frau fand, während die nordischen Stämme Nomaden und Hirten waren, die sich in großen Räumen bewegten, in denen Wind und Wetter, kaltes Sonnenlicht und andere Himmelserscheinungen dominierten. Ich wünsche mir jetzt nicht etwa ein Streitgespräch darüber, ob archetypische Bilder von der äußeren Welt geformt werden, oder ob umgekehrt die äußere Welt nach archetypischen Bildern entsteht. Schließlich gilt es, die verschiedenen Götter zu akzeptieren, welche die Werte eines Volkes verkörpern. Wir alle haben ein gemeinsames jüdisch-christliches Erbe. Es ist ziemlich egal, ob man praktizierender Christ oder Jude ist. Diese Ebene ist unbewußt, doch ihre Kräfte sind vital und lebendig, gleichgültig, ob das eigene Ego nun mit diesen Gesichtspunkten einverstanden ist oder nicht.

Wir sind in unser jüdisch-christliches Erbe verwoben, auch wenn wir diese bestimmte Form der Religiosität nicht praktizieren. Das Bild Gottes bleibt in der gesamten jüdisch-christlichen Kultur durchgehend das gleiche, trotz aller ideologischer Differenzen zwischen Katholiken und Anglikanern oder Mormonen, zwischen Chassidim und Reformjuden, und was es sonst noch gibt. Wir alle beten einen Gott an – dieser Gott ist für uns ein *Er*. Gott ist männlich, Gott ist Geist, Gott ist ewig und allwissend, Gott ist nicht Materie. Hier in diesem Raum sind viele verschiedene Kulturkreise vertreten. Unter Ihnen mögen Kelten, Sachsen, Juden oder Deutsche sein. Jeder von

Ihnen hat seine eigene Mythologie aufgrund seiner rassischen Herkunft. Diese Dinge sind wie geologische Ablagerungen in vielen verschiedenen Schichten und Falten eines gemeinsamen Grundgebirges. Rassische oder vaterländische Mythen kann man einem Radixhoroskop genausowenig entnehmen wie z. B. das Geschlecht des Horoskopeigners. Es sind unbekannte Faktoren, die sich in einem Horoskop einfach nicht darstellen, was – wie ich hoffe – Ihnen allen einleuchtet! Es existiert auch ein mystisches Zentrum der Persönlichkeit, das sich ebenfalls im Horoskop nicht offenbart. Das wird Ihnen sofort klarwerden, wenn Sie bedenken, daß das Horoskop hier von Ihnen auch das Horoskop eines Huhnes oder eines Opernhauses sein könnte. Nichts im Horoskop verrät Ihnen, daß es das Radixhoroskop eines menschlichen Wesens ist. Und nichts darin verrät uns, ob es ein Deutscher, ein Italiener, ein Schwede, ein Libanonjude oder ein Chinese ist. Diese Faktoren müssen dem Horoskop einfach zugegeben werden. Sie beeinflussen die Art und Weise, in der ein Mensch sein Horoskop auslebt, genauso wie auch das Horoskop davon beeinflußt wird, ob der Horoskopträger ein Mann oder eine Frau ist. Die Individualität eines Menschen mit einer Vergangenheit voller indischer oder chinesischer Mythen ruht auf einem anderen Grundgebirge als die eines Menschen nordischer oder angelsächsischer Herkunft. Ein Araber kann das gleiche Horoskop haben wie ein Engländer, aber seine Religionssymbole und seine Kulturwerte bewirken, daß er sein Horoskop anders auslebt. Das hängt nicht etwa mit Angelerntem zusammen oder sonstigen bewußten Werten, sondern ist angeborenes psychisches Erbgut, das genauso machtvoll wirkt wie genetisches Erbgut. Ein sehr merkwürdiges Phänomen. Nehmen Sie einen Menschen, der sehr früh im Leben in einen anderen Kulturkreis verpflanzt wird und den man nach den neuen Gesetzen und Gepflogenheiten erzieht – in seinen Träumen tauchen die Symbole seiner alten Verwurzelung unmittelbar wieder auf.

Jung war überzeugt, daß wir unsere Wurzeln nicht verleugnen können, ohne psychisch irgendwie Schaden zu erleiden. Das bedeutet nicht, daß der Mensch sich nicht über das, was seine Kultur ihm bietet, hinauszuentwickeln imstande wäre.

Doch irgendwie müssen wir lernen, das Kollektive, dem wir entstammen, zu bewältigen, weil es ein genauso wichtiger Bereich unseres psychischen Lebens ist wie unsere persönlichen Eigenschaften, die wir als uns zugehörig empfinden.

Die äußeren Planeten stehen nicht für solche urmythischen Bilder wie z. B. die Große Mutter oder Wotan. Ich glaube, sie stehen für einen anderen Aspekt des Kollektiven – einen Aspekt, der sich immerzu bewegt und verändert. Es ist ja so, daß immer irgendwo in der menschlichen Gesellschaft große Bewegungen, Ideen und Visionen aufbrechen und sofort ihren Weg auf die Lippen vieler Menschen finden. Die äußeren Planeten stehen auch nicht etwa für Mythen von Rassen oder Völkern, denn bei allen Menschen der ganzen Welt, die zur gleichen Zeit geboren wurden, nehmen die äußeren Planeten dieselbe Stellung ein. Ein Amerikaner und ein Japaner, die im Jahre 1944 geboren wurden, haben beide trotz verschiedener Götter Uranus in Zwillinge und Neptun in der Waage. Ich möchte diese Planeten nun genauer unter die Lupe nehmen, weil ich der Meinung bin, daß sie nur sehr schwer verständlich sind. Auch ich selbst verstehe sie nicht richtig. Die Definitionen in den meisten Lehrbüchern werden ihnen noch weniger gerecht. Hier war für mich das Studium der Mythologie und Symbolik nützlicher als das konventioneller astrologischer Schriften. Wenn Sie ein klassisches Astrologiebuch zur Hand nehmen, erfahren Sie höchstwahrscheinlich daraus, daß Uranus für Veränderungen, Erfindergeist, Revolutionen und Perversitäten steht; Neptun für Drogen, Betrug und Unordnung und Pluto für Tod und Wiedergeburt. Solche Worte klingen bedeutungsvoll, und sie sind auch wirklich manchmal von Nutzen, z. B. wenn sie einem Ratsuchenden ankündigen, daß er sich bei einem Neptuntransit höchstwahrscheinlich verwirrt fühlen wird. Doch was bedeuten diese Planeten wirklich?

In der griechischen Mythologie ist Uranus der erste Gott, der das Weltall erzeugende Himmelsvater. Er ist hervorgegangen aus dem Mutterschoß der Gäa, der Mutter des Chaos, und vermählt sich dann mit ihr. Uranus ist der Luft, dem Himmel zugeordnet. Er ist ein Gott des Himmels, ein Gott der Ideen. Er fliegt auf den Flügeln der Gedanken. In esoterischen Kreisen spricht man auch vom *göttlichen Geist*. Plato sprach von den göttlichen Ideen, nach denen alle Formen der Welt geprägt wurden. So, als ob schon vor der Entstehung des Weltalls etwas existierte, nämlich die Idee vom Weltall. Uranus steht also für den Plan, das Muster, für die ordnende Kraft, die aber noch nicht körperlich ist. Im Mythos erlebt Uranus ein böses Ende: sein Sohn Kronos kastriert ihn. Seine abgetrennten Genitalien aber fallen ins Meer, das durch seinen Samen befruchtet wird. Aus dem Meeresschaum wird Aphrodite geboren, die Göttin der Liebe. Uranus ist ein Fruchtbarkeitsgott, aber nicht in erdhaftem Sinne. Er befruchtet mit schöpferischem Denken, mit Geist. Seine Fußspuren entdecken wir immer dann in der Geschichte, wenn sich dem Kollektiven eine neue schöpferische Idee eröffnet. Ungefähr zu der Zeit, als Uranus entdeckt wurde, war es die Idee der Demokratie und der Freiheit des Individuums, die als mächtige Kraft gesellschaftsverändernd wirkte. Die Schreckensherrschaft der Französischen Revolution legitimierte sich durch den Schrei nach Freiheit, Gleichheit und Brüderlichkeit. Die französische Monarchie wurde im Namen einer Idee abgeschafft. Diese Idee war eine übermächtige Kraft, die in Frankreich ungeheuer große Veränderungen bewirkte. Ideen können die Welt genauso bewegen wie etwa wirtschaftliche Zwänge. Sie brechen auf aus dem Kollektiven und nehmen Besitz von der Geisteswelt der Menschen. Keine Kraft der Welt kann sie aufhalten, jeder Versuch, sie zu unterdrücken, ist zum Scheitern verurteilt.

Während der italienischen Renaissance wurden die Menschen von einer Idee erfaßt, die in der Gesellschaft große Veränderungen bewirkte – daß der Mensch dem Wesen nach göttlich sei. Das klingt heute sehr einfach, damals war es Ketzerei. Wenn der Mensch selbst göttlich ist, dann braucht er keinen Vermittler, der ihm Gottes Willen interpretiert. Der Mensch ist fähig, seine Verbindung mit dem Göttlichen selbst zu erfahren. Wenn der Mensch aber keinen Vermittler braucht, dann braucht er auch die Kirche nicht zu seiner Erlösung. Vielleicht braucht er sie als brüderliche Gemeinschaft oder als Inspirationsquelle, doch ist er nicht von ihr abhängig, um Gnade zu erfahren. Diese Idee enthielt einen ungeheuren Sprengstoff. Sie gestattete den Menschen, andere Philosophien oder Götter zu erforschen, ohne Furcht davor, damit eine Sünde zu begehen. Diese Idee erzeugte die schöpferische Blütezeit, die wir die Renaissance nennen. Sie gab dem

Menschen seine Würde zurück, so daß er nun kein von der Ursünde befleckter armer Wurm mehr war, der sein Leben schuld- und sündenbeladen leben mußte. Pico della Mirandolas Rede über die Würde des Menschen beginnt mit den Worten: »Welch großes Wunder ist der Mensch! Er hat teil sowohl an göttlicher als auch an dämonischer Natur!«

Solche machtvollen Ausbrüche von Ideen, die plötzlich die Vorstellungskraft der Menschen erfüllen, sind es, die ich mit Uranus in Verbindung bringe. Das Beunruhigende an diesen Ideen ist, daß sie, aus Himmelsweiten stammend, bei ihrem Auftreten meistens zu fortgeschritten sind für die Welt. Die Idee von der göttlichen Würde des Menschen, die Besitz ergriff von den schöpferischen Geistern der Renaissance, war zu groß, um damals schon erfüllt werden zu können. So wurde sie pflichtschuldigst unterdrückt, weil uranische Ideen unvermeidlich dem Kulturkreis, in dem sie entstehen, zu weit voraus sind. Ehe eine Idee plötzlich ans Tageslicht hervorbricht, muß sie sich aus der Tiefe heraufarbeiten, sie ist gefärbt von dem Zeichen, durch das Uranus gerade geht. Dieses Zeichen steht für die Sphäre des Lebens, die durch die neue Idee verändert oder umgewandelt wird. Einige Menschen werden sie verbreiten, und sie wird in der Gesellschaft wie Hefe wirken. Doch wird es sehr lange dauern, bis die Formen der Welt sich so weit verändert haben, daß die neue Idee einbezogen werden kann, bis der einzelne Mensch die neue Idee ohne furchterregende Verzerrungen in sein Leben einzuverleiben vermag. Jungs Meinung war, daß es ungefähr achtzig Jahre dauert, bis ein aus dem kollektiven Unbewußten auftauchender neuer Wert sich seinen Weg durch die verschiedenen Ebenen der Gesellschaft gebahnt hat. Jungs Schätzung war völlig intuitiv, denn es gibt keine Methode, um solche Erscheinungen zu messen. Und doch ist die von ihm genannte Zeitspanne etwa gleich lang wie die Zeit, die Uranus braucht, um in ein beliebiges Ausgangszeichen wiederzukehren. Der Umlauf des Uranus dauert, wie ich schon sagte, vierundachtzig Jahre.

Es sind wohl die Propheten, Visionäre und Künstler, die eine neue Idee erspüren, solange sie noch in den Tiefen kocht und brodelt. Allmählich aber verbreitet sich die neue Idee unter der breiten Masse. Sie wird populär. Aber dann ist es schon lange her, daß der Prophet auf dem Scheiterhaufen verbrannt oder sonst irgendwie zugrunde gerichtet worden ist. Dann heißt es unter den Menschen: Wir haben eine wunderbare neue Idee! Laßt sie uns doch in Gesetzesform bringen! Und dann werden die Handvoll uranischer Menschen geehrt, die diese ursprünglich ketzerische Idee zuerst verbreiteten. Das Problem des Uranus ist ja, daß Saturn-Kronos ihn kastriert hat. Erst in viel späterer Zeit setzt sein Leben sich fort in Aphrodite und wirkt schöpferisch und harmonisch durch verwandelte Werte, durch Werte, die jetzt von der Welt geliebt werden.

Wir kehren nun zurück zu unserer Gebirgsdarstellung und stellen uns vor, wie eine uranische Idee langsam aus dem Grundgebirge zum Leben und Geist einzelner Menschen emporsteigt. Ich möchte Sie daran erinnern, daß ich Saturn an der Grenze zwischen dem Kollektiven und dem Individuellen anordne. Also ist Saturn der erste Widerstand, auf den die neue Idee trifft, auf ihrem Weg nach oben und hinaus in die Welt. Saturn ist die Grenze, die mich von Ihnen trennt. Ich glaube, daß diejenigen Menschen, die das Aufsteigen einer neuen Bewegung oder Idee als erste spüren, in ihren Radixhoroskopen Saturn und Uranus stark aspektiert haben. Ich glaube, daß diese Menschengruppe, besonders diejenigen unter ihnen mit einer Saturn-Uranus-Konjunktion, die ersten sind, die eine neue Idee erspüren. Sie fühlen die Notwendigkeit einer Veränderung auf ideologischer Ebene und werden, ob sie wollen oder nicht, zum Sprachrohr für die neue Idee, lange ehe diese von der Gesellschaft insgesamt akzeptiert wird.

Ein Mensch, dessen Uranus stark aspektiert ist von Sonne, Mond, Merkur oder Mars, wird ebenfalls ganz stark ein Vorgefühl einer neuen Idee haben, aber dieser Mensch wird ganz anders betroffen sein. Die neue Idee wird sich bei einem solchen Menschen auf einem persönlichen Gebiet seines Lebens ausdrücken. Wenn Uranus z. B. Venus aspektiert, dann wird der Betroffene die neue Idee durch seine menschlichen Beziehungen ausleben, ohne sich aber notwendigerweise klar darüber zu sein, daß es sich dabei um eine *neue* Idee handelt. Ein Uranus aber, der auf Saturn trifft, verursacht eine ganz andere Wirkung. Ein solcher Kontakt geht durch und durch. Vielleicht entsteht eine bedrängende Situation. Irgend jemand klopft anhaltend und laut an die Tür, und wenn man ihn überhört, droht dieser Jemand damit, die Tür einzutreten. Saturn als Macher, als Formenerschaffer und Spezialist für alles Irdische, spürt die Notwendigkeit, die neue Idee praktisch zu verwirklichen. Steht der Mond in Verbindung mit Uranus, ist der Betroffene schlicht und einfach rebellisch. Steht Merkur in Verbindung zu Uranus, wird der Betroffene viel Zeit darauf verwenden, seine neue Idee zu studieren und über sie nachzudenken. Aber Saturn muß die Idee in seine Welt einbauen.

Neptun ist ganz anders als sein himmlisch-luftiger Bruder. Im Mythos ist Neptun ein Wassergott. Er beherrscht die Tiefen des Meeres. Er regiert ein Reich, in dem aber auch alles mehrdeutig ist. Formen vereinigen und trennen sich. Farben laufen ineinander. Das Wasser gehört zu den ersten Symbolen in der Welt der Gefühle. Das Wasser ist auch eines der ältesten Sinnbilder für den Mutterleib, aus dem das Leben hervorgeht. Der Name Maria kommt von »mer« (mhd.), »mari« (got.), Meer, dem Ursprung allen Lebens. Es ist die Welt der Emotionen und der Imagination.

Wenn Uranus von einem Menschen Besitz ergreift, tut er das durch eine Idee, die den Menschen erfaßt. Wenn Neptun einen Menschen ergreift, dann durch die Welt der Träume, der Sehnsüchte und des Verlangens. Neptun drückt sich oft durch Dinge aus, die wir als glänzend oder als modisch erleben. Der Vorgang, daß wir von etwas Glänzendem beeinflußt werden, ist ganz anders als wenn wir den plötzlichen Einbruch einer Idee oder Ideologie in unser Inneres erleben. Natürlich kann auch einmal beides zusammentreffen. Der Sozialismus kann sowohl eine folgerichtige Ideologie als auch eine glänzende Mode sein. Aber das Gefühl von Glanz und Zauber unterscheidet sich von dem Gefühl der Wahrheit, das zu einer mächtigen Idee gehört. Wenn plötzlich eine bestimmte Mode aufkommt, wird sie auf einmal von allen Leuten getragen, aber keiner kann erklären wieso. Die neue Moderichtung erscheint in allen Schaufenstern und Modemagazinen, und auch die Menschen, die sich selber als eiserne Individualisten betrachten, kleiden sich nach ihr. Es kann sein, daß mehrere Modeschöpfer gleichzeitig denselben Einfall haben, ohne daß der eine vom anderen stiehlt. Eine Idee, ein in der Luft liegender Look erhält Gestalt durch einen intuitiv veranlagten bzw. kreativen Menschen. Dann tragen plötzlich alle Leute lange

Haare, und genauso plötzlich werden die Röcke länger oder kürzer. Anzüge aus den vierziger Jahren sind auf einmal ein unbedingtes Muß, Stiletto-Absätze werden wieder Mode, Science-Fiction-Filme überschwemmen die Kinos, Punk ist der letzte Schrei.

All das sind neptunische Tendenzen, die aus einer Gefühlsebene in uns auftauchen. Es sind keine Ideologien. Zuerst kommen sie uns banal, ja lächerlich vor, denn anscheinend haben sie gar so wenig zu tun mit unseren einsamen Bestrebungen, zu wachsen und mehr Bewußtheit zu erlangen. Diese Tendenzen haben aber eine ungeheure Macht. Riesige Geldsummen werden durch sie innerhalb der Gesellschaft hin und her bewegt. Und sie berühren uns auf einer sehr subtilen Ebene. Ich bin überzeugt, daß ihre Bedeutung größer ist, als es den Anschein hat, denn sie spiegeln in greifbare Gestalt übersetzte Sehnsüchte und Träume wider, die vom Verbraucher eifrig gekauft werden. Es ist, als ob sich alle tiefen Sehnsüchte des Kollektiven in dieser Weise manifestieren können, gleich, ob es sich nun um religiöse Bewegungen oder Moderichtungen handelt. Hier greifen wir – blindlings – nach etwas Göttlichem, das sich in einer Rocklänge ausdrückt.

Ich war sehr beeindruckt von Warren Kentons Büchern über die Kabbala, in denen er Neptun mit der obersten Spitze des Lebensbaumes vergleicht. Diese höchste Stelle des Baumes ist das Unsagbare, ist jener Hauch des Göttlichen, den auch die allermenschlichsten Menschen vom Geheimnis Gottes erahnen können. Dieser Ort wird die Krone genannt, hier löst sich jedes Gefühl von Einsamkeit und Abgetrenntheit auf und mündet ein in das Erleben der Vereinigung und des höchsten Glücks. Wenn wir uns einem Modediktat unterwerfen, erleben wir dabei etwas, das aus den tiefsten Sehnsüchten des Herzens auftaucht. Ich glaube, daß Kleider und Kosmetika und Visionen von Schönheit genauso wertvolle Träger solcher Sehnsüchte sind wie religiöse Symbole. Diese Dinge tauchen auf aus einer Ebene, die nichts zu tun hat mit unserer Ethik und ihrem Recht und Unrecht. Diese Dinge machen, daß wir uns besser fühlen, sie lösen uns ab von uns selbst.

Neptun hat auch eine Beziehung zu Märchengestalten wie der Seejungfrau und der Melusine, die sterbliche Männer in die magischen Tiefen eines Sees oder Meeres hinablocken. Wasser ist es auch, das in den Taufriten säubert und läutert. Aber es kann die Persönlichkeit auch auflösen. Es stellt eine ungeheure Verlockung dar, denn man braucht dann nicht länger zu kämpfen, braucht sich nicht länger abzumühen, man braucht keine Trennungen, Konflikte oder Verluste mehr zu erleiden. In der Meerestiefe vereinigen wir uns mit der Quelle. In den Religionen mag es als das Einswerden mit Gott gelten, während es die eher nüchterne Psychologie als das Verlangen nach einer Rückkehr in den Mutterschoß bezeichnet.

So geben uns scheinbar banale Moderichtungen Aufschluß über die Sehnsüchte eines ganzen Kollektivs. Moderichtungen sind Symbole. Wenn man eine neue Mode aus diesem Blickwinkel betrachtet, bekommt sie einen faszinierenden Aspekt. Mode ist eine Illustration dessen, was das Kollektiv braucht, im geheimen verlangt, wenn es auch nicht möglich ist, solche Sehnsüchte in weltliche Begriffe zu fassen, die einen Sinn ergeben würden. Der in den Meerestiefen lebende Gott spinnt einen Traum. Neptun läuft durch ein bestimmtes Zeichen, und plötzlich streckt das Kollektiv seine Arme aus nach diesem Zeichen und seinen Symbolen, weil an dieser Stelle die Seele ein Zeichen gibt. Wenn Neptun sich dann in das nächste Zeichen weiterbewegt, welken die Symbole dahin, und was vor vierzehn Jahren Mode war, erscheint uns nun lächerlich. Und wir stürzen allesamt in die Stadt und kaufen uns die neue Mode!

So, und nun zu Pluto. Dieser Planet besitzt einige merkwürdige Eigenschaften, die ihn als Außenseiter erscheinen lassen. Er gehorcht den Gesetzen nicht: Seine Umlaufbahn ist elliptisch, und in einer Phase seiner Umlaufbahn ist er näher an der Erde als Neptun, wobei die Ebene seiner Umlaufbahn leicht geneigt ist und nicht die gleiche Ausrichtung hat wie die Ebene der anderen Planeten-Umlaufbahnen. In der erdnahen Phase seiner Umlaufbahn durchwandert Pluto nun bald das Skorpionzeichen. Im November 1983 tritt er in den Skorpion ein und braucht dann ungefähr achtzehn Jahre, um dieses Zeichen zu durchlaufen. In dieser Phase seiner Umlaufbahn bewegt Pluto sich also durch sein eigenes Zeichen.

Da Dane Rudhyar den Zeitabschnitt, in dem Pluto der Erde näher ist als Neptun, als besonders bedeutungsvoll betrachtet und von ihm als *befruchtend* spricht, habe ich mich entschlossen, die Ereignisse während der verschiedenen historischen Zeiten, in denen Pluto sich im Skorpion aufhielt, zu erforschen. Dabei stieß ich auf interessante Dinge. Zum Beispiel: Pluto trat in der letzten Dekade des fünfzehnten Jahrhunderts in den Skorpion ein. Das war eine bedeutungsvolle Zeit, die Morgendämmerung der florentinischen Renaissance. In kultureller Beziehung war diese Zeit wirklich ungeheuer fruchtbar, wahrlich eine Zeit der Wiedergeburt vergessener Wissenschaften und geistiger Visionen. Die Geschehnisse, die damals zu einer wahrhaft massiven Explosion menschlicher Kreativität führten, waren typisch plutonisch. Cosimo de Medici, damals Herrscher in Florenz, hatte eine Vorliebe für verschollene griechische Manuskripte und sammelte sie. Nach der Eroberung von Konstantinopel fielen einige davon in seine Hände. Eines dieser Manuskripte war ein merkwürdiges Dokument, das später *Corpus Hermeticum* genannt wurde. Es war im zweiten Jahrhundert nach Christi Geburt verfaßt worden, aber Cosimos Übersetzer, Marsilio Ficino, glaubte, er habe einen Text gefunden, der noch älter sei als die Bibel, und verbreitete die Nachricht, daß ein großer, weiser Mann namens Hermes Trismegistos den Text verfaßt habe. Die darin enthaltene Philosophie veränderte das Denken in ganz Europa.

Das Corpus Hermeticum war nicht christlich. Durch seinen Einfluß blühte das Interesse an den heidnischen Göttern auf, an der Kabbala, dem Tarot und dem Talisman-Zauber. Es verkündete, das Universum sei eine große einheitliche Welt, und das, was oben ist, sei eine Reflexion dessen, was unten ist. Es sprach von der Reinkarnation der Seele. Es pries die Würde und Göttlichkeit des Menschen, jenes großen Wunders, das Tier und Gott zugleich sei. Heute bezeichnen wir diese Weltsicht als hermetisch bzw. neuplatonisch, damals jedoch galt sie als ausgesprochen ketzerisch, vor allem wegen der eindringlichen Feststellung, die Götter gäbe es sowohl in dieser Welt, aus Fleisch und Blut, als auch im Himmel.

Während des damaligen Transits Plutos durch Skorpion wurde eine Reihe bedeutender Männer geboren. Zur gleichen Zeit brach sich das Gedankengut der Renaissance-Philosophie Bahn. Zu den bedeutenden Männern gehörte Martin Luther, der mit überwältigender Kraft auf die Religion jener Zeit einwirkte. Ein anderer großer Mann war Paracelsus, den manche als den Vater der modernen Medizin betrachten. Diese mit Pluto in Skorpion geborenen Persönlichkeiten verankerten durch ihre Lebenswerke die zugleich mit diesem Transit ans Licht getretenen Ideen und wandelten einige, anscheinend unveränderliche Strukturen der Gesellschaft um. Jede Renaissance bedeutet zugleich einen Tod, hier war es das Zeitalter der Kirchenväter und der beschränkten mittelalterlichen Gedankenwelt, denen mit dem Eintritt Plutos in das Skorpionzeichen Ende des fünfzehnten Jahrhunderts ein Ende gesetzt wurde. Vielleicht kann man auch sagen, daß dieser Transit die Ära des mittelalterlichen Menschen beendete.

Ein früherer Transit Plutos durch Skorpion fand im Jahre 1240 statt. Auch dies war eine Zeit, während der neue philosophische Ideen in die christliche Welt eindrangen. Es war die Zeit der Tempelritter und die Blütezeit der Kabbalistik in Spanien. Gleichzeitig aber war es auch die Zeit der Troubadoure und der höfischen Minne. Diese Zeit wird als die Renaissance des Hochmittelalters bezeichnet – es war eine ähnliche Blütezeit für obskure Ideen wie die spätere Renaissance. Auch die Alchemie erlebte damals eine Blüte, und die Philosophie eines Raimon Lull, eines Kabbalisten und Neuplatonikers, verbreitete sich in ganz Europa. Man kann mir natürlich vorwerfen, daß ich gerade in diese beiden Perioden das hineingeheimnisse, was ich finden will, doch wird jeder, der sich mit der hermetischen Philosophie beschäftigt hat, sehr rasch entdecken, daß sie zyklisch auftritt. Sie bricht für kurze Zeit durch ins Kollektive, dann werden ihre Anhänger verfolgt und sie geht wieder in den Untergrund, um nach zweihundertundfünfzig Jahren erneut hervorzubrechen, das heißt nach einer Umlaufzeit Plutos. Deshalb war ich gar nicht erstaunt, als ich später entdeckte, daß der Transit Plutos durch Skorpion im achtzehnten Jahrhundert, genauer gesagt, um das Jahr 1740, zusammenfällt mit dem Aufkommen des Freimaurertums und der Geburt Franz Mesmers, der die hermetische Weltschau in eine wissenschaftliche Methode einband, mit dieser die menschliche Psyche erforschte – und so zum Vater der modernen Psychologie wurde.

Ich gewinne allmählich die Überzeugung, daß Pluto etwas zu tun hat mit einer bestimmten, auf der hermetischen Philosophie beruhenden Weltschau, die immer dann wieder auftaucht, wenn die tragenden Strukturen der Gesellschaft zusammenbrechen. Der Mensch hat schon immer seine Wirklichkeit physikalisch erklärt und seine sozialen Strukturen in extrovertierter Art und Weise aufgebaut. Es scheint etwas in Gang zu kommen, wenn Pluto in sein eigenes Zeichen eintritt, es erscheinen Risse in den Wänden unserer extrovertierten Weltschau. Es ist, als ob es etwas gäbe wie ein *verlorenes Wissen,* in Wirklichkeit ein Wissen um das Universum, das von einer anderen Ebene stammt als die menschlichen Sinne und ihre Wahrnehmungen. Wenn Pluto in sein eigenes Zeichen eintritt, bricht dieses verlorene Wissen plötzlich wieder ans Tageslicht – in einem neuen Gewande.

Die Tatsache, daß Plutos Eintritt in den Skorpion wieder unmittelbar bevorsteht, hat natürlich viele Fragen in mir aufgeworfen. Wenn bei den Transiten Plutos im Lauf der Menschheitsgeschichte wirklich eine Gesetzmäßigkeit herrschen sollte, dann müßte die alte hermetische Weltschau gerade jetzt wieder am Horizont aufsteigen und sich bemerkbar machen. Ich selbst glaube ihre Spuren schon zu erkennen in der Jungschen Psychologie, die letzten Endes auf der gleichen Weltschau beruht, da wir uns ja mit Begriffen wie *das kollektive Unbewußte, Synchronizität* und *Archetyp* befassen. Jungs psychologische Vision vom Leben, die er durch Beobachtungen und empirische Forschung fest zu verankern suchte, ist letzten Endes aus dem gleichen Stoff geschneidert wie das Corpus Hermeticum. Ich selbst neige dazu, das neuerliche Aufblühen der Astrologie und verwandter Tendenzen wie das Interesse für Tarot und I Ging, als ein weiteres Zeichen für die gleiche Sache anzusehen. Auch die Blütezeiten der Astrologie scheinen zyklisch aufzutreten. Wen erstaunt es da, daß Astrologie und hermetische Philosophie jeweils zusammen auftreten, da die Astrologie ein ausgezeichneter Träger der Idee ist, daß das, was oben ist, dem gleicht, was unten ist.

Dies ist nun wirklich keine Philosophie im Sinne des Uranus mit konzeptionellen Visionen des Universums. Hier handelt es sich um eine Art profundes Gespür für das Wesen des Lebens an sich, das sich jedes Mal, wenn Pluto durch Skorpion geht, in seltsamster Sprache artikuliert. Es ist, als ob dieses profunde Gespür alle Religionsdogmen und politischen Anschauungen quer durchschneidet und eindringt in den eigentlichen Kern

der menschlichen Seele. Es ist eine immer wiederkehrende Philosophie oder Weltschau, die immer wieder zu Stücken gehackt wurde und sich immer wieder in neuem Gewande erhebt. Diese von mir plutonisch genannten Bewegungen scheinen ein gut Teil Ärger und Verfolgung durch kollektive Obrigkeiten auf sich zu ziehen, doch sie sind unzerstörbar. Sie kommen immer und immer wieder. Das Freimaurertum, der Lullismus und Neuplatonismus, die hermetische Philosophie und die Tiefenpsychologie besitzen gemeinsame Wurzeln, auch wenn eine Menge Leute sehr ärgerlich werden würden, wenn sie hörten, welche Zusammenhänge ich vertrete.
Pluto ist der große Zeitmesser des Kollektiven. All diese kleinen individuellen Berggipfel haben eine Zeitlang ihre eigenen Standpunkte vertreten und gemeint, sie hätten alle Fragen und Geheimnisse des Lebens gelöst, sie haben eine Gesellschaft aufgebaut gemäß dem einen oder anderen Modell und gemeint, jetzt wüßten sie alles über das Wesen Gottes und des Menschen. Dann aber kommt Pluto daher, enthüllt ungeahnte Tiefen und sprengt das so selbstgefällig erbaute Gebäude menschlicher Werte einfach in die Luft. Pluto verkündet den Tod von Religionen und Kosmologien und bietet anstelle dessen stets die gleiche intensive Vision.

Ganz sicher haben Sie sich inzwischen überlegt, daß in den Radixhoroskopen von Menschen, die das stärkste Gespür für diese Dinge haben, Saturn und Pluto in starkem Aspekt zueinander stehen, ebenso wie Saturn-Uranus-Menschen die Stimme einer neuen Idee hören, und Saturn-Neptun-Menschen den Duft einer neuen mystischen Vision wahrnehmen. Ich sehe, daß manche von Ihnen lachen, als ob ihnen das einleuchtet. Ich habe erfahren, daß Saturn-Pluto-Menschen sehen können, wie sich der Tod den Göttern der Gesellschaft nähert und die uralte Vision vom Leben erneut auftaucht. Ich habe den Verdacht, daß gewisse Saturn-Pluto-Menschen diesem Tod nachhelfen, indem sie die Rolle von Saboteuren spielen, während eine andere Menschengruppe sich in diese allem zugrunde liegende Philosophie vertieft. Solche Menschen werden aber stark kämpfen, da sie Pluto in ihrem Leben irgendwie verwirklichen müssen.

FRAGE: Wie sind diese Planeten zu ihren Namen gekommen?

LIZ GREENE: Das ist eine merkwürdige Angelegenheit. Der Mann, der Uranus entdeckte, nannte ihn nach sich selbst. So war dieser Planet eine Zeitlang als *Herschel* bekannt. Aber das war ein Verstoß gegen den guten Geschmack: nach Saturn, Jupiter, Venus, Mars und Merkur nun Herschel! Ich weiß nicht, wieso der Planet schließlich Uranus genannt wurde, aber irgendwie sind der Name und die Bedeutung des Planeten synchron. Es besteht auch eine merkwürdige Synchronizität zwischen der Zeit, zu der ein Planet entdeckt wurde, und dem Auftauchen von Werten und Erfahrungen in der Gesellschaft, deren Symbol dieser Planet ist. Es ist so, als ob der Planet sowohl im wörtlichen als auch im symbolischen Sinne in das Bewußtsein einbricht. Ich kann Ihnen wirklich keine klare Antwort darauf geben, wieso Uranus Uranus und Neptun Neptun genannt wurden. Ich kann nur sagen, daß sie auf mysteriöse Weise die richtigen Namen erhielten.

FRAGE: Und was ist mit Pluto?

LIZ GREENE: Da gibt es eine Geschichte, Pluto sei nach dem Hund der Mickymaus genannt worden, weil Percival Lowell, der den Planeten entdeckt hatte, eine Tochter besaß, die diesen Hund, der Pluto hieß, sehr liebte. Man kann diese Geschichte anzweifeln, aber sie ist so gut wie jede andere. Wahrscheinlich erhielt Pluto seinen Namen, weil der Planet sich so sehr weit draußen in den dunklen Tiefen des Weltraumes aufhält. Da ja auch alle anderen Planeten schon mythologische Namen hatten, war Pluto als Name naheliegend für einen so versteckten und geheimnisvollen Planeten. Wir projizieren unsere mythischen Phantasien hinaus in den Kosmos. Das gleiche kann man von den sieben Planeten behaupten, die den alten Astronomen schon bekannt waren. Merkur wurde Merkur genannt, weil er der schnellste und kleinste unter den Planeten war. Mars ist rot und heißt deshalb so, weil Mars der Gott des Krieges und Blutvergießens war. Ich glaube, die Behauptung ist gerechtfertigt, daß wir unsere Vorstellungen auf physisch existente Planeten projizieren, deren physische Merkmale sich mit unseren Phantasien verbinden. Eine Erklärung dafür, wieso unser Sonnensystem uns in so passender

Weise einen Haken liefert, an dem wir unsere Projektionen aufhängen können, gibt es aber nicht. Pluto mag so genannt worden sein, weil irgend jemand dachte, der alte Gott der Unterwelt passe gut zu diesem in der Unterwelt des Weltraumes verborgenen Planeten. Wieso Pluto sich nun aber wirklich ähnlich verhält wie der Gott der Unterwelt, kann ich Ihnen nicht erklären. Sein Name und seine Bedeutung sind synchron. Wahrscheinlich ist da ein tiefwurzelndes Gesetz am Werk. Einem Wissenschaftler könnte ich keine rationale Erklärung geben.

Die Uranus, Neptun und Pluto zugeordneten Werte und Bedeutungen waren natürlich schon lange bekannt, ehe diese Planeten entdeckt wurden. Wir haben sie schon immer besessen. Historische Persönlichkeiten haben diese Werte und Visionen verkörpert, z. B. Paracelsus, dessen Sonne in Konjunktion zu Pluto in Skorpion stand. Für mich besteht kein Unterschied zwischen einem modernen Individuum, dessen äußere Planeten starke Kontakte zueinander haben und das deshalb in enger Tuchfühlung steht mit den Bewegungen des Kollektiven, und einem Menschen des zwölften Jahrhunderts, der eben diese gleichen Kontakte besaß und ihr Sprachrohr wurde. Doch vor der Zeit ihrer Entdeckung gab es noch kein kollektives Konzept für die Bedeutung dieser Planeten. Sie konnten im äußeren Leben nicht verwurzelt werden. Wahrscheinlich wurden sie erst entdeckt, als die Zeit reif dafür war. Ich selbst tendiere dahin, zu einer archaischen Betrachtungsweise dieser Dinge zurückzukehren, und sehe die Planeten daher als lebendige, aber numinose Wesen. Einst wurden sie Götter genannt – wer den Begriff Archetypen bevorzugt, kann damit ihre mystischen Kräfte in keiner Weise abschwächen. Ich sehe nicht ein, warum wir diese Planeten nicht auch als sich entwickelnde und sich verändernde Wesen ansehen dürfen, so wie sich auch andere Lebensformen entwickeln und verändern. Vielleicht werden sie, wenn die Zeit für sie gekommen ist, sich in der Welt verkörpern zu können, vom Teleskop irgendeines Menschen entdeckt. So könnte ich mir das vorstellen.

FRAGE: Bedeutet das, daß im kollektiven Unbewußten Dinge geschehen können, die sich in der Welt nicht ausleben lassen?

LIZ GREENE: Ja, so kann man es ausdrücken. Vielleicht geschehen Dinge im Traum eines Individuums, die dieser Mensch dann oft viele Jahre lang nicht – wenn überhaupt jemals – ausleben kann. Wenn ein fünfjähriges Kind von einer zauberhaften Zwittergestalt träumt, die Vogelkrallen und Flügel hat und aus Lehm Gold zu machen versteht, dann kann das Kind nicht viel mehr damit anfangen als zu erzählen, es habe einen sonderbaren Traum gehabt. Das kann aber auch ein ausbaufähiges Erlebnis sein, das dieser Mensch erst versteht, wenn er siebzig Jahre alt geworden ist und eine lange, lange Wegstrecke scheinbar umsonst zurückgelegt hat. Sicherlich gilt das gleiche für das Kollektive. Ein Mensch, der die Vision einer Möglichkeit für die Gesellschaft erschaut, kann sein Leben lang ganz stark davon beflügelt sein, wird aber von allen anderen Menschen ausgelacht, weil es noch fünfhundert Jahre dauern mag, bis das kollektive Bewußtsein etwas damit anfangen kann. Ein Ausbruch oder eine Veränderung können einen Menschen beeinflussen, aber nicht zugleich die Gesellschaft, weil diese nicht dafür bereit ist. Und so wird der aufgetauchte Wert für die Dauer eines weiteren Zyklus in den Untergrund verschwinden.

So war schon immer die Rolle der Propheten und Künstler. Ein Prophet kann Möglichkeiten erfühlen. Er kann die von den Göttern gesandten Träume des Kollektiven entziffern. Er malt das Gemälde, das in Wirklichkeit die Stimme des Kollektiven ist. Ich habe Yeats schon erwähnt. Es gibt zahllose andere Einzelstimmen, die wahrgenommen haben, wie sich die Zukunft entfaltet. Gewöhnlich aber ist diesen Stimmen bei Lebzeiten kein großes Echo beschieden. Diese Menschen werden als Sonderlinge betrachtet, und es geschieht meist erst lange nach ihrem Tode, daß jemand die Wahrheit ihrer Visionen erkennt. Wer mit solchen Menschen persönlich in Kontakt kommt, kann davon tief beeinflußt werden, und sein Leben kann sich ändern. Aber die Gesellschaft als Ganzes kann meist erst nach zweihundert Jahren einem solchen Menschen den rechten Wert beimessen, und erst dann kommt die Erkenntnis, daß derjenige ein großer Dichter gewesen ist. Die Gesellschaft kann das erst erkennen, nachdem die Vision des Dichters Wirklichkeit und für die Masse der Menschen erkennbar geworden ist.

Zweiter Vortrag

Meinen heutigen Vortrag möchte ich mit einigen Beispielen dafür anfangen, wie sich Konjunktionen äußerer Planeten mit Saturn auswirken. Dieses Thema habe ich gestern abend schon berührt. Bei meinen Interpretationen will ich mich auf die Konjunktionen konzentrieren, die sich im Laufe unseres Jahrhunderts zwischen Saturn und Uranus, Saturn und Neptun, und Saturn und Pluto gebildet haben. Durch meine zwischen 1946 und 1948 geborenen Klienten hat sich bei mir erhebliches Material zu der Saturn-Pluto-Konjunktion, die damals in Löwe stattfand angesammelt. Aber ehe ich mit der Besprechung dieses Materials anfange – hat jemand von Ihnen eine aktuelle Frage im Zusammenhang mit dem gestrigen Vortrag?

FRAGE: Wie wäre es, wenn Sie uns Ihr eigenes Horoskop vorstellen würden?

LIZ GREENE: Mein Horoskop bespreche ich nie. – Weitere aktuelle Fragen?

FRAGE: Könnten Sie etwas zu Pluto in der Waage sagen?

LIZ GREENE: Ich will es versuchen. Fangen wir an mit der Bedeutung Plutos. Pluto zerstört, reißt ein, kündigt das Ende irgendeiner Form an und entblößt dafür eine ewige oder jedenfalls vertiefte Vision. Wenn man nun die von der Waage beherrschten Lebensbereiche betrachtet – nämlich alle Beziehungen, nicht nur die Ehe und eheähnliche Formen, sondern auch die großen Weltbeziehungen, die diplomatischen Beziehungen zwischen Ländern, politische Verträge, Abkommen wie die NATO, Koalitionen zwischen politischen Parteien und so weiter – dann erhält man eine gewisse Vorstellung von den Bereichen, in denen Pluto jetzt tätig ist, um alte Methoden und Einstellungen über den Haufen zu werfen. Eine Auswirkung von Plutos Transit durch die Waage ist wohl schon darin zu spüren, daß sich unsere Einstellung gegenüber den menschlichen Beziehungen verändert hat. Auch das Aufkommen der feministischen Bewegung gehört sicherlich dazu. Zwar existierten solche Probleme schon immer, und einzelne Menschen haben schon für Lösungen gekämpft, doch bisher wuchsen sich die Probleme niemals aus zu einer richtiggehenden Bewegung. Das Scheidungsrecht wird geändert, Verträge zwischen unverheirateten zusammenwohnenden Paaren werden wichtig, homosexuelle Verhältnisse werden allmählich akzeptiert.

Ich habe auch den Eindruck, daß sich unsere Vorstellungen von freundschaftlichen Beziehungen zwischen den einzelnen Ländern im Verlaufe dieses Transits radikal verändert haben. Bisher teilte man mit einer gewissen Naivität die Länder ein in *gute* und *böse* Länder, und ebenso naiv entschied man, wer das Recht habe, sich in die Entwicklung eines anderen Landes einzumischen. Meine Generation wurde mit strikten Schwarzweiß-Vorstellungen darüber erzogen, welche Länder gut seien und gut handelten, und welche Länder böse und feindlich seien. Pluto wird sich noch zwei oder drei Jahre in der Waage aufhalten, aber ich möchte ganz bestimmt noch keine konkreten Voraussagen machen, was Pluto in der Waage weiter bewirken wird. In den Jahren 1982 und 1983 stehen Saturn und Pluto in Konjunktion, und dann muß sich klären, was für Veränderungen bevorstehen. Kriege brechen meistens aus bei Saturn-Pluto-Konjunktionen oder kurz vorher, wodurch die freundschaftlichen Beziehungen innerhalb der internationalen Gruppierungen grundlegend beeinflußt werden können. Wenn Saturn in Konjunktion mit einem äußeren Planeten steht, manifestieren sich die Dinge sehr klar, was nicht der Fall ist, wenn der äußere Planet allein ein Zeichen passiert. Es tut sich immer etwas auf dem Welttheater, wenn Saturn mitspielt, und deshalb möchte ich lieber nichts weiter voraussagen, als daß es eine gewisse politische Krise und Wiederannäherung unter den Staaten geben wird. Das geänderte Ehe- und Scheidungsrecht und die veränderte Einstellung zu sonstigen Beziehungen sind, meine ich, einleuchtende Wirkungen. Im Oktober 1971 wechselte Pluto das erste Mal ins Waagezeichen über, und seitdem haben wir eine lange Strecke hinter uns gebracht, was Einsicht und Differenzierungsvermögen in Partnerschaftsangelegenheiten anbetrifft. Diese Dinge werden niemals auf den alten Stand zurückfallen.

Einzelne Menschen haben schon immer versucht, in diesen Bereichen Fortschritte durchzusetzen, aber das Kollektiv verharrte in seinen starren Vorstellungen, die jetzt aufgelockert und reformiert werden.

Ich bringe jetzt das Diagramm mit den Berggipfeln wieder an der Tafel an. Bitte, machen Sie es sich zu eigen. Ich hoffe nämlich, daß es Ihnen hilft, das Paradoxon vom Kollektiven und Individuum besser zu verstehen. Mehrere Leute haben mich darum gebeten, über Chiron zu sprechen. Ich weiß nicht recht, ob ich's tun soll. Erstens weiß ich nicht viel über ihn, und zweitens bin ich mir nicht darüber klar, wie ernst Chiron in der Zukunft von den Astrologen genommen wird. Zur Zeit der Entdeckung dieses Miniplaneten zog dieser ein allgemeines, geradezu nervöses Interesse auf sich. Womöglich entpuppt er sich aber als in seiner Wirkung den Asteroiden ähnlich, nämlich als Ergänzung und Verfeinerung eines Horoskopes, nicht aber als ein Hauptbestandteil desselben. Trotzdem möchte ich jetzt, soweit es mir zu Gebote steht, das Thema Chiron behandeln und dann übergehen zur Besprechung individueller Horoskope.

Der erste Artikel über Chiron erschien, noch ehe echte Forschungsergebnisse vorlagen. Dieser Artikel hatte aber schon eine unwiderstehliche intellektuelle Attraktivität. Da dieser Planet oder Asteroid, oder was er nun sein mag, recht viel später als die anderen Planeten in unser Sonnensystem eindrang, ist er wie ein junges, noch nicht gebrandmarktes Kalb. Die Verfasser des Artikels brachten nun diesen Einzelgänger in Zusammenhang mit dem Zentaur des Schützezeichens, von dem es heißt, er wandere umher, schösse Pfeile in den Weltraum und mache Jagd auf verschiedene Dinge. Zentauren aber verhalten sich nicht so. Die beiden hauptsächlich bekannten mythischen Gestalten Chiron und Nesses sind das ganze Gegenteil. Doch ist diese intuitive Logik, mit der die Verfasser des Artikels Chiron zum Herrscher in Schütze bestimmen, äußerst attraktiv. Sie leiten ihre Behauptung davon ab, daß, da Chiron ja ein Wandersmann und Einzelgänger unter den Planeten ist, er Mitregent des Schützen sein solle und für Werte wie Wanderlust und den Wunsch nach Abwechslung und Ausweitung im Horoskop eines Menschen stehen könne. Diese Auslegung empfinde ich als unbefriedigend. Sie kam zu rasch und entbehrt jeder empirischen Grundlage. Ich finde, wir müssen so vorgehen, daß wir mit Chiron in unseren eigenen Horoskopen experimentieren und seine Wirkung beobachten. Ich habe inzwischen schon etwas mit Chiron gearbeitet in den

Horoskopen meiner Klienten. Trotzdem ist mir seine Bedeutung immer noch sehr unklar. Ein paar Anhaltspunkte habe ich aber schon gewonnen. Ich versuche mich auch noch mit einer weiteren Möglichkeit der Annäherung an Chiron, die ich in anderem Zusammenhang bereits erwähnt habe – die eigenartige Synchronizität zwischen dem Augenblick der Entdeckung eines neuen Planeten und dem Offenbarwerden der Werte, für die der Planet im kollektiven Bewußtsein steht. Um dieses Phänomen zu demonstrieren, wollen wir erst einen Blick werfen auf die Entdeckungszeiten von Uranus, Neptun und Pluto.

Uranus wurde in der Zeit zwischen der amerikanischen und der französischen Revolution entdeckt. Mit diesen beiden politischen Ereignissen brach eine Idee in die Gesellschaft ein – die Idee von einem durch und für das Volk regierten demokratischen Staat, in dem die Gesellschaft selbst das Recht hat, sich seine Herrscher zu wählen. Die Idee der Demokratie stand schon im alten Griechenland ausgiebig zur Debatte, damals wurde aber etwas anderes darunter verstanden als heute. Die griechische Demokratie akzeptierte, daß eine große Gruppe der Bevölkerung aus Sklaven bestand. Die zur Wahl zugelassenen Personen mußten einer bestimmten Gesellschaftsschicht entstammen und eine besondere Bildung besitzen. Die griechische Demokratie bedeutete niemals Regierung durch und für das Volk. Sie bedeutete Regierung durch eine ausgezeichnete Elite, innerhalb deren man sich gegenseitig in die Ämter und aus den Ämtern wählte. Die Idee eines demokratischen Staates ist nicht neu, doch bis zu den beiden Revolutionen im achtzehnten Jahrhundert hatte es kein einziges Land zustande gebracht, sich dieser Idee konkret zu nähern. Für mich hat diese hohe Idee, daß das Individuum weder durch sein Erbe noch durch seine Blutbande benachteiligt sein sollte, echt uranischen Charakter: das Bewußtsein und der freie Wille werden über die Natur gestellt. Ob dies nun praktisch durchführbar ist, sei dahingestellt. Die Entdeckung von Uranus fiel zusammen mit dem allerersten Versuch, die Verfassung eines Landes auf solche Ideen zu begründen.

Weiterhin fiel die Entdeckung Uranus' auch zusammen mit der Morgendämmerung des technischen Zeitalters. Hinter dieser Bewegung steht wieder eine Idee: nämlich die gleiche Idee, daß der Mensch nicht durch die Natur gebunden und beschränkt sei, sondern durch die Kraft seines Intellekts Verfahren und Geräte erfinden könne, um mit ihnen die Übermacht der Naturkräfte zu besiegen. Dahinter steht die gleiche Ethik wie hinter den politischen Bewegungen jener Zeit – der Mensch sei kraft seines Geistes dazu imstande, die Welt, in der er lebt, zu meistern. Wenn man sich vor Augen hält, wie stark sich in früheren Jahrhunderten die Menschheit ihren Vorstellungen von Schicksal und Gebundenheit durch die Naturkräfte beugte, wird man ermessen können, welch neuer Geist zur Zeit der Entdeckung von Uranus in das kollektive eindrang.

Interessant ist auch eine Überprüfung der Weltereignisse zur Zeit der Entdeckung Plutos. Pluto wurde aufgefunden, als das Dritte Reich aufkam. Darauf werde ich wieder zurückkommen, denn ich bin der Meinung, daß Pluto von uns weitgehend unverstanden ist. Ich bin überzeugt, daß da eine Beziehung zu dem psychologischen Phänomen des nationalsozialistischen Deutschlands besteht. Was während des Zweiten Weltkriegs geschah, ist immer noch ein großes Geheimnis, das sich durch ökonomische oder politische Analysen keineswegs ganz erklären läßt. Dunkles, Archaisches brach aus der Gesellschaft hervor. Wir neigen derzeit dazu, die Schuld daran Deutschland zuzuschieben, doch ich bin überzeugt, daß die Dinge nicht so einfach liegen. Zur Zeit der Entdeckung Plutos wurden Kräfte freigesetzt, die vielleicht etwas zu tun haben mit dem kollektiven Schatten. Es hat wohl schon andere ähnliche Ausbrüche im Verlaufe der Geschichte gegeben. In jedem Land der Welt stoßen wir auf Massaker, Hexenjagden, Völkermorde. Aber diese letzte Version solcher Erscheinungen war verbunden mit einer erfolgreichen Manipulation archaischer, bestialischer Kräfte. Und eine Manipulation dieser Kräfte steht meiner Meinung nach mit Pluto in Zusammenhang.

Schon immer hat es wahnsinnige Diktatoren gegeben. Aber daß bewußt psychologische Erkenntnisse zur Erreichung von Zielen eingesetzt wurden, das geschah erstmals im Dritten Reich. Sonst haben Diktatoren mit Hilfe ihrer Armeen geherrscht, nicht durch Massenhypnose. Ich glaube, daß solche Einsichten eng zusammenhängen mit dem Aufkommen der Psychotherapie und der Analyse, bisher aber haben wir vor allem die bösartige Seite Plutos erlebt. Jeder Planet hat eine dunkle und eine helle Seite. Vielleicht hat die Dunkelheit

Plutos genausoviel zu tun mit seiner Verdrängung wie mit einer wesensgemäßen Bosheit dieses Planeten. Doch ich habe das Gefühl, daß die Gewaltausbrüche der dreißiger Jahre sehr aufschlußreich sind für das Wesen Plutos.

Ganz bestimmt gibt es viele weitere Zusammenhänge mit den Entdeckungsdaten der äußeren Planeten. Neptun zum Beispiel wurde ungefähr zu der Zeit entdeckt, als die Hypnose erstmalig eingesetzt wurde, und als man begann, das Unbewußte zu erforschen. Sie werden daher verstehen, daß ich, als ich nun anfing, mich mit Chiron zu beschäftigen, mir überlegte, welche neuen Dinge jetzt ins Kollektive eindringen, die sich völlig unterscheiden von früheren Ereignissen und die synchron sein könnten mit der Auffindung eines neuen Planeten.

Was mir zunächst einfiel, und was natürlich nur Intuition oder rein subjektive Phantasie sein kann, ist, daß die Einstellung des Menschen seinem Körper gegenüber sich völlig geändert hat und neu geworden ist. Vielleicht ist der Name Chiron schließlich genauso zutreffend wie Uranus, Neptun oder Pluto, denn im Mythos ist Chiron vor allem ein Heilender. Er ist nicht der gewöhnliche Zentaur. Er ist ein ausgewachsener Gott, ein Bruder des Zeus, ein Lehrer, ein Weiser, ein Arzt oder jedenfalls ein Heilender. Er kennt alle Geheimnisse der Natur, er destilliert Tränke, weiß mit Kräutern umzugehen und lehrt die Menschen das Wissen von der Erde. Er ist eine Erd-Gottheit, und seine besondere Kunst ist, daß er den menschlichen Leib zu heilen versteht.

Das alles erscheint mir wichtig, da sich auf dem Gebiet der Medizin etwas sehr Interessantes abspielt. Natürlich gibt es schon seit sehr langer Zeit Randerscheinungen in der Medizin, wie etwa die alternative Medizin. Seit dem Ende der Renaissance sind Leib und Seele niemals wieder als Einheit gesehen worden. Der Glaube an diese Einheit hatte auch eher mystische Züge, als daß er sich auf empirische Beweise stützte. Doch jetzt findet eine allmähliche Bewegung statt in Richtung einer einheitlichen Schau von Leib und Seele, eine für die medizinische Wissenschaft völlig neue Tatsache. Die als armer Bastard zwischen beiden stehende Psychiatrie hat es nie fertiggebracht, die Kluft zu überbrücken. Ich beobachte aber, daß immer mehr Ärzte nicht nur die Erkenntnisse der Akupunktur, der Homöopathie und Naturheilkunde, sondern auch die Psychologie und ihre Erkenntnisse über die Bedeutung der psychischen Symptome ernst nehmen.

Ich glaube, dies alles hängt auch zusammen mit der Erkenntnis, die jetzt den Physikern dämmert, daß Materie intelligent ist. Zwischen dem großen Bereich der materiellen Wissenschaften einerseits und dem Bereich, in dem die Psyche erforscht wird, andererseits – gleich, ob wir diesen letzteren Bereich *Psychologie* nennen oder ihm einen esoterischen Namen geben – erstreckt sich ja noch ein weites Niemandsland. Und da ist mir folgender Gedanke gekommen: falls wir wirklich einen neuen Planeten entdeckt haben sollten, könnte es ja sein, daß es dieses weite, kartographisch noch nicht vermessene Niemandsland ist, das wir nun, synchron mit der Entdeckung Chirons, betreten. Ich weiß nicht, wie weit dies alles zutrifft – aber jedenfalls ist es eine sehr anregende Vorstellung.

Beim Studium individueller Horoskope fiel mir auf, daß Chiron sich ganz verhält wie ein ausgewachsener äußerer Planet. Damit will ich sagen, daß Krisen und Schwierigkeiten in dem Haus, in dem Chiron steht, sich jeder Kontrolle durch das Individuum entziehen. Auch verändern und erweitern die bei Progressionen oder Transiten Chirons eintretenden Ereignisse das Bewußtsein des betroffenen Individuums. Es ist ja so, daß der Mensch durch die äußeren Planeten eine ganz bestimmte Orientierung erhält. Hierin unterscheiden sie sich stark von den inneren Planeten. Während eines schwierigen Aspekts, vielleicht durch eine Mars-Progression oder durch eine Konjunktion bei einem Transit von Saturn oder Jupiter kann man allerhand über sich selbst entdecken. Diese Erfahrungen kann man lenken, denn sie bleiben innerhalb der Grenzen des Menschlichen. Unter Saturn werden dem Menschen Einsichten gewährt in seine eigenen Werte wie z. B. Disziplin und Eigenständigkeit, oder in seine Einsamkeit und Abwehrfähigkeit. Doch diese Herausforderungen kann man ins eigene Leben integrieren, wenn man das nötige Rückgrat besitzt. Das kann schmerzen und einem gar nicht in den Kram passen, aber es werden einem dabei niemals die Haare zu Berge stehen. Die Progressionen und Transite der inneren Planeten bringen Dinge zum Vorschein, die auf den beiden oberen Ebenen des Diagramms von den Berggipfeln hervortreten. Es mag sich dabei um Unbewußtes handeln, aber es ist das individuelle

Unbewußte, nicht das kollektive. Mir ist zwar klar, daß diese meine Unterscheidung in der Praxis oft nicht so scharf ausfällt, sie gibt Ihnen aber eine ungefähre Vorstellung vom Sachverhalt.

Die äußeren Planeten führen den Menschen in ein unbekanntes Reich ein. Sie erweitern sein Bewußtsein, sie konfrontieren ihn mit Geheimnissen, mit seinem eigenen Schicksal, mit Mächten, die viel größer sind als sein eigenes kleines Leben. In der chinesischen Bilderschrift wird das Wort, das *Krise* bezeichnet, aus *Gefahr* und *Gelegenheit* zusammengesetzt.

Eine Krise ist gefährlich, weil sie der Persönlichkeit feindliche, unbekannte Elemente enthält – und ist eine Gelegenheit, weil die Persönlichkeit die Möglichkeit erhält, sich auszuweiten und Kontakt mit dem Transpersonalen zu bekommen. Die äußeren Planeten zertrümmern meistens die verfestigten Ansichten, die der Mensch über das Wesen der Wirklichkeit hat.

Nach den wenigen Beobachtungen, die zu machen ich bisher Gelegenheit hatte, verhält Chiron sich auch in folgender Weise: Es scheinen bei einem Menschen innerlich oder äußerlich Dinge zu geschehen, deren Steuerung durch das Ego schlicht und einfach unangebracht ist. Das Ego ist einfach nicht in der Lage, sich einzumischen in solche Veränderungen und sie in etwas persönlich Handhabbares zu verwandeln. Bei den äußeren Planeten ist der persönliche Wille anscheinend völlig unwesentlich. Bei den inneren Planeten ist er viel wichtiger, weil es sich hier darum handelt, die eigenen Antriebe und Bedürfnisse zu erkennen und ihnen Richtung zu geben. Wer aber versucht, den eigenen Willen gegen die äußeren Planeten einzusetzen, gerät in schlimme Schwierigkeiten. Die häufigsten Ereignisse, die ich bisher bei Transiten oder Progressionen von Chiron fand, waren Krankheiten. Meist waren es Krankheiten, deren wahren Ursprung und Bedeutung man verstehen muß, eine einfache Behandlung im herkömmlichen Sinne reicht nicht aus. Krankheiten gehören zu unseren Haupttriebfedern, denn sie erwecken sehr viele Ängste, Schrecken und Phantasien, die alle um die Frage nach dem Sinn und der Bedeutung des Leibes kreisen.

Gewisse klassische Krisensituationen treten häufig im Zusammenhang mit den äußeren Planeten auf. Zum Beispiel zerbrechen menschliche Beziehungen wie z.B. Ehen, oder man wechselt den Beruf, man bekommt einen neuen Chef – entweder freiwillig oder durch äußeren Zwang. Krankheiten habe ich schon genannt. Geistige oder religiöse Krisen sind häufig, auch der Tod von Vater oder Mutter. Solche Ereignisse betrachten wir gewöhnlich als die Ursachen für innere Veränderungen, doch sind zeitlich mit Bewegungen der äußeren Planeten zusammenfallende Ereignisse eher Reflexionen als Ursachen. Sie entsprechen tiefinnerlichen Veränderungen, die nicht verstanden und ausgelebt werden konnten, bis durch ein äußeres Ereignis die Gesetzmäßigkeiten des Lebens völlig verändert werden.

Durch eine Beobachtung im Zusammenhang mit Chiron hat sich mir die Vermutung aufgedrängt, Chiron habe eher ein erdiges als ein Schütze-Wesen. Chiron ist mit größter Regelmäßigkeit beim Partnerschaftsvergleich von engsten menschlichen Beziehungen zu finden, besonders, wie mir auffiel, bei sexuellen Beziehungen. Aufgrund dieser Beobachtung wiederum nehme ich an, daß Chiron etwas zu tun hat mit dem ureigensten Wesen des menschlichen Leibes. Die Sexualität steht gemäß der traditionellen Astrologie unter der Herrschaft von Venus und Mars, und auch von Pluto, wenn man psychologisch denkt. Doch stehen diese Planeten nur für emotionale Bedürfnisse und auch für Eigenschaften, von denen wir uns angezogen fühlen. Sie können uns aber keine Erklärung dafür liefern, warum wir bestimmte menschliche Körper schön und andere wieder abstoßend finden. Die Chemie des menschlichen Leibes ist und bleibt ein Geheimnis, dem mit psychologischen Studien nicht zu Leibe gerückt werden kann. Neue Therapien wie z. B. die Bioenergetik, beschäftigen sich mit den Kräften des Leibes. Wir sind zurückgekehrt in das Grenzland zwischen dem Psychischen und dem Physischen.

Das wäre nun wirklich alles, was ich zu Chiron sagen kann. Ich habe nicht die leiseste Ahnung, wie man ihn praktisch, d. h. in bezug auf die Häuser und Tierkreiszeichen auslegen muß. Wie gesagt, ich kann nur Andeutungen machen. Ich habe das ganz starke Gefühl, daß Chiron ein Erdwesen ist und – wenn wir ihn schon einem Tierkreiszeichen zuordnen müssen – deshalb Stier oder Jungfrau für ihn in Frage kämen, die ja beide ihren Herrscher mit dem anderen Zeichen teilen. Jungfrau und Merkur passen nicht gerade ideal zusammen, denn der Jungfrau sind Werte zugeordnet, die nicht recht zu Merkur als Regenten passen. Und Stier wiederum hat Eigenschaften, für die Venus einfach nicht steht. Sie müssen eben selbst experimentieren, weil es sich hierbei um Intuitionen, nicht um ein Evangelium handelt.

FRAGE: Könnten Sie noch etwas dazu sagen, wie die äußeren Planeten Krisen bringen? Meinen Sie durch ihre Transite?

LIZ GREENE: Ja, z. B. wenn ein äußerer Planet einen besonderen Punkt des Radixhoroskops mit starkem Aspekt transitiert. Das, was bedroht und verändert wird, erhält seine Beschreibung durch den aspektierten Planeten. Wenn z. B. Uranus in Opposition zu Ihrer Sonne transitiert, dann müssen Sie achtgeben auf Ihr Individualitätsgefühl. Die Sonne steht für unser ureigenstes Urgefühl, für unser Empfinden dafür, daß wir ein einmaliges Individuum sind. Wenn Uranus diese Stelle passiert, ist es, als ob der Planet zu uns sagt: »Tut mir leid, aber das genügt nicht! Deine Vorstellung von der Wirklichkeit ist zu beschränkt. Ich werde dich ein klein wenig durchrütteln, so daß ein paar Risse in deinen festen Wänden entstehen und du entdeckst, daß das Leben anders ist als du dachtest und daß auch du selbst anders bist als du dachtest.« Auf so ein Erlebnis reagieren natürlich nicht alle Menschen gleich. Manche werden sagen: Heiliger Himmel, ich habe eine gewaltige Offenbarung erlebt! Andere wieder ärgern sich nur schrecklich und beschuldigen jeden, der des Wegs daherkommt, er habe ihr Leben in Unordnung gebracht. Manche Menschen heißen die Möglichkeit einer Veränderung willkommen, während andere sie bekämpfen bis zu dem Punkt, daß ihnen das Dach überm Kopf zusammenbricht, weil dem Planeten jeder andere Ausweg verbaut wurde und er sich in Ereignisse flüchten muß.

Das ist wohl für viele Menschen eine sehr schwierige Frage. Da gibt es einen Menschen, der seit zwanzig Jahren im gleichen Beruf steht und schwer arbeitet, immer in der gleichen Haltung und mit der gleichen Hartnäckigkeit. Er gönnt sich keinerlei Entwicklung, setzt immer nur auf Nummer Sicher. Von heute auf morgen kommt ein äußerer Planet daher, und es geschieht etwas Schreckliches. Unbewußt tut der Mensch etwas, wodurch er seine Stellung verliert, oder das passiert einfach schicksalhaft. Dann muß er plötzlich darüber nachdenken, was sein bisheriges Leben all die vergangenen Jahre lang überhaupt wert war. Das ist hart und schmerzhaft für ihn, und wenn er sich dem widersetzt, kommt er vom Regen in die Traufe. Wenn er die Situation aber als not-wendiges Übel annimmt, durch das er wachsen und sich entfalten kann, dann begrüßt er auch den äußeren Planeten als einen Freund und durchlebt die Situation kreativ. Das ist es, was ich unter einer Krise verstehe.

Jetzt möchte ich übergehen zu den Aspekten der äußeren Planeten in individuellen Geburtsbildern. Zuerst will ich über das sprechen, was mit Menschen geschieht, die mit dem Kollektiven eng verbunden sind. Dann möchte ich noch über mögliche Gründe sprechen, aus denen es uns so schwerfällt, das zu akzeptieren, was uns die äußeren Planeten bringen. Es ist fast gänzlich unmöglich, Radixaspekte zwischen inneren und äußeren Planeten elegant zu handhaben. Sie bringen Störungen über Störungen. Nehmen Sie z. B. Venus in Opposition zu Pluto, einen Aspekt, der einen sehr schlechten Ruf hat, was menschliche Beziehungen anbetrifft. Es ist, als ob der Betroffene dazu gezwungen wird, in einem Theaterstück mitzumachen, bei dem der Regisseur darauf besteht, daß er eine Rolle spielt, die er persönlich nicht ausstehen kann. Mit einer Venus-Pluto-Verbindung ist es dem Menschen einfach nicht gegönnt, in nur oberflächlichen Bindungen mit anderen Menschen zu leben. Jemand kann als junger Mensch einem anderen Menschen begegnen, und beide finden sich gegenseitig nett und anziehend. Sie verlieben sich ineinander, möchten heiraten und einen Hausstand gründen. Sie kaufen sich ein nettes Haus in einer hübschen Vorstadt, bekommen zwei bis drei Kinder und haben zwei Autos. Theoretisch könnte nun alles immer so weitergehen. Wenn aber im Radixhoroskop des Betroffenen ein Venus-Pluto-Aspekt steht, dann gibt es für ihn keine Möglichkeit, daß er es so trifft. Sein Schicksal ist anders. Auf einer bewußten Ebene mag er nach Sicherheit, Zufriedenheit, Glück und Ruhe verlangen – das tun wir alle. Doch an einem bestimmten Punkt geht alles Gewünschte in Scherben, und der Betroffene kann einen Blick tun in die ungeheuer komplexe innere Welt, die sich auftut hinter diesem ganzen kollektiv akzeptablen, gutbürgerlichen Leben. Mit anderen Worten: die menschlichen Beziehungen zwingen ihn dazu, tiefer zu sehen und die dunklen, mächtigen Strömungen in seinem Inneren und im Leben zu erkennen. Alle Beziehungen werden zu einer zu Pluto führenden Pforte. Jedesmal, wenn der Betroffene es einem anderen Menschen gestattet, ihm näherzutreten, wird Pluto mit eingeladen. Der Betroffene unterzieht sich dem Erleben einer Veränderung und Herausforderung. Er wird dazu gezwungen, seine dunklen, ihm weniger vertrauten emotionalen Nöte und Antriebe zu erleben. Mit Venus-Pluto im Radixhoroskop sind diese Erfahrungen unumgänglich, es sei denn, der Betroffene vermeidet enge menschliche Kontakte – wozu auch wirklich viele Venus-Pluto-Menschen neigen.

In meinen Augen ist Venus-Pluto aber kein schlechter Aspekt. Wenn es so aussieht, als sei dieser Aspekt schwer zu handhaben, so deshalb, weil der Betroffene sich sträubt, diese tiefere Erfahrungsebene in seine menschlichen Beziehungen einzubringen. Anders ist es dagegen, wenn ein Mensch diesen Weg als einen Teil seines Lebens akzeptiert. Dann stehen die Chancen besser für ihn, mit Pluto kreativ zu arbeiten und nicht sein Opfer zu sein. Es braucht nicht zu sein, daß Pluto die menschlichen Beziehungen des Betroffenen zerstört. Das wird aber sicherlich eintreten, wenn der Betroffene in eigensinniger Weise darauf besteht, anstehende Probleme in einer angenehmen Unterhaltung oder mit einer Weigerung zu lösen. Wer darauf besteht, daß alles friedlich und still bleibt, wer alles tut, um Konfrontationen – sei es mit dem Partner, sei es mit sich selbst – aus dem Weg zu gehen, der kann erleben, daß Pluto sein zerstörerisches Wesen entfaltet, denn anstatt daß der Betroffene sich von der menschlichen Beziehung ändern läßt, verlangt er von der Beziehung, daß sie sich ändert. Und das tut sie dann meist auch – mit verheerender Wirkung. Wenn das geschieht, schiebt der Betroffene die Schuld gern seinem Partner zu. Wenn ihn der Partner aber dann verläßt, kann man Gift darauf nehmen, daß das durch den Venus-Pluto-Aspekt zustande gekommen ist.

Bei manchem Menschen wird die zwanghafte Zerstörung im eigenen Inneren stattfinden. Das kann eine Aufwärtsentwicklung sein, die davon wegführt, dem anderen Menschen die Schuld zuzuschieben. Es ist aber viel härter für den Betroffenen, erkennen zu müssen, daß er etwas, das er liebt, zu töten versucht. Das ergibt keinen Sinn, geht gegen alle Vernunft, allen Verstand und alles moralische Empfinden. Ob all dies nun schließlich zum Zusammenbleiben oder zum Abschied führt, ist nicht wichtig. Wichtig ist, daß man entdeckt, daß Emotionen oft ausgesprochen ambivalent sind und daß Liebe viel, viel komplizierter ist als es in Illustrierten geschildert wird. Des Verrats, der Untreue fähig zu sein, ist eines der Gesichter Plutos. Feststellen zu müssen, daß man fähig ist, einen Menschen, den man liebt, zu verraten, das ist schwer – wenn man in Sachen Liebe überhaupt den geringsten Idealismus besitzt. Die Entdeckung, daß Liebe sterben kann, ist ebenfalls eines der furchtbaren Gesichter Plutos, weil man ja glauben möchte, daß Liebe, wenn es wirklich Liebe ist, Beständigkeit hat. Machtkämpfe, Manipulation, Grausamkeit und sexuelle Unterwerfung, das sind weitere von Pluto bevorzugte Eigenschaften. Ein Mensch, der Venus in Wassermann in Opposition zu Pluto im Löwen, oder Venus in Stier im Quadrat zu Pluto hat, der wird mit einer solchen Konstellation nicht sehr glücklich sein, weil die bewußten Werte dem Urcharakter Plutos so völlig entgegengesetzt sind.

Wer es nun fertigbringt, seine Illustrierten wegzuwerfen, der wagt einen Anfang. Bei wem Pluto einen Aspekt zu Venus hat, bei dem muß das Erlebnis Plutos fester Bestandteil seines Liebeslebens werden. Das Härteste an einem Leben unter einem solchen Aspekt ist die Einsamkeit des Betroffenen auf dem unbekannten Weg durch die Unterwelt. Kollektive Richtlinien gibt es nicht, und die kollektiven Maßstäbe der äußeren Welt sind Pluto gegenüber meist sehr intolerant. Pluto ist ein einsamer Wolf, und auch das Erlebnis des Herabsteigens in das Labyrinth, die Begegnung mit sich selbst, ist von großer Einsamkeit gezeichnet. Diese Begegnung aber verleiht Tiefe und Kraft – und Liebe von einer Intensität, die ihresgleichen sucht. Auch das ist wohl Schicksal.

Das war ein Beispiel dafür, was geschieht, wenn ein innerer Planet einen äußeren aspektiert. Ein fremdartiges, schicksalhaftes Element dringt ein in ein sonst scheinbar normales, persönliches Leben. Der Betroffene wird in Erlebnisse hineingezogen, nach denen sein Sinn keineswegs steht und die er schlichtweg ablehnt. Es ist etwas Archaisches, Unpersönliches um die äußeren Planeten, und wir ertappen uns dabei, daß wir uns unter ihrem Einfluß höchst sonderbar benehmen, so daß wir uns selber ganz fremd vorkommen. Darum können die äußeren Planeten so erschreckend sein. Ganz kurz streift der Blick über ein Etwas, das die Stärke eines Gottes besitzt. Das kollektive Bewußtsein kann nicht weiterhelfen, denn seine Gesetzmäßigkeiten sind hier völlig außer Kraft gesetzt. Dies ist mit ein Grund, warum die äußeren Planeten so oft schmerzhaft unangenehm empfunden werden. Man muß sich völlig andersartige Werte und Maßstäbe erarbeiten, um mit den äußeren Planeten fertig zu werden. Und das bedeutet, Abschied zu nehmen von dem schützenden Dach der konventionellen Prinzipien. Diese Prinzipien beziehen sich gleicherweise auf das Innere und auf das Äußere, sind aber nicht gerade Regeln für ein Verhalten auf sexuellem Gebiet. Die inneren konventionellen Prinzipien verkünden, ob es richtig oder falsch ist, das eine oder andere zu empfinden oder zu wünschen, ob es nun ausgelebt wird oder nicht.

Ein Aspekt wie z. B. Sonne Konjunktion Neptun ist an sich kein schlechter Aspekt, genausowenig wie Venus Opposition Pluto schlecht oder gut ist. Ein solcher Aspekt ist eben einfach da. Geburtsbilder moralisieren nicht, sie sagen nicht, daß die eine oder andere Eigenschaft gut oder böse sei. Sie stellen derlei Dinge nicht fest. Wir behängen die Astrologie mit unseren Moralvorstellungen – aber die Planeten und Tierkreiszeichen geben dazu keinen Kommentar. Sie sind nur das Stück des Kosmos, das für die Lebenszeit eines Menschen Geltung hat und aus dem er sein Bestes zu machen hat. Sonne Konjunktion Neptun deutet an, daß das Problem der Individualität, des zu sich selbst Findens, kombiniert ist mit dem Verlangen nach mystischer Vereinigung und Auflösung aller individuellen Grenzen. Allgemeinverständlich ausgedrückt: der Mensch muß sich verlieren, um sich zu finden. Es besteht ein dauernder Konflikt zwischen Sonne und Neptun, da sie den Betroffenen in zwei entgegengesetzte Richtungen ziehen wollen. In Konjunktion versuchen beide aber letzten Endes, aus dem Betroffenen einen Menschen zu erschaffen, der sowohl er selbst ist als auch offen steht für das größere Ganze, von dem er ein Teil ist. In gewissem Sinne steht auf der personalen Ebene eines solchen Menschen eine Tür offen, die hinunterführt zur Ebene des kollektiven Unbewußten. Alles Verlangen, alle Sehnsüchte, Träume und Visionen seines kollektiven Unbewußten sikkern durch sein eigenes Gefühlsleben. Er wird unwiderstehlich angezogen von jenen Bewegungen, in denen diese Sehnsüchte zu Hause sind.

Ein Mensch mit Sonne-Neptun kann seinem Schicksal nicht entgehen, wenn ich auch glaube, daß viele Menschen, die diesen Aspekt haben, versuchen werden, Neptun auszuschließen. Das Verlangen nach etwas Unaussprechlichem und ein Mitgefühl für alle Leiden dieser Welt sind dem neptunischen Menschen sehr reale Dinge. Diese Empfindungen können durchaus als Bedrohung empfunden werden, weil sie eine Zersetzung der Persönlichkeit andeuten. Neptun identifiziert sich mit der Figur des Opfers und hat im allgemeinen das Empfinden, daß die Welt ein schrecklicher Ort sei, den er möglichst bald verlassen möchte. Von den Dingen, die einen Sonne-Neptun-Menschen peinigen können, spielt wohl die beunruhigende Erinnerung an den Ort, von dem der Mensch kommt, eine Rolle, den Ort, an dem es keine Konflikte, kein Leiden, keine Kämpfe darum gibt, daß man ein Individuum und allein in der Welt ist. Doch sind diese Phantasien unpersönlich, und es wäre ein Fehler, sie auf eine Sehnsucht nach dem Mutterleib zurückzuführen. Es handelt sich um ein tiefreligiöses Verlangen im Kollektiven, dem der Sonne-Neptun-Mensch ausgesetzt ist. Also muß er einen Weg finden, um seine Talente und Ziele mit diesen kollektiven Sehnsüchten zu vereinigen, denn er ist ein Mittler dieser Sehnsüchte für die Gruppe.

Ich habe einmal ein Radixhoroskop erstellt für eine Frau, deren Sonne im ersten Haus in Opposition zu Neptun im siebten Haus stand. Sie war ein ziemlich ernster Mensch und sagte, niemals im Leben habe sie das gehabt, was sie wirklich wollte. Ihr Vater war Trinker gewesen, und in ihrer Kindheit hatte sie immerzu versucht, den häuslichen Szenen zwischen den Eltern auszuweichen. Ihre Mutter war eine sehr praktische, tätige Frau gewesen, die natürlich dem schwachen Vater dauernd Vorwürfe machte. Schließlich heiratete meine Klientin einen netten, vielversprechenden jungen Mann. Aber es war, als ob ein böses Schicksal sie verfolgte, denn nach einigen Ehejahren fing auch ihr Mann zu trinken an. Sie ließ sich scheiden und heiratete nach einigen weiteren Jahren einen anderen. Bald aber stellte sich heraus, daß auch der zweite

Mann trank. Da dämmerte ihr, daß ihr Leben von einer Macht beherrscht wurde, die sie selbst nicht beeinflussen konnte. Sie ähnelte ihrer Mutter insofern, als sie der Ansicht war, daß man das, was man sich wünscht, dadurch erreicht, daß man alle in Sicht befindlichen Menschen solange dominiert, bis sie das Gewünschte rausrücken. So bekam sie es mit der Angst zu tun, als ihr die in ihrem Leben wirkenden Gesetzmäßigkeiten klar wurden. Wie Ian Fleming einmal schreibt: »Das erste Mal ist es Zufall, das zweite Mal Schicksal, das dritte Mal feindliche Einwirkung.«

Die Opposition zwischen Sonne und Neptun war natürlich schicksalhaft für diese Frau, doch glaube ich nicht, daß sie dazu verurteilt war, ihr Leben mit Alkoholikern zuzubringen. Irgendwie brachte sie es fertig, die innere Verantwortung, mit der die Sonne-Neptun-Konjunktion sie belastete, abzuwerfen. Ich gebe zu, es ist nicht leicht, mit diesem Aspekt zu leben, nicht zuletzt, weil die normalen sozialen Maßstäbe Sturm laufen gegen alles, wofür Neptun steht. Meine Klientin hatte zu große Angst gehabt vor der Auflösung und dem Eintritt in die magische Welt, wie Neptun es wohl verlangt, und so projizierte sie ihren Neptun auf ihre Partner. So etwas ist bei Neptun im siebten Haus zu erwarten. Der von Neptun dargestellte trinkende Vater war nicht einfach ein Trinker. Er war das verzerrte Symbol eines nach Geistigem Dürstenden, was ich durchaus wörtlich meine. Es besteht eine enge Querverbindung zwischen dem Alkoholiker, der trinkt, um in eine magische oder transzendente Wirklichkeit zu gelangen, und jenem Mystiker, der sich nach dem gleichen Erlebnis sehnt, nämlich, sich im Göttlichen zu verlieren. Die Sonne-Neptun-Konjunktion meiner Klientin steht für ein Erbe väterlicherseits, nämlich einen tiefen geistigen Durst. Sie konnte das mit ihrer sehr praktisch veranlagten bewußten *Persönlichkeit* nicht vereinigen. So lehnte sie ihren Vater ab und fand sich wieder mit zwei Ehemännern, welche die gleichen neptunischen Tendenzen in der gleichen, negativen Weise auslebten.

Diese Frau handelte auch nicht anders, als wir es gewohnheitsmäßig tun mit Aspekten äußerer Planeten. Wir neigen dazu, sie in ziemlich verzerrter Form zu projizieren. Neptun verwirklicht sich als der alkoholische oder sonst betrügerische Partner, Uranus erscheint im Gewande des Partners, der einen verläßt, und Pluto verkleidet sich als der Partner, der Macht über einen besitzt oder mit komplizierten sexuellen oder emotionalen Verhaltensweisen belastet ist. Es müßte, glaube ich, aber doch möglich sein, wenigstens den Versuch zu machen, diese Dinge im eigenen Leben auszuleben. Es könnte erfrischend und schöpferisch sein, wenn wir unsere Ängste meistern. Ein Kind mit starken Aspekten äußerer Planeten zieht schon in frühesten Jahren die Aufmerksamkeit der anderen Kinder auf sich, die es meistens etwas seltsam finden. Das Kind wird leiden unter kollektivem Druck, der sich in Form von konventionellen Erwartungen äußert, besonders wenn der äußere Planet an prominenter Stelle steht, wie z. B. am Aszendenten oder am MC. Da das Kind einem anderen Rhythmus folgt, wird es häufig gemieden von seinen nüchterneren Kameraden, die Aspekte wie z. B. Sonne-Saturn, Sonne-Jupiter oder Sonne-Mars haben und sich besser in die soziale Ordnung einfügen können. Ein Mensch mit starken Kontakten zu den äußeren Planeten kann ein störendes Element in der Gruppe sein, denn die äußeren Planeten wirken bedrohlich auf eher saturnisch gefärbte Werte. Aber man kann auch das der eben von mir beschriebenen Frau entgegengesetzte Extrem erleben. Ein Mensch kann so daran gewöhnt sein, daß man eine gewisse Fremdartigkeit auf ihn projiziert, daß er sich ganz und gar mit dem äußeren Planeten identifiziert. Dann wird er zum Anarchisten oder Aussteiger, oder er opponiert sonst irgendwie gegen die soziale Ordnung. Wenn er nun diesen Weg bis zum Extrem verfolgt, verliert er seine Sonne, das heißt, er verliert das Gefühl für seine eigenen individuellen Werte. Er ist nichts weiter als ein Sprachrohr für das kollektive Unbewußte und kann schließlich sehr destruktiv nicht nur anderen, sondern auch sich selbst gegenüber sein.

Aspekte der äußeren Planeten ertragen zu müssen, ist nicht leicht. Dazu benötigen wir viel Einsicht. In gewisser Weise ist es günstig, wenn die äußeren Planeten in einem Geburtsbild eine nicht gar zu aktive Rolle spielen, da der Betroffene dann bessere Chancen hat, sich ein relativ gemütliches, ruhiges und ereignisloses Leben zu schaffen. Viele Menschen schätzen ein solches Leben hoch ein, und auch ich finde, man sollte es nicht abwertend beurteilen. Jung äußerte dazu, daß man das Unbewußte in Ruhe lassen solle, bis es selbst an die Tür klopft. Und wenn ein Mensch das tägliche Leben meistert, gute Beziehungen zu anderen Menschen unterhält und nicht Jagd macht auf irgendwelche jenseitigen Visionen, so ist er deshalb noch lange nicht *unterentwickelt*. Das bedeutet einfach, daß er gesund ist. Wenn aber im Radixhoroskop ein äußerer Planet dominiert, muß man sehen, wie man sich mit diesem arrangiert. Vielleicht ist es richtig, mit dem Arrangieren an einer Stelle anzufangen, die eine Projektion des äußeren Planeten empfängt.

FRAGE: Bezieht sich das auf Sonne und Mond?

LIZ GREENE: Das bezieht sich wohl auf alles im Radixhoroskop. Wir projizieren nicht nur die äußeren Planeten. Wir projizieren auch viele andere Teile von uns. Nur daß es viel schwerer ist, die äußeren Planeten als *meine* Planeten zu sehen. Sie gehören ja weder *mir* noch *Ihnen*. Sie sind ein *Es,* und es ist besser, Abstand einzuhalten, sich aber trotzdem darüber klar zu sein, daß sie einem ins persönliche Leben hineinregieren. Wenn es die Sonne ist, die projiziert wird, dann, glaube ich, bedeutet es, daß der Betroffene keine klare Vorstellung von sich selbst und seinen ureigensten individuellen Werten hat. Er ist ein kollektives Geschöpf im herkömmlichen Sinn des Wortes, d. h. ein Sprachrohr für konventionelle soziale Meinungen und Werte. Oder er ist vielleicht ein vom tieferen, unbewußten Kollektiven in Form der äußeren Planeten dominiertes Geschöpf. Gleich, was davon zutrifft, sein Ego und sein Selbstgefühl sind nur schwach ausgebildet. Hier liegt seine Aufgabe – und er kann dabei auf andere Menschen angewiesen sein, darauf, daß sie ein Gefühl für seine eigene Individualität in sein Leben tragen.

Wenn der Mond projiziert wird, dann glaube ich, distanziert der Betroffene sich stark von seinen gefühlsmäßigen Bedürfnissen. Es ist ihm nicht bewußt, wie weit er zu anderen Menschen in Beziehung steht, und es kann sein, daß er sich auf andere Menschen verläßt, daß sie seine Gefühle für ihn ausleben. Ich möchte jetzt aber nicht alle Planeten besprechen – ich finde, das können Sie selbst tun. Doch habe ich erfahren, daß es typisch, vielleicht sogar unvermeidlich ist, daß wir die äußeren Planeten projizieren. Vielleicht werden wir das immer tun und können nur ein ganz kleines Stück von dem, was sie wirklich bedeuten, ganz in uns unterbringen. Ich bin der

Meinung, daß es erst dann gefährlich wird, wenn wir ihr Vorhandensein vollkommen verleugnen – dann verhalten sie sich wie ein *blindes Geschick*.

Jetzt möchte ich darüber sprechen, was geschieht, wenn Saturn sich mit den äußeren Planeten verbindet. Wenn Saturn mit Uranus, Neptun oder Pluto in Konjunktion steht, betrifft das jedesmal eine Menschengruppe, die alle innerhalb von zwei bis zweieinhalb Jahren geboren sind und eine Art kleiner Generation bilden. Nicht bei allen Menschen steht Saturn in Konjunktion mit einem äußeren Planeten. Quadrate, Trigone und Oppositionen wirken ähnlich. Ich will aber besonders über Konjunktionen sprechen, weil sie sich am klarsten abheben. Ungefähr von Mai 1941 bis April 1943 standen Saturn und Uranus in Konjunktion. Diese Konjunktion begann in Stier und setzte sich fort in der ersten Dekade der Zwillinge. Hier haben wir es mit einer Zweijahresgruppe zu tun. Ende des Jahres 1985 werden Saturn und Uranus ungefähr zwei Jahre lang wieder eine Konjunktion bilden, die in Schütze anfängt und sich im Steinbock fortsetzt. Die gleiche Konjunktion fand Ende des letzten Jahrhunderts statt. Im Verlaufe eines Jahrhunderts finden meist zwei oder drei solcher Konjunktionen statt.

Eine Saturn-Neptun-Konjunktion gab es von Ende 1951 bis Ende 1953 in Waage. Eine frühere fand statt zwischen 1916 und 1918. Die letzte Konjunktion in diesem Jahrhundert zwischen Saturn und Neptun wird dann zwischen 1988 und 1990 sein. Weiter gab es in unserem Jahrhundert zwei Saturn-Pluto-Konjunktionen, die eine von 1914 bis 1915, die andere von Herbst 1946 bis zum Ende des Jahres 1948. Eine dritte findet statt zwischen Januar 1982 und Anfang 1984. Damit bekommen Sie eine Vorstellung vom zyklischen Charakter der Konjunktionen. Ungefähr alle vierzig Jahre bildet Saturn eine Konjunktion mit jedem äußeren Planeten. Manchmal überschneiden sich diese Daten, wie z. B. in den späten achtziger Jahren, wenn die Saturn-Uranus-Konjunktion auf die Saturn-Neptun-Konjunktion trifft.

Ich erwähnte bereits, daß die sich aus den tiefen kollektiven Schichten der Psyche erhebenden großen Bewegungen auf ihrem Weg hinaus in die Welt zuerst auf Saturn treffen. Saturn ist die natürliche Barriere, der defensive Aspekt des Ego, das versucht, sich seine Autonomie und Abgeschlossenheit zu erhalten. Menschen, deren Saturn die äußeren Planeten aspektiert, bekommen den Aufprall kollektiver Strömungen meistens sehr stark und auf unbequemste Weise zu spüren, da sie heftig bestrebt sind, diese Strömungen irgendwie zu fassen und sie in sichere Kanäle zu leiten. Saturn bemüht sich darum, Formen zu errichten, um die chaotischen Kräfte aufzunehmen. So muß ein Mensch mit Saturn-Uranus etwas unternehmen mit den neuen Ideen, die sich in sein Bewußtsein ergießen. Für ihn genügt es nicht, vorausschauend, exzentrisch und unkonventionell zu sein, was bei Sonne-Uranus durchaus genügen kann. Saturn-Uranus muß einfach für ein Gefäß sorgen, andernfalls würde er sich beständig bedroht und geängstet fühlen. Ich glaube, es ist wichtig, daran zu denken, daß Saturn ja Regent des Steinbocks und des zehnten Hauses ist und für die Bühne des öffentlichen Lebens steht. Saturn-Uranus befindet sich in der merkwürdigen Lage, im Leben etwas anfangen zu müssen mit seiner sozialen oder politischen Vision; er darf aber dabei weder seinen Wirklichkeitssinn und seine Weltklugheit verlieren, noch seine Visionen in einen allzu konventionellen Rahmen pressen. Das erfordert einen ziemlich delikaten Balanceakt. Meistens geschieht es dann auch, daß der Betroffene zu dem einen oder dem anderen Extrem neigt und dann seinen Feind *dort draußen* in der Gesellschaft findet, entweder als wild anarchistischen Uranus, oder als belastend autoritären Saturn.

Mit Saturn-Neptun genügt es nicht, einfach nur dem Weg des Mystikers zu folgen, ein Künstler oder Musiker zu werden und den aus der Tiefe aufsteigenden Bildern Stimme zu verleihen. Saturn-Neptun muß dem Neptun in der Welt irgendwie Resonanz verschaffen, und das ist noch schwieriger als Saturn-Uranus, weil die diffuse Vision, die Neptun von der alles umfassenden Liebe hat, sehr weit entfernt ist von der irdischen Realität Saturns. Der Traum von einer utopischen Gesellschaft ist für viele Saturn-Neptun-Menschen eine bedrängende Vision, und sie versuchen, diese Vision durch Bildung von alternativen sozialen Strukturen wie z. B. Kommunen oder esoterischen Gruppen mit Leben zu erfüllen. Wie auch bei Saturn-Uranus ist es schwierig für den Betroffenen, in der Mitte stehen zu bleiben und das Gleichgewicht zu halten, und es kommt viel häufiger vor, daß er zu dem einen oder dem anderen Extrem neigt. Entweder wird die materielle Welt als haarsträubend ungeistig empfunden, oder die mystische Welt wird als unverantwortlich und degeneriert verdammt.

Saturn-Pluto steht für die Notwendigkeit eines Endes. Entweder muß der Betroffene bestimmte Werte in der Gesellschaft selbst zerstören, oder er muß einer Umwandlung dieser Werte nachhelfen. Er trägt die Verantwortung dafür, daß die Urinstinkte des Lebens einen Platz finden, was bedeutet, daß er sowohl der zutiefst verwandelnden Macht der Instinkte als auch ihrer brutalen Härte ins Auge sehen muß. Sehr oft wird Saturn-Pluto zum Saboteuer, der darauf hinarbeitet, festverankerte Strukturen oder etablierte Werte über den Haufen zu werfen. Auf vielerlei Weise kann er als Feind aller patriarchalischen Formen auftreten, wenn durch diese Emotionen und Instinkte zu lange unterdrückt worden sind. Es kann aber auch sein, daß er mit fliegenden Fahnen zum anderen Extrem übergeht und die Instinkte auf höchst tyrannische Weise bekämpft. Die Kombination Saturn-Pluto hat zwanghaften, geradezu besessenen Charakter, weil Pluto ja eine rohe, ungeheuer starke Naturkraft verkörpert. Es überrascht nicht, daß Saturn-Pluto-Menschen paranoid sein können und die destruktive Macht der Massen genauso fürchten wie die destruktive Macht ihrer eigenen emotionalen Tiefe.

Es liegt auf der Hand, daß ganz junge Menschen Berührungen Saturns mit den äußeren Planeten als ausgesprochen verunsichernd und beängstigend empfinden. Viele Menschen erleben schon in früher Jugend einen Zusammenbruch, weil ihr Ego noch nicht so stark ist, daß es den aus dem Unbewußten hervordrängenden Kräften Gestalt zu geben vermag. Leider erhalten wir durch unsere Erziehung keinerlei Hilfe in diesen Dingen, und so können wir es erleben, daß ein durch den Druck der äußeren Planeten etwas unbändig gewordener Mensch sehr unverständig behandelt wird. Der kritische Faktor ist hier wohl die Festigkeit und Gesundheit des Ego. Ein solcher Druck kann sich z. B. als ungeheure Affinität zu Idealen auswirken. Kontakte äußerer Planeten zu Saturn reflektieren eine Neigung, sich einer Bewegung mit Fanatismus anzuschließen. Aber es ist auch das Gegenteil zu beobachten, nämlich daß ein Mensch sich als persönlichen Feind einer

Bewegung empfindet und es als die ihm aufgebürdete Verantwortung ansieht, die Bewegung auszuradieren. Wenn der Betroffene sehr verängstigt ist durch die Einwirkung der äußeren Planeten, kann er die Rolle Saturns annehmen und versuchen, alle uranischen, neptunischen oder plutonischen Elemente in der Gesellschaft zu unterdrücken.

Natürlich können nicht alle Menschen mit Saturn in Konjunktion mit Uranus, Neptun oder Pluto in gleicher Weise empfinden. Diese Menschen handeln auch nicht alle gleich. Wahrscheinlich hängt das mit davon ab, wie stark die Konjunktion im Horoskop steht. Auch die Häuserstellung spielt eine Rolle, ebenso eventuelle Aspekte. Ich nehme an, daß die Konjunktionen für eine bestimmte, einer Generationsgruppe zugeordnete Verantwortlichkeit stehen. Aus einer solchen Gruppe tauchen dann Menschen auf, die als Sprachrohre für ihre Bedeutung fungieren. Viele Menschen mit diesen Konjunktionen sind sich all dessen überhaupt nicht bewußt, doch baut sich in solchen Gruppen ein Druck auf, der dann aus den sie repräsentierenden Menschen ausbricht und von ihnen in Worte gefaßt wird.

Ich habe intensiv nachgedacht über die zwischen den Jahren 1941 und 1943 geborene Saturn-Uranus-Gruppe. Was haben sie erlebt? Wer sind sie? Wie hat diese Gruppe ihre Konjunktion verkraftet? Das erste, was mir dabei auffiel, war, daß gerade diese Gruppe tatsächlich das Grundgebirge der ganzen Hippie-Generation bildet. Unter den frühesten Stimmen dieser ungeheuren Kulturbewegung, die in den letzten Dekaden so sehr viele Dinge verändert hat, war Bob Dylan, der zu der Saturn-Uranus-Gruppe gehört. In einem Lied drückt er sehr genau die damals aufsteigenden Empfindungen aus, und zwar mit den folgenden Worten: »You'd better start swimming or you'll sink like a stone/For the times they are a-changin'.« Dylan and Joan Baez und die Beatles bildeten die Vorhut einer Bewegung, die politische Ideen durch Musik ausdrückte. Das paßt, finde ich, für Saturn Konjunktion Uranus im Trigon zu Neptun. Die Kombination von Politik und Musik war mehr als nur eine Mode. So mancher Lebensstil wurde unwiderruflich umgewandelt. Die Moral, die religiöse Einstellung und die Beziehungen zum eigenen Land wurden völlig umgekehrt. Es ist kaum möglich, die Sauerteigwirkung dieser Menschen zu überschätzen. Durch die Beatles wurde auch ein merkwürdiger Inder namens Maharishi weltbekannt. Und siehe da, alle Welt fing an zu meditieren. Viele Dinge, die inzwischen allgemeines Ansehen gewonnen haben, waren für diese Gruppe damals noch Ketzerei und Bilderstürmerei. Diese Saturn-Uranus-Gruppe verlieh nicht nur einer Ideologie Stimme, sie gab auch der Symbolwelt Neptuns und seinen spirituellen Gefühlen Ausdruck. Deshalb war wohl die besondere Kombination aus Politik, Drogen und Musik von so starker Wirkung.

Bob Dylan versinnbildlichte zwar nicht die einzige Möglichkeit, um eine Saturn-Uranus-Konjunktion zu erklären, aber ein gutes Beispiel ist er doch. Das Charakteristische an ihm ist nicht, daß er sich als Sänger durchsetzte. So etwas kommt vor. Nein, es ist die Tatsache, daß die Geisteshaltung einiger weniger Menschen von einer Wirkung war wie ein um sich greifendes Buschfeuer. Wenn ein Mensch Dinge symbolisiert, nach denen sich ein Kollektiv unbewußt sehnt, dann gewinnt dieser Mensch ungeheuren Einfluß.

Viel weniger klar bin ich mir über die derzeitige Saturn-Neptun-Gruppe. Zur Zeit erleben die Betroffenen gerade die Wiederkehr Saturns, und ich bin mir keineswegs klar über das, was sie tun werden. Ich habe bereits über den Drang mancher Menschen gesprochen, eine mystische oder spirituelle Vision in der Gesellschaft zu begründen, und ich bin überzeugt, daß die dieser Gruppe Zugehörigen sich in dieser Richtung entwickeln werden. Etwas mehr weiß ich von der unmittelbar nach dem Zweiten Weltkrieg geborenen Saturn-Pluto-Gruppe, weil die Betroffenen vor einigen Jahren die Wiederkehr Saturns erlebt haben, eine Zeit, nach der man gern einen Astrologen aufsucht. Ich bin mir nicht ganz klar darüber, warum man das tut. Vielleicht, weil man mit gewissen Dingen, die mit der Wiederkehr Saturns zusammenhängen, zurechtkommen muß. Es ist eine Zeit der Neuorientierung. Der Betroffene setzt sich hin und überlegt, welchen Weg er einschlagen soll.

Die Besonderheiten bei Saturn-Pluto haben mein spezielles Interesse erweckt, weil dabei sehr häufig Symptome auftreten, die der Psychotherapeut Klaustrophobie nennt. Bei meinen Saturn-Pluto-Klienten habe ich diese Dinge eingehend studiert. Unter den ersten Dingen, die ans Licht traten, war ein allgemeiner Haß auf Menschenmengen. Das Erleben panischer

Gefühle in Menschenmengen scheint in dieser Menschengruppe in erstaunlichem Maße verbreitet zu sein. Wie man es von einer solchen Konjunktion in Löwe erwarten kann, findet man auch keine allzu große Liebe zu allem Autoritären – was aber hier tiefer geht als das übliche Vaterproblem. Es scheint sich hier um einen echten Haß auf Führergestalten zu handeln, die die Macht besitzen, die Massen zu beeinflussen. Ich habe bei Saturn-Pluto einen sehr starken anarchistischen Zug entdeckt, der das Verlangen zu zerstören ausdrückt. Oft ist das zu zerstörende Objekt nicht klar erkennbar, aber meistens ist es eine autoritäre Person oder Sache.

Ich glaube, daß eine Saturn-Pluto-Konjunktion Gewalt beinhaltet. Diese Gewalt kann sich auf der physischen oder der emotionalen Ebene ausdrücken – in jedem Falle aber liegen die Reaktionen näher beim Gesetz des Dschungels als beim sogenannten zivilisierten Verhalten. Das bei sich selbst akzeptieren zu müssen, kann sehr schwer sein, wenn das übrige Horoskop sehr sanft, verfeinert und beherrscht ist. Saturn-Pluto scheint außerdem eine grimmige Isolierung auszudrücken. Bei meiner Arbeit mit Gruppen habe ich erlebt, daß die Saturn-Pluto-Menschen es nicht mögen, daß man sie als Mitglieder der Gruppe behandelt. Das ganze Gruppengefühl im bekannten wassermännischen Sinn ist für so manchen Saturn-Pluto-Betroffenen höchst irritierend. Sie schreiben sich ein für ein Seminar oder einen Arbeitskreis, schleichen dann dort im Hintergrund umher, nehmen sich das, was ihnen in den Kram paßt – und dann gehen sie. Sie wollen nicht *teilnehmen* im Sinne des humanistischen psychologischen Jargons. Sie betrachten sich nicht als Mitglieder einer Gruppe.

Weiter habe ich erfahren, daß Saturn-Pluto-Menschen nicht angetrieben werden können. In dieser Gruppe gibt es wohl bei der frühen Erziehung so manches Problem, denn sowie man versucht, ihnen eine Ideologie nahezubringen oder sie irgendwie zu steuern, erlebt man eine wilde und zugleich verstockte Reaktion. Natürlich wird diese Reaktion sehr verschieden ausfallen, genauso wie bei Saturn-Uranus der Grad der politischen Bilderstürmerei verschieden heftig ausfällt. Bei manchen Saturn-Pluto-Betroffenen ist der Haß auf auferlegte Restriktionen besonders groß. Ich glaube, damit zu unterstreichen, was ich bereits darüber gesagt habe, daß Pluto der Feind patriarchalischer Systeme und Gesetze ist. Man kann Saturn-Pluto durch die Welt der Gefühle erreichen, aber niemals durch Autorität! Im Jahre 1948 traf Mars verstärkend auf die Saturn-Pluto-Konjunktion. Deshalb äußert diese Untergruppe der Saturn-Pluto-Betroffenen verständlicherweise ihren Ärger sehr offen. Ärger und Aggressionen können bei ihnen aber natürlich auch ganz unbewußt sein.

Ein weiterer merkwürdiger Umstand bei dieser Konjunktion reicht tiefer als die Gesetzmäßigkeiten des menschlichen Verhaltens. Ich bin mehreren Saturn-Pluto-Betroffenen begegnet, in deren Träumen Bilder aus dem letzten Weltkrieg aufsteigen. Diese Bilder kreisen um das Thema des Konzentrationslagers und des deutsch-jüdischen Dilemmas. Das erste Mal, als mir diese Bilderwelt begegnete, verarbeitete ich sie wie Erfahrungen des Betroffenen. Als ich aber diesem Phänomen mehrere Male begegnete, regte sich meine Neugier. Da die Saturn-Pluto-Konjunktion in Löwe erst nach Ende des Krieges stattfand, kann es sich nicht um unmittelbare Kindheitserinnerungen oder -erlebnisse handeln. Und doch hatte ich das Gefühl, als ob diese Gruppe die Schrecken des Holocaust selbst erlebt hätte. Jetzt könnten wir natürlich eine umfassende Diskussion darüber führen, ob dies als ein Beweis für die Reinkarnation aufzufassen sei, aber offengestanden habe ich kein Interesse an einer solchen Diskussion, weil es ja keine Möglichkeit gibt, die Wahrheit zu erfahren. Trotzdem bin ich am Holocaust als einem Symbol sehr interessiert. Diese Bilderwelt hat als Thema den Verfolger und den Verfolgten, hier verkörpert durch die Nationalsozialisten und die Juden. Wir müssen fragen, was die Gestalt des Sündenbockes bedeutet und was sie innerhalb der Gesellschaft darstellt. Der Sündenbock ist die dunkle, verabscheute Schattenseite des Menschen, und das Bild des blonden deutschen Übermenschen, der den dunklen jüdischen *Untermenschen* ausrotten möchte, ist wirklich ein ganz archaisches Thema der Mythologie.

In gewisser Weise will Saturn-Pluto vorsichtig versuchen, diese beiden Seiten des Lebens miteinander zu versöhnen. Dabei können die inneren Konflikte des Betroffenen sehr stürmisch sein, weil, wie ich vermute, der Saturn-Pluto-Betroffene sowohl einen Hitler als auch einen verfolgten Sündenbock in sich vereinigt.

Unter den von mir befragten Saturn-Pluto-Menschen waren weder Deutsche noch Juden, so daß es sich hier kaum um Demonstrationen von Rassentreue handeln kann. Dem gleichen Themenkreis begegnete ich auch bei den Vertretern der früheren, während des Ersten Weltkrieges geborenen Saturn-Pluto-Gruppe. Diese Menschen sind in ihrer Kindheit natürlich keinen Holocaust-Themen begegnet, wie es bei der späteren Gruppe der Fall gewesen sein mag. Und doch haben sie mir einige sehr merkwürdige Dinge erzählt. Sie sagten: »Ja, ich träume immer wieder, ich bin in einer Gaskammer.« Ein Betroffener sagte: »Sowie ich in einen überfüllten Bus oder S-Bahn-Zug einsteige, überfällt mich die Vorstellung, daß Soldaten hereinkommen.« Diese Bilder sind zwar modern eingekleidet, aber das Thema ist nicht neu. Es ist uralt. Ich möchte so weit gehen zu behaupten, daß der Saturn-Pluto-Gruppe die Verantwortung zugefallen ist, eine Lösung zu finden für diesen schrecklichen Zwiespalt zwischen dem hellen Antlitz der Zivilisation und dem dunklen Antlitz des primitiven Menschen. Keiner empfindet diesen Zwiespalt heftiger als Saturn-Pluto.

Nun könnten Esoteriker sagen, daß die zwischen 1946 und 1948 geborenen Saturn-Pluto-Menschen eben sehr rasch wiedergeboren wurden, nachdem sie den Holocaust erlitten hatten. Aber auch wenn diese Erklärung zutreffen sollte, so könnte sie doch der psychologischen Bedeutung dieser Konjunktion und ihren kreativen Möglichkeiten nicht voll gerecht werden. In Anbetracht von Saturn-Pluto sieht es so aus, als ob der Betroffene den Krieg wirklich erlebt hat, mir aber scheint es zu bedeuten, daß der Betroffene ganz einfach den gleichen Konfliktstoff in sich trägt, aus dem auch der Krieg bestand. Vielleicht haben diese Menschen etwas dazu zu sagen, ob sich so ein Ereignis jemals wiederholen wird.

Diese Saturn-Pluto-Gruppe hat wohl stärker als alle anderen Menschen Einsicht in die wirkliche Bedeutung eines Krieges. Saturn-Pluto mißtraut der Massenpsychologie aus vollgültigen Gründen. Wir neigen ja dazu, den letzten Krieg als ein politisches Problem anzusehen, der entfesselt wurde von einem Diktator, dessen Wunsch es war, daß Deutschland die Welt regieren sollte. Doch die Dinge sind viel subtiler. Die Welt kann auf vielerlei Weise regiert werden, ohne daß dabei Sündenböcke oder *Untermenschen* gejagt werden müssen. Da ist ein psychologisches Phänomen im Spiel, nämlich daß eine Gruppe ihren Schatten auf eine andere Gruppe wirft, um das eigene Böse nicht erfahren zu müssen. Aber hier haben wir es mit einem Problem zu tun, das nicht auf das Deutschland des Krieges beschränkt ist.

Schon seit langer Zeit habe ich das Gefühl, daß Pluto eine archaische weibliche Macht symbolisiert, die seit langer Zeit von jeder religiösen Anbetung ausgeschlossen ist. Pluto hat wohl vielerlei Beziehungen zu der im gesamten Nahen Osten und Mittelmeerraum als Göttin der Fruchtbarkeit und des Todes angebeteten Gestalt der Großen Mutter. In gewissen Ländern Nordeuropas wurde sie besonders zurückgedrängt. Dort wurde schon immer ein männlicher Himmelsgott angebetet. In der Trilogie des Äschylos, der Orestie, sind die Furien aufgebracht über die Verletzung des Mutterrechts und verhängen deshalb den Wahnsinn als Strafe über Orest. Ich stelle mir nun vor, daß die über die Vernachlässigung erboste Göttin sich gerächt hat mit diesem Wahnsinnsausbruch, dessen Zeugen wir vor vierzig Jahren wurden. Das, meine ich, ist als Nationalsozialismus verkleidet an die Oberfläche gelangt. Ich kann diesen Fehler nicht den Deutschen zuschieben. Vielleicht war die deutsche Nation ein schwaches Glied in der Kette, weil sie sich im Zustand eines internen Kollapses befand. Ein Mensch, der sich in aufgelöstem Zustand auf einer sehr tiefen Stufe befindet, unterliegt sehr leicht einer Heimsuchung durch das Unbewußte. Vielleicht war es auch die kollektive Vergangenheit Deutschlands, die es zu einem geeigneten Gefäß machte, denn die nordisch-germanischen Völker haben stets einer männlichen Gottheit den Vorzug gegeben und im Gegensatz zu den Mittelmeerkulturen niemals eine Große Mutter angebetet. Das würde bedeuten, daß es dort nur wenig oder gar kein echtes Verständnis und keine Integration für das Weibliche gab und keine Möglichkeit bestand, mit seinem ärgerlich gewordenen Antlitz fertig zu werden. Man wurde einfach überrumpelt. Aber das hätte überall geschehen können. Es wäre ein Fehler, die Schuld am Holocaust auf politische Prinzipien zu schieben.

Ich empfinde es so, daß Pluto, die dunkle Mutter, in Wut und Wildheit ausbrach durch eine bestimmte politische Einheit, die sich für sie als Träger eignete. Bis zum Aufstieg des

Dritten Reiches betrachteten wir uns im Westen gerne als im wesentlichen zivilisierte und moralische Menschen. Dann jedoch erhielten wir einen Schock durch jene Grausamkeit und Raserei, die – wir bestehen immer noch darauf, es zu glauben – ausschließlich eine deutsche Eigenschaft gewesen sein soll. Ich glaube aber, daß das Problem uns unmittelbar auf der Haut brennt. Solange es ein Mensch nicht fertigbringt, diese Kräfte in sich selbst zu erkennen und einigermaßen zu verstehen, was vor sich geht, so lange wird er seinen Pluto weiterhin auf Rassen und Nationen projizieren. Ich glaube daran, daß das Verarbeiten des letzten Krieges wirklich eine individuelle Angelegenheit ist.

Man kann viele Individuen beobachten, die noch davon besessen sind. Damit meine ich aber keine Gedanken darüber, was geschehen ist, sondern die Tatsache, daß es in vielen Ländern, einschließlich Amerika, neonazistische Parteien gibt. Die Motive und die Bilderwelt des Holocaust üben eine merkwürdige Faszination auf uns alle aus. Sie sind tiefreichende Symbole eines innerlichen Zusammenpralls.

Ich stelle mir vor, daß die mit Saturn in einem starken Aspekt zu Pluto geborenen Menschen besonders dafür motiviert sind, nicht nur alle diese Fragen zu verstehen, sondern auch vielleicht eine gewisse Verantwortung in der äußeren Welt zu haben, weil ihre Ausgangslage für ein Verständnis dieser Fragen besonders günstig ist. Diese Gruppe verfügt über eine besondere Ehrlichkeit, wenigstens sich selbst gegenüber. Wie viele von ihnen mir sagten, haben sie Angst vor sich selbst, weil sie sich klar sind über ihre eigene besondere Brutalität und sexuelle Grausamkeit.

Ich vermute, daß es diese Wildheit nicht nur bei Saturn-Pluto gibt, nur daß Saturn-Pluto nicht umhin kann, sie zu spüren und die Notwendigkeit einzusehen, sie zu verstehen und mit ihr auszukommen. Vielleicht ist es das, was sie zum Kollektiven beitragen können.

FRAGE: Glauben Sie nicht, daß dies eine Reinkarnationsvorstellung ist? Ich habe so etwas wie Reinkarnationsträume gehabt. In einem Traum landete ich schließlich in einem Konzentrationslager in Deutschland während des letzten Weltkrieges und habe die Zeit tatsächlich durchlebt. Soviel ich weiß, könnte das ein Reinkarnationserlebnis sein. Ich weiß keine andere Erklärung dafür.

Liz Greene: Deshalb versuche ich eine Annäherung an diesen Problemkomplex auf psychologischem Wege. Ich möchte keinen Streit anfangen wegen dieser Reinkarnationsidee, bin aber doch der Meinung, daß Ihr Traum auch eine innere symbolische Bedeutung hat. Wenn Sie davon träumen, daß Sie in einem Konzentrationslager sind, dann sagt das etwas aus darüber, wie Sie sich in Ihrem augenblicklichen Leben fühlen. Ob es auch bedeutet, daß Sie buchstäblich einmal in einem Konzentrationslager waren, ändert nichts daran. Haben Sie einen Saturn-Pluto-Aspekt?

Antwort: Ja, ich habe eine Saturn-Pluto-Opposition.

Liz Greene: Ich weiß tatsächlich nichts über die metaphysische Seite dieser Dinge. Verschiedene Menschen glauben Verschiedenes. Das einzige, dessen ich mir sicher bin, ist, daß solch ein Bild etwas aussagt über den Betroffenen und sein derzeitiges Leben. Das ist eine psychologische Feststellung. Beide Ansichten schließen sich gegenseitig nicht aus. Man könnte argumentieren, daß Sie die Neigung haben, sich als das Opfer von autoritären Figuren und als von ihnen verfolgt zu fühlen, weil Sie in einem vergangenen Leben Schlimmes erlebt haben. Wie dem auch sei: in Ihrer jetzigen Wirklichkeit empfinden Sie so, und Ihr Traum zeigt es ganz unverhüllt. Es würde mich mehr interessieren, welche Seite von Ihnen die Deutschen vertraten und warum der Zustand innerer Verfolgung zwischen zwei verschiedenen Aspekten bei Ihnen bestand, als zu erfahren, ob Sie im Jahre 1943 wirklich gelebt haben. Das würde Ihnen heute auch gar nicht von Nutzen sein.
Wenn Sie einen starken Eindruck davon haben wollen, wie Saturn-Pluto wirklich ist, dann betrachten Sie sich die Bilder vom letzten Krieg, der ein Musterbeispiel für Saturn-Pluto ist. Dieser Krieg ist ein gewaltiges Symbol für das, was dieser Aspekt wahrscheinlich bedeutet, einschließlich der überwältigend plutonischen Diktatur und des gejagten, verfolgten und vernichteten Sündenbockes, der ebenfalls in seltsamer Weise plutonisch ist. Aller sexuelle Sadismus, alle Träume von Rassenreinheit und vom Übermenschen hängen zusammen mit

Saturn-Pluto. Der Besuch einer Wagner-Oper ist ebenfalls eine Lektion über Saturn-Pluto.

Seltsamerweise wurde der Staat Israel unter der gleichen Saturn-Pluto-Konjunktion gegründet, die dem Holocaust folgte. Das ist entweder eine ungeheure kosmische Ironie oder aber eine sehr bedeutungsvolle Tatsache. Leider erinnert das Verhalten dieses großartigen, hochmotivierten Landes manchmal in schreckenerregender Weise an die Umstände, die zu seiner Entstehung führten*. Dies erinnert an ein paradoxes Geschehen, das von Jung mit Enantiodromia bezeichnet wird. Das bedeutet, daß, wenn man sich sehr heftig gegen einen Gegner polarisiert, man die Tendenz hat, sich insgeheim und ohne sich darüber klar zu sein, selbst in diesen Gegner zu verwandeln. Dies ist wohl auch die durch eine Polarisation bei einer Konjunktion Saturns mit einem äußeren Planeten drohende Gefahr. Wer zu heftig gegen eine Seite ankämpft, endet schließlich damit, daß er ihr unbewußt erliegt. Die gleiche Gefahr besteht bei Saturn-Uranus und Saturn-Neptun. Wenn Saturn zu heftig gegen neptunischen Idealismus und neptunische Romantik angeht, indem er versucht, unwahrscheinlich praktisch zu sein, verhält er sich im Grunde wie ein religiöser Fanatiker, der das Himmelreich auf die Erde herabbringen will, ohne die geringste Ahnung von seiner eigenen messianischen Aura zu haben. Die Wirkung kann aber auch umgekehrt sein. Saturn-Uranus kann sich auf die uranische Seite zu polarisieren, kann von der Notwendigkeit der Befreiung und Umwandlung des Erziehungssystems sprechen und davon, daß die konventionelle Obrigkeit gestürzt werden müsse, unbewußt aber genauso autoritär, starr und tyrannisch sein wie all das, wogegen er ankämpft. Daran können Sie erkennen, welch eine ungeheure Herausforderung diese Aspekte für den einzelnen Menschen bilden.

Als historisches Musterbeispiel für Saturn-Uranus könnte die Französische Revolution genannt werden, so wie der letzte Krieg ein Musterbeispiel für Saturn-Pluto war. Die Französische Revolution basierte auf einer Idee, oder vielmehr auf drei

---

* Dieser Kommentar bezieht sich auf die Situation im Nahen Osten im Jahre 1980. Das Verhältnis zwischen Israel und Palästina im Jahre 1982 erweckt in mir den Wunsch, diesen Kommentar verstärkt zu wiederholen.

Ideen – Freiheit, Gleichheit und Brüderlichkeit. Diese hohen Ideale sollten sich für alle erfüllen, indem man die schwache Monarchie stürzte. Die Revolution mündete in einem Blutbad und wuchs sich aus zur vollkommenen Antithese von Freiheit, Gleichheit und Brüderlichkeit. Und nach all diesen Anstrengungen ergriff schließlich ein weiterer Diktator, nämlich Napoleon, das Steuer. Diese Dinge lassen sich anscheinend auf der gesellschaftlichen Ebene nicht entwickeln. Das Individuum muß sich ihrer annehmen.

FRAGE: Wodurch unterscheidet sich die Idee vom Mythos?

LIZ GREENE: Beide decken sich wohl teilweise. Für mich ist eine Idee etwas Begriffliches, Abstraktes. Freiheit, Gleichheit und Brüderlichkeit sind Begriffe, die innerhalb einer bestimmten sozialen Gemeinschaft Geltung haben. Der Mythos von Prometheus, der der Menschheit das Feuer brachte, liegt zwar in etwa auf der gleichen Wellenlänge, aber als ein freies spontanes Bild, über das die Menschen nicht weiter nachdenken. Dieses Bild steigt aus dem Unbewußten bezwingend auf und birgt doch einen intellektuellen Inhalt. Uranischen Ideen liegt oft ein Mythos zugrunde, aber die Menschen meinen, wenn sie die Idee hervorbringen, daß sie erleuchtet und vernunftbegabt sind. Der Mythos wird von der menschlichen Denkfunktion übersetzt in etwas in der Zeit und im Raum Erkennbares. Der ideologische Gehalt der Französischen Revolution fußte auf der Beobachtung, daß die Bauern unterdrückt wurden. Man glaubte, die Ideen der Revolution seien rational, vernünftig, anständig und verwirklichbar. Es gibt viele Mythen, in denen ein unterdrückter oder gefangen gehaltener Mensch befreit wird – oft mit Gewalt. Aber kein Grieche wäre auf die Idee gekommen, daß die Geschichte von Zeus und seinen Geschwistern, die ihren tyrannischen Vater Kronos stürzen, eine Idee für den vollkommenen griechischen Staat sei. Nein, sie war einfach ein aus dem Bereich des Religiösen stammender Bericht über Wesen, von denen die Griechen glaubten, sie seien Götter bzw. herrschende Kräfte des Kosmos. Eine Gruppe kann sich versammeln und eine Idee diskutieren. Aber sich zusammensetzen und einen Mythos diskutieren, das kann man nicht. Ein Mythos wird einfach als etwas Lebendiges und Numinoses erlebt.

Mythen brechen auf unrationale Weise ins Leben ein. Der Mythos der Nationalsozialisten brach hervor aus Wagners Siegfried. Ich glaube kaum, daß sich ein Mensch – und Wagner schon gar nicht – hinsetzt mit einer Zigarette und einem Weinbrand und zu sich selbst sagt: »Ich habe da eine großartige Idee für einen neuen deutschen Staat.« Wagner hat Siegfried nicht geschaffen. Siegfried nahm erst von Wagner und dann von ganz Deutschland Besitz. Viel später, nachdem alle Menschen richtiggehend in Besitz genommen worden waren, fingen sie an, bestimmte Ideen auszubrüten, z. B. die Industrie zu verstaatlichen, den deutschen Stolz wiederherzustellen und die eigene Rasse reinzuhalten. Ich weiß es nicht, aber vielleicht sind uranische Ideen Träger von Mythen, die sich in einer von den Menschen als vernünftig betrachteten Form verbreiten.

Es kommt wohl auch vor, daß ein Mensch, der eine Idee hat, einen Mythos zu Hilfe nimmt, um seine Idee zu verbreiten. Als Beispiel hierfür möchte ich Ihnen eine ziemlich wenig beachtete historische Tatsache schildern. Im frühen siebzehnten Jahrhundert wollte ein gewisser Friedrich, Kurfürst von der Pfalz, d. h. einer unter mehreren deutschen Fürsten, der über ein kleines Stück des Kaiserreiches herrschte, König von Böhmen werden. Er wollte damit dem Katholizismus der Habsburgischen Herrscher eins auswischen, denn in seinem Lande sollten die Protestanten Glaubensfreiheit genießen. Er und seine Anhänger verfochten eine Idee, die zwar nicht neu war, die Friedrich aber sehr viel bedeutete. Zur Unterstützung seiner Idee bediente er sich eines Mythos. Er war beteiligt an der Gründung der Rosenkreuz-Bruderschaft, die den Mythos von einer unsichtbaren Elite spiritueller Eingeweihter verbreitete, welche die Geschicke der gewöhnlichen Sterblichen leiteten. Dieser Mythos ist schon alt und wird manchen unter Ihnen bereits bei Alice Bailey oder in der Theosophie begegnet sein. Friedrich hatte die Idee von einem spirituell erleuchteten Staat, in dem jeder nach seiner Façon selig werden durfte. Dies aber war eine Regelwidrigkeit in dem vom Hause Habsburg beherrschten katholischen Europa. Und so wurde Friedrich unterdrückt und niedergeschlagen. Und doch war es eine gute Idee. Gute Politiker waren sich immer klar darüber, daß es wertvoll ist, Uranus mit Neptun zu unterstützen.

Was Uranus und Neptun anbetrifft, so ist der Marxismus wohl ein interessantes Beispiel für die Kombination von Idee und Mythos, besser gesagt, für die Kombination von einer Ideologie und einer Religion. Der Marxismus ist genausosehr Religion wie politisches System, wenn sich auch der waschechte Marxist in der Regel als über den Religionen stehend betrachtet, die für ihn nur Opium für die Massen sind. Marx selbst wurde geboren mit einer Uranus-Neptun-Konjunktion in Schütze. Obwohl ich jetzt riskiere, eventuell anwesende Marxisten zu verärgern, muß ich sagen, daß mir der Marxismus genauso mystisch vorkommt wie das Rosenkreuzertum. Der vollkommene Staat ist ein uralter Mythos. Zu seinen ältesten Symbolen gehört das Himmlische Jerusalem. Der Marxismus gibt sich aber als Idee aus, weil er einen rationalen Kern hat, den es im mystischen Christentum nicht gibt.

In vielen Ideen und Ideensystemen ist ein religiöser Kern verborgen. Freuds psychoanalytische Theorie weist auch viele stark religiöse Züge auf. Freud verwarf jeden Gedanken an einen Gott, erhob dafür jedoch die Instinkte in den Status von Göttern. Freuds Es ist dem allmächtigen, Gehorsam erzwingenden Jahwe seiner jüdischen Vorfahren gar nicht fern. Es herrscht eine religiöse Empfindung in der psychoanalytischen Bewegung, genauso wie auch im Marxismus. Beide Bewegungen geben vor, völlig rational zu sein. Doch mag der jeweilige mystische Kern letzten Endes für den einzelnen Menschen wertvoller sein als der ideologische Inhalt. Den meisten Ideensystemen wäre es aber sehr peinlich, wenn man ihnen auch nur die geringste Berührung mit dem Mystischen oder Mythischen nachsagen würde.

BEMERKUNG: Mir ist aufgefallen, daß die gegenwärtige Stellung Rußlands in der Welt mit den beiden von Ihnen erwähnten Saturn-Pluto-Konjunktionen zusammenhängt. Die russische Revolution fand statt während der ersten Konjunktion, und während der zweiten Konjunktion stieg Rußland zur Weltmacht auf.

LIZ GREENE: Morgen werde ich das Horoskop Rußlands aufhängen und besprechen. Deshalb will ich auch erst morgen auf Ihre Bemerkung eingehen. Ich werde Ihnen demonstrieren, daß die gleichen Prinzipien in der Psyche eines Individuums und in der eines Landes wirksam sind. In Rußlands Geburtsbild steht tatsächlich eine Saturn-Neptun-Konjunktion in Löwe in Opposition zu Uranus in Wassermann. Es ist das Horoskop des Augenblicks der Machtübernahme durch die Bolschewistische Partei. Aber darauf wollen wir morgen genauer eingehen.

Dritter Vortrag

Ich möchte heute mit einigen Beispielen von Horoskopen berühmter Personen beginnen, bei denen die äußeren Planeten offenbar eine Art Schlüssel zu den individuellen Motivationen sind. Das heißt nicht, daß die äußeren Planeten oder andere damit im Zusammenhang stehende Faktoren des Horoskopes etwas aussagen würden über Genie und Größe im positiven oder im negativen Sinn.

Es ist leicht, sich ein Radixhoroskop wie das von Hitler, über das ich unter anderen sprechen werde, vorzunehmen mit der Absicht, daraus abzulesen, warum er in der Lage war, zu so großer Macht zu gelangen. Das Horoskop wird uns das jedoch nicht verraten, davon bin ich überzeugt.

Ohne Hintergrundinformationen wäre es nicht wirklich möglich abzuschätzen, was aus diesem Mann wurde. Außerdem kamen ja zu etwa der gleichen Zeit wie Hitler sehr viele Kinder zur Welt. Ein psychologisches Porträt jedoch kann man dem Geburtshoroskop entnehmen, wobei ich mein besonderes Augenmerk auf eine Anlage zur Empfänglichkeit für kollektive Einflüsse, zu ihrer Kanalisierung und Verstärkung, lenke. Ich glaube nicht, daß man Hitlers Horoskop oder das von Marx (es ist das zweite, das ich besprechen möchte), betrachten und von dieser Konstellation ausgehend sagen könnte, daß diese Männer eine so große Bedeutung in der Geschichte erlangen würden. Doch was dabei deutlich werden wird, ist ihre Sensibilität für geschichtliche Strömungen – ich meine damit ihre Aufnahmefähigkeit für die Impulse aus dem kollektiven Bewußtsein ihrer Zeit. Diese Art von Aufnahmefähigkeit kann sich natürlich in sehr verschiedener Weise äußern. Sie kann den einen Menschen zum Wahnsinn treiben und sich bei einem anderen in künstlerischer Betätigung äußern; bei einem dritten wirkt sie vielleicht als politische Begabung und bei einem vierten kommt sie möglicherweise nie zum Ausdruck, wirkt aber dennoch sehr stark in der Psyche und beeinflußt die Kinder dieses Menschen und ihren Lebenslauf. Ich glaube jedoch, daß sowohl Hitler als auch Marx sehr treffende, moderne Beispiele von Menschen sind, die zu einem Brennglas für aus dem Kollektiven aufbrechende Bewegungen wurden, ungeachtet jedes moralischen

Urteils, das wir über die *Richtigkeit* oder *Falschheit* dieser Bewegungen fällen könnten.

Die äußeren Planeten in diesem Horoskop, wie in jedem anderen, sagen dem Astrologen nicht, ob sie sich in *richtiger* oder *falscher* Weise äußern werden. Wenn es im Unbewußten überhaupt eine Art Moral gibt, so ist es die Moral der Natur und nicht die unseres zivilisierten Ego. Wahrscheinlich hängt die Tatsache, ob sich jemand dazu entschließt, sich in einer sozial angemessenen oder unangemessenen Weise zu verhalten oder ob er zu diesem Verhalten getrieben wird, zu einem großen Teil vom Bewußtseinsstand des Individuums ab, das diese kollektiven Energien zu spüren bekommt. Ich glaube, wir müssen sie als amoralisch bezeichnen. Es gibt Dinge, die einem evolutionären Zweck dienen oder die eine Funktion in der individuellen oder sozialen Entwicklung haben, die wir jedoch mit voller Überzeugung als unmoralisch bezeichnen würden. Ich möchte jedoch kein Urteil fällen. In Hitlers Radixhoroskop ist eine Pluto-Neptun-Konjunktion in Zwillinge im achten Haus zu sehen. Diese Konjunktion wird durch keine wichtigen Aspekte mit anderen Planeten beeinflußt; ich halte das für eine sehr bedeutsame Tatsache. Uranus steht genau am Aszendenten. Im Radixhoroskop von Marx finden wir eine Neptun-Uranus-Konjunktion. Sie steht im Quadrat zu Saturn und Pluto. Dies sind die wichtigsten Planetenstellungen in den beiden Horoskopen, über die ich jetzt sprechen möchte.

Pluto und Neptun im achten Haus und Uranus im zwölften in Hitlers Geburtshoroskop zeigen mir eine verstärkte Empfänglichkeit für Ideen und Bewegungen an, die auf einer tief verborgenen Ebene schwingen. Da Uranus viel mit Ideologie zu tun hat, bringt es seine Stellung hier mit sich, daß Hitler besonders empfänglich für jede neue politische Bewegung sein mußte, die während seiner Lebenszeit im Schwange war. Daraus geht noch nicht hervor, ob er eher *guten* oder *schlechten* politischen Bewegungen zugeneigt sein würde. Ich glaube, der Schlüssel zu dem, worauf er das Hauptgewicht legte, ist in dem Zustand Deutschlands nach dem ersten Weltkrieg zu finden, das damals vom Zusammenbruch bedroht war, reif für irgendeine große Veränderung. Hitlers Horoskop macht ihn nicht zu einem Nazi, aber man kann daraus ablesen, daß er, wenn etwas wie Nazismus in der Luft liegt, die Schwingung wie eine

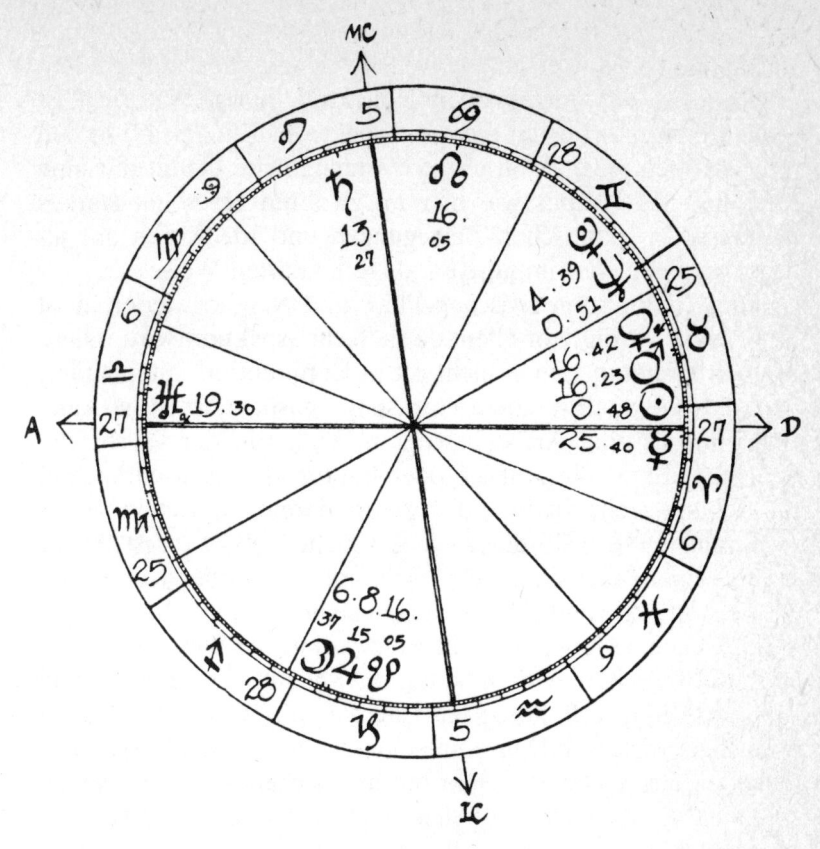

Abbildung 2:
Geburtshoroskop ADOLF HITLER
20. April 1889, 18 Uhr 30, Braunau, Österreich
Quelle: Howe, Astrology, *A Recent History*, »Babtismal Records in Braunau«

Stimmgabel aufnimmt. Uranus steht in Opposition zu Merkur, was ebenfalls auf einen Menschen schließen läßt, dessen Denken und Wahrnehmungen stark gefärbt werden von ideologischen Bewegungen, die noch nicht reif genug sind, um sich in der Gesellschaft deutlich zu manifestieren. Schon in Hitlers Jugend waren seine Gedanken von den neuen Strömungen bestimmt, noch lange bevor das ganze Land bereit war, sie ernst zu nehmen. So sagt uns die Stellung des Uranus einfach, daß es sich hier um ein *Gesellschaftstier* (zoon politicon) handelt, mit einer politischen Weltanschauung, die nicht wirklich auf dem eigenen Mist gewachsen war, die ihm aber plötzlich fertig vor Augen erschien, weil er sie aus der unbewußten Psyche des ihn umgebenden Kollektivs bezog. Natürlich ist nichts Bedenkliches an diesem Aspekt, man findet ihn in den Horoskopen vieler Menschen. Normalerweise deutet mir eine Stellung des Uranus wie hier im zwölften Haus ein starkes Interesse an politischen Bewegungen und Ideologien an, jedoch in einer eher impulsiven als reflektierten Weise.

Die Konjunktion zwischen Pluto und Neptun wiederum ist eher merkwürdig, vor allem da sie nicht aspektiert wird. Diese beiden Planeten stehen nicht oft in Konjunktion miteinander. Wenn ein Planet in einem Horoskop unaspektiert ist, so kann man ihn als eine Art unbewußten Winkel in der Psyche betrachten. Es ist ein Antrieb oder Impuls, der nicht wirklich in Beziehung steht zu irgend etwas anderem im Leben dieses Menschen. Oft weiß derjenige gar nicht, daß er da ist, bis er durch einen Transit, eine Progression oder irgend etwas im Horoskop eines anderen Menschen einen Anstoß erhält. Es ist, als sei da eine Gabe, die nicht auf gewöhnliche Weise im Leben dieses Menschen wirken kann. Sie bleibt ursprünglich und ungeschliffen, voll heftigster Energie, die sich nicht äußern kann. Sie wirkt wie Dampf in einem geschlossenen Kessel. Ein unaspektierter Planet ist sehr roh und archaisch. Er hat keinen sozialen Anstand, verhält sich aber so, als sei er gerade aus dem Gefängnis entlassen worden. Auch bei unaspektierten inneren Planeten wirkt dieses Prinzip. Sie sind oft wie ein weißer Fleck auf der Landkarte; der Mensch ist manchmal völlig ahnungslos, daß es diese Seite in ihm gibt, bis sie zum Ausbruch kommt. Es ist ein wenig wie bei einem Hausbesitzer, der einen unbekannten Mieter im Keller hat. Der Mieter war schon immer da, doch der Besitzer weiß nichts von seiner Existenz. Manchmal klopft es nachts im Traum, aber sonst ist es sehr still. Der Besitzer weiß nicht einmal, daß es einen Keller im Haus gibt, geschweige denn, daß sich dort jemand aufhalten könnte. Dann beschließt der Untermieter eines Tages aufzutauchen. Er reißt plötzlich die Wohnzimmertür auf oder – was ebenso häufig vorkommt – bricht einfach durch den Fußboden, und dann muß man sich mit ihm auseinandersetzen. Manchmal nimmt er dann vom ganzen Haus Besitz und fesselt den Bewohner an einen Stuhl.

Wenn der unaspektierte Planet ein äußerer Planet ist, dann ist die Situation in vieler Hinsicht noch kritischer, da es so schwierig ist, mit etwas Kollektivem einen Dialog zu beginnen. Es kann so stark und so fremd scheinen. Eine unaspektierte Venus, die plötzlich zum Ausbruch kommt, kann einen in bedrängende erotische oder emotionale Zustände bringen, die man jedoch manchmal ins Leben zu integrieren vermag. Neptun und Pluto sind zu archetypisch, zu mythisch. Diese Konjunktion in Hitlers Horoskop bietet sich nicht für eine leichte Integration durch kreative Möglichkeiten an. Betrachtet man die Stellungen der persönlichen Planeten in dem Horoskop, so wird deutlich, daß es viele Bereiche persönlicher Blockierungen, Verletzungen und Negativität gibt, die es doppelt schwierig machen, einen so mächtigen Einfluß zu integrieren. Was wahrscheinlich geschieht, ist folgendes: Die grandiose mythische Vision von Pluto und Neptun steigert die persönlichen Gefühle der Minderwertigkeit, des Abgelehntseins und der Infantilität der Mars-Venus-Konjunktion im Quadrat zu Saturn und läßt sie immer mehr überhandnehmen. Ich glaube, daß es dem sehr ähnlich ist, was man im Mittelalter Besessenheit genannt hätte. Ich meine das nicht im Sinne einer dämonischen Besessenheit, denn Pluto und Neptun sind nicht von der Anlage her böse. Aber im psychologischen Sinn bestimmt etwas Unbewußtes und sehr Starkes das Ich und beginnt es zu beherrschen. Es überwältigt das Ich und benutzt alle persönlichen Energien für seine eigenen Ziele. Das ist im psychologischen Sinne Besessenheit. Ein eher erschreckendes Beispiel dafür in der psychiatrischen Literatur ist die Situation der Persönlichkeitsspaltung, bei der die autonomen psychischen Bilder völlig voneinander getrennt sind und sich einzeln durch den Mund einer einzigen Person Ausdruck verschaffen. Das ist sehr verbreitet, wenn auch weniger kritisch in Fällen hysterischer Gespaltenheit, bei denen der Betreffende sich nicht mehr an die leichtsinnige, kichernde, flatterhafte Person erinnern kann, die er noch vor fünfzehn Minuten war, oder wo jemand sich schwer betrinkt und sich danach nicht mehr erinnert – weder an das, was er gesagt oder getan hat, noch daran, warum er überhaupt begonnen hat zu trinken.

In all diesen Fällen bricht etwas aus dem Unbewußten hervor und nimmt das Ich in Besitz. Wenn ein Mensch relativ bewußt lebt, so quält ihn das sehr, da er es als schrecklichen Zwang erfährt. Vielleicht vergißt er es auch einfach oder verdrängt alles. Handelt es sich um einen äußeren Planeten, ist das, was einen überwältigt, etwas sehr Kollektives. Es gibt einen Film mit dem Titel *Der Sieg des Willens,* der von der Nazi-Partei als Propagandafilm gedreht wurde und eine sehr erschreckende Veranschaulichung dessen ist, wovon ich spreche. Man sieht Hitler kurz vor einer Rede. Er steht im Hintergrund, offensichtlich unsicher und sehr darauf versessen, Sympathie zu finden. Er steigt auf die Rednertribüne, lächelt, ist unruhig und windet sich ein wenig.

Man sieht deutlich den Waage-Aszendenten, seine Unsicherheit, Schüchternheit und seine Angst, daß die Menschen ihn ablehnen könnten. Dann beginnt er mit ganz gewöhnlicher Stimme zu sprechen. Und plötzlich geschieht etwas: Seine Gesten verändern sich völlig, sie werden energischer, seine Stimme klingt völlig anders, seine Augen beginnen zu glühen. Man sieht förmlich, wie der Untermieter aus dem Keller heraufsteigt und Besitz ergreift vom ganzen Haus. Plötzlich beginnt dieser eher schüchterne Mann, unglaubliche charismatische Kraft auszustrahlen. Er verleiht dem Stimme, was alle Zuhörer gepackt hat. Sie befinden sich gemeinsam in einem Zustand mystischer Einheit; die kollektive Vision hat von ihnen allen Besitz ergriffen.

Neptun steht, wie ich schon erwähnte, mit Träumen und religiösen Sehnsüchten in Verbindung; er verkörpert den Wunsch, zu den Quellen zurückzukehren. Pluto hat mit dem Drang zur Zerstörung und Erneuerung zu tun, mit dem Niederreißen der alten Weltordnung, damit etwas Neues geboren werden soll. Bringt man diese beiden Prinzipien zusammen, so ergibt sich daraus eine religiöse oder mystische Bewegung, die sich der Zerstörung und Wiedererneuerung der Gesellschaft widmet. Ich glaube genau das ist es, was Hitler als die Vision des Nationalsozialismus zu verwirklichen versuchte. Er war die Verkörperung eines gigantischen, diktatorisch-mystischen Kultes. Das Plutonische sagt so etwas wie: »Die neue Welt muß geschaffen werden. Die alte muß völlig zerstört werden.« Das Neptunische sagt: »Der neue große Führer ist das auserwählte Werkzeug Gottes. Er bringt das Licht. Er ist die Verkörperung Gottes auf Erden und herrscht mit göttlichem Recht.« Diese

Konjunktion treibt im achten Haus unaspektiert ihr Wesen. Wenn sie zum Ausbruch kommt, so wahrscheinlich in einer völlig unkontrollierten Weise, da nichts im Horoskop vorhanden ist, was diese Kraft eindämmen könnte.

Hitler war Teil der Struktur seiner Zeit, er war das Sprachorgan für die Pluto-Neptun-Konjunktion. Natürlich gab es auch andere, die ihr in schöpferischer und wohltätiger Weise Ausdruck verliehen. Aber er hatte ein Gespür für die unbewußten Forderungen seiner Zeit. Ich glaube, es ist ein Fehler, ihn für sie verantwortlich zu machen. Es gab eine ganze Reihe zivilisierter und liberal denkender Engländer und Franzosen, die anfangs glaubten, er könne in Deutschland wirklich Konstruktives leisten, denn seine mystische Vision einer Erneuerung der Gesellschaft ging aus dem Kollektiv hervor, nicht nur aus Hitler. Diese Konjunktion galt überall, nur nicht in Deutschland. Japan und Italien stellten sich auf die Seite Deutschlands, was sie nicht hätten tun können, wenn nicht auch in ihnen eine Aufnahmebereitschaft für die Vision vorhanden gewesen wäre. Eine ganze Generation wurde unter der Konjunktion zwischen Pluto und Neptun geboren, auch die deutschen Juden, die zu Opfern wurden, und die Alliierten, die gegen Deutschland, Italien und Japan kämpften. Der Ausbruch der kollektiven Vision dieser Generation hatte ebenso mit der *guten* wie mit der *bösen* Seite zu tun, so wie den Vergewaltiger und den Vergewaltigten, den Mörder und den Ermordeten die gleiche Erfahrung verbindet.

Man mag sich fragen, warum das, was zum Ausbruch kam, so außerordentlich entsetzlich war. Ich glaube nicht, daß dieses Entsetzliche in der Konjunktion selbst liegt, obwohl bei Pluto oder Neptun durchaus etwas Drastisches, Zwanghaftes mitspielt. Wenn jedoch Energien wie diese, die einen dunklen wie einen hellen Pol in sich tragen, sich durch eine besondere Art kultureller Einseitigkeit oder Lähmung äußern, so kommt wahrscheinlich vor allem ihre dunkle Seite zur Wirkung. Dieses Prinzip gilt wohl gleichermaßen für ein Individuum wie für eine Nation: Wenn ein Individuum einseitig oder in einer Richtung überentwickelt, in einer anderen jedoch erstarrt, verbogen oder unterentwickelt ist, so bringt ein Ausbruch des Unbewußten unweigerlich den Schatten der Einseitigkeit mit sich. Ich glaube, es ist kein Zufall, daß sowohl Pluto wie

Neptun weibliche Planeten sind, die mit der emotionalen, instinktgebundenen und imaginativen Sphäre zu tun haben. Germanien war schon immer eine besonders patriarchale Kultur, deren höchste Gottheit, Wotan, ein männlicher Gott des Windes war. Die Entwicklung der weiblichen Seite der germanischen Seele war durch die vorhandene Färbung der kulturellen Werte wohl eher schwierig. Wenn diese weiblichen Planeten nun in Aktion traten, so ist es nicht verwunderlich, wenn das auf eher archaische Weise geschah.

Sie sehen also, daß man ohne die geschichtlichen Kenntnisse nicht feststellen könnte, daß es sich um das Horoskop Hitlers handelt. Was man jedoch feststellen kann, ist, daß es sich hier um ein Individuum handelt, bei dem ein Überwältigtwerden vom kollektiven Unbewußten naheliegt. Wenn man das im Gedächtnis behält und dann seinen Saturn im Löwen im zehnten Haus betrachtet, mit seiner Betonung persönlichen Ehrgeizes und dem fast überwältigenden Bedürfnis, seine Einsamkeit und Isolation und seine unterdrückte Wut durch öffentliche Anerkennung zu kompensieren, so wird es klar, wie diese scheinbar unvereinbaren Dinge zusammenhängen. Der Saturn im zehnten Haus beschreibt auch seine sehr schwierige Mutterbeziehung, die dominierende und besitzergreifende Mutter und den Vater, der starb, als er noch sehr jung war. Diese Art von Familienhintergrund, die eher neurotische Färbung, sind nicht gar so selten. Unsicherheit und Ehrgeiz zwingen einen Menschen mit dieser Konstellation natürlich dazu, in krampfhafter Weise nach Anerkennung zu suchen, wobei übersteigerte Vorstellungen von der eigenen Bedeutung und den eigenen Fähigkeiten eine Rolle spielen. Sobald dieser Mensch die erstrebte Position erreicht hat, kommt die Pluto-Neptun-Energie für alle sichtbar zum Ausbruch. Bringt man das in Verbindung mit der Merkur-Uranus-Opposition, welche die Aszendenten-Deszendenten-Achse kreuzt, sieht man die Fähigkeit, die Feinheiten einer Ideologie oder eines politischen Systems zu erfassen und sie in einer für die Waage typischen logischen und vernünftigen Form zu artikulieren. Meiner Ansicht nach ist der Schlüssel zu dem gesamten Horoskop die unaspektierte Pluto-Neptun-Konjunktion.

Nun ist es schön und gut, wenn man all diese Zusammenhänge kennt. Das Problem liegt jedoch darin, daß eine gesamte

Generation von solch einer kollektiv wirksamen Konjunktion beeinflußt ist, ohne sich überhaupt bewußt zu sein, was geschieht. Der gewöhnliche anständige Bürger, der an der Oberfläche des Lebens dahintreibt, egal ob Engländer, Amerikaner, Deutscher, Franzose, Italiener, begnügt sich mit seiner eingeschränkten Sicht der Wirklichkeit und ist dann überrascht, wenn plötzlich eine diktatorische Regierung an der Macht ist, sei sie nun links oder rechts. Dann zuckt er mit den Achseln und sagt: »Nun, ich habe nur Befehle ausgeführt. Was hätte ich sonst tun können? Sie hätten mich erschossen, wenn ich mich geweigert hätte.« Aber er macht sich nie die Mühe, zwei und zwei zusammenzuzählen und zu sehen, daß er und

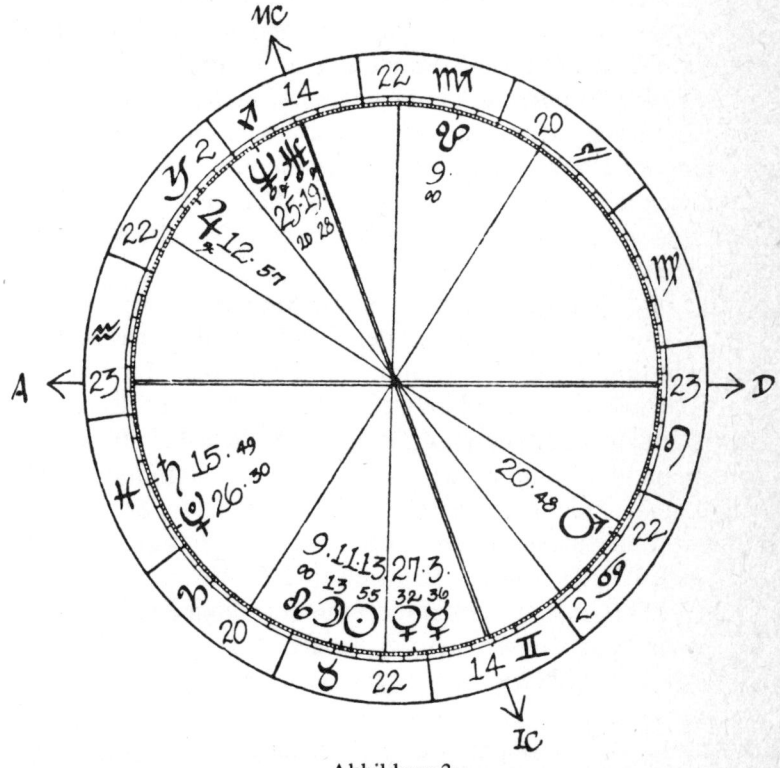

Abbildung 3:
Geburtshoroskop KARL MARX
5. Mai 1818, 2^{00} Uhr, Treves, Preußen
Quelle: Wemyss, *Famous Nativities* (Jones gibt in seinen *Sabian Symbols* als hiervon abweichende Geburtszeit 1 Uhr 30 an)

Millionen seiner Mitbürger, wenn sie ein wenig bewußter gelebt hätten, gesehen hätten, was in der Welt draußen geschieht, weil sie es in sich selber zuerst gemerkt hätten. Darum liegt mir soviel daran, immer wieder dem nachzugehen, was diese Dinge beim Individuum bedeuten, denn wenn es in ihrem eigenen Horoskop einen starken Einfluß eines äußeren Planeten gibt, dann ist auch in ihrer Generation eine starke Strömung zu spüren, die sich wieder in ihrem eigenen Leben auswirkt. Wenn Sie oder ich nicht verstehen, worum es dabei geht, dann wird irgend jemand anders früher oder später das Wort ergreifen und sagen: »Ich bin die Stimme, die auf all eure Bedürfnisse antwortet. Ich bin derjenige, der besser weiß, was ihr braucht.« Und schon ist man gefangen, hypnotisiert, folgt nach und hört damit auf, ein Individuum zu sein.

Wenden wir uns nun dem Radixhoroskop von Karl Marx und der Uranus-Neptun-Konjunktion zu, unter der er geboren wurde. Die Verbindung dieser beiden Planeten weist hin auf eine mystische oder religiöse Vision, verbunden mit einer politischen Ideologie. Das plutonische Element fehlt hier in der Konjunktion, aber Saturn und Pluto stehen im Quadrat dazu. Befassen wir uns zunächst mit der Uranus-Neptun-Konjunktion.

Auch hier handelt es sich um einen Menschen, der zu einer Zeit geboren wurde, da sich in der Gesellschaft der Keim einer neuen Vision regte. Die Konjunktion fällt bei Marx in das zehnte Haus, was darauf schließen läßt, daß seine Berufung vor allem darin bestand, der Vision in der Gesellschaft Gestalt zu verleihen. Bei Hitlers Horoskop fällt die Konjunktion der äußeren Planeten in ein wäßriges Haus, das achte. Sie liegt im Unbewußten auf der Lauer. Hitler war nicht im eigentlichen Sinne des Wortes *berufen*. Ihn trieb es dazu, sich persönlich zu erhöhen; er wurde ein Opfer dieser unbewußten Konjunktion. Bei Marx könnte man sagen, er habe sich persönlich genötigt gefühlt, diese Philosophie zu verbreiten, auch wenn sie nicht wirklich die seine war. Die politisch-religiöse Vision von Uranus-Neptun ist Marxens eigene Berufung. Es erscheint mir interessant, daß sie in ein Spannungsverhältnis zu Saturn und Pluto im ersten Haus des Radixhoroskops stehen. Obwohl Saturn und Pluto technisch nicht in Konjunktion sind, stehen beide zur Uranus-Neptun-Konjunktion im Quadrat. Wie ich schon erwähnte, haben weder Saturn noch Pluto eine große Vorliebe für Autorität, da beide Planeten die Autorität für sich selbst in Anspruch zu nehmen versuchen. Auf einer persönlichen Ebene war Marx autokrat, er war eine außerordentlich dominierende Persönlichkeit. Seine politische Philosophie ist jedoch völlig anders: er steht auf Kriegsfuß mit dem, was er predigt. In diesem Horoskop liegt ein heftiger Konflikt zwischen dem Autokraten und dem humanitär Gesinnten. In Hitlers Horoskop gibt es keinen wirklichen Konflikt. Er wurde einfach von der Macht der Pluto-Neptun-Konjunktion überwältigt. Ich glaube, daß Marx wohl unter diesem Konflikt zwischen seinen Prinzipien und seinem Charakter litt. Er ist ein Mensch, der an die Freiheit glaubt und von seiner Persönlichkeitsstruktur her herrschen möchte. Meiner Ansicht nach besteht der Marxismus darin, die eine Seite dieses Konfliktes zu projizieren. Der tyrannische, herrschsüchtige Feind wird draußen und nicht im Inneren gesucht. Diese Quadrate zwischen Saturn und Pluto und der Uranus-Neptun-Konjunktion sind sehr schwierige Aspekte, und es ist nicht überraschend, daß selbst ein Mann von Marxens intellektuellen Fähigkeiten mit der Ambivalenz, zugleich Diktator und Teil der gewöhnlichen Masse von Menschen zu sein, nicht fertig wurde. Die Utopie eines vollkommenen Staates, der wie eine wohltätige Göttinmutter ist, die sich jedes einzelnen annimmt und frei von Gier und Aggression ist, verbindet sich für mich mit dem Bild von Uranus-Neptun, vor allem da diese Konjunktion in Schütze, also ein ohnehin sehr idealistisches Zeichen, fällt. Saturn im ersten Haus jedoch wird immer versuchen, seine Schäfchen ins trockene zu bringen, da er viel zu zynisch ist, um daran zu glauben, daß Menschen durch eine Theorie zum Altruismus bewegt werden können. Pluto gehorcht natürlich dem Gesetz des Dschungels, sieht die dunklen Aspekte der menschlichen Natur viel zu realistisch, um daran zu glauben, daß jemand etwas tun könne, nur um der Menschheit zu dienen.

Mir erscheint dieses Horoskop sehr interessant, da man eine Philosophie oder ein psychologisches System nicht von der Person trennen kann, die es propagiert. Es interessiert mich auch sehr, auf welche Weise der Marxismus interpretiert wird. Was Marx auch immer mit seiner Vision meinte – sie hat sicherlich im 20. Jahrhundert sehr seltsame Formen angenommen. Die meisten Marxisten, denen ich begegnet bin, werden sehr ärgerlich, wenn ich vermute, daß ihr politisches System in Wahrheit eine religiöse Vision ist, denn schließlich hat ein Marxist ein militanter Atheist zu sein. Aber militanter Atheismus ist ein Widerspruch in sich selbst, denn wenn ein Mensch wirklich Atheist ist, so läßt ihn die Frage nach Gott kalt. Ist er jedoch militant, so versucht er etwas auszulöschen, das sich heftig in ihm regt.

Ich möchte, daß Sie sich nun Lenins Radixhoroskop ansehen, das ich an die Tafel geheftet habe, da es sehr faszinierend ist, sich damit zu beschäftigen, wie Lenin Marx interpretiert hat. Gibt es noch irgendwelche Fragen oder Bemerkungen zu den beiden besprochenen Horoskopen?

FRAGE: Sowohl Hitler als auch Marx haben die Sonne im Stier. Können Sie dazu etwas sagen?

LIZ GREENE: Ich kann auch nichts anderes tun, als ihnen eine Beschreibung der grundlegenden Charakteristika des Stiers zu geben, die sie alle kennen. Die Sonne beschreibt, wie ein Mensch eigentlich ist, woran ihm persönlich liegt und was er in seinem Leben ausdrücken möchte. In Hitlers Fall waren es hauptsächlich die negativen Aspekte des Stiers, die sich zeigten, weil bei ihm so wenig Raum für den Ausdruck einer gesunden Persönlichkeit blieb. Der Stier ist ein zutiefst sinnliches und physisches Zeichen, und die Quadrate von Venus und Mars zu Saturn zeigen, daß jede Möglichkeit, diese sinnliche Natur in einer harmonischen Weise zu leben, durch Angst, Isolation und Mißtrauen blockiert war. Ich glaube, daß eine Frustration solch grundlegender Bedürfnisse Grausamkeit weckt. Beides ist mir bei Stier und Skorpion schon begegnet, da beide Zeichen sehr instinktgebunden sind und nicht wirklich vernünftig über die Ursachen ihrer Frustration nachdenken können, es sei denn sie geben sich außerordentlich große Mühe. Verletzung und Wut lassen sie bösartig werden. Wenn man die im Stier liegende Sinnlichkeit frustriert, kann er brutal werden. Ich glaube jedoch nicht, daß der historische Hitler, den wir in Filmausschnitten sehen, noch viel vom Stierhaften zeigt. Hier kommen nur noch Pluto und Neptun zum Ausbruch.

FRAGE: Es ist interessant, daß Hitler astrologische Kenntnisse besaß und viel darauf gab. Ich möchte wissen, in welchem Maß er dieses Wissen manipulativ verwendete, um seine politischen Ideen durchzusetzen?

LIZ GREENE: In hohem Maß. Es ist bekannt, daß Hitler einen ganzen Stab von Astrologen um sich scharte, und wenn sie begannen ihn zu warnen, anstatt ihm Siege zu versprechen, ließ er sie erschießen. Während Hitlers Regierung hatten magische Kulte ihre Blütezeit, und alles Militärische wurde, wie bei der SS, mit ritueller Magie umgeben. Es gibt einige interessante Literatur über den Einfluß okkulter Gesellschaften vor dem Dritten Reich und während Hitlers Herrschaft. Ich glaube, auch sie gehörten zum Weltbild von Pluto und Neptun, für das er so empfänglich war. Sicher benutzte er all diese Strömungen zu seinem Zweck. Selbst das Silber und Schwarz, mit dem sich das Dritte Reich visuell präsentierte, sind symbolische, zeremonielle Farben, ebenso wie die Swastika, das Hakenkreuz, ein uraltes Symbol ist. Hitler und seine Gefolgsleute hatten sich ziemlich intensiv damit befaßt, wie man diese Dinge einsetzen konnte. Das ist für Pluto sehr typisch, da er mit den unbewußten Ebenen des Menschen sein Spiel treibt.

Beide Horoskope zeigen das Potential für eine bestimmte Art von Persönlichkeit mit bestimmten Motivationen. Der unerklärliche Rest des Geheimnisses, warum Menschen wie Marx und Hitler so tief in das Weltgeschehen eingreifen, liegt, so glaube ich, in der Welt und nicht in den Horoskopen. Wenn die Gesellschaft eine bestimmte Art von Sprachrohr für ihre unausgesprochenen Bedürfnisse braucht, so wird sie eines finden. Marx scheint mehr vom Stierhaften als Hitler gehabt zu haben, da es ihm immerhin gelang, ein traditionelles, stabiles Familienleben zu führen. Niemand hätte sich je ernsthaft mit dem Buch *Das Kapital* beschäftigt, wenn es nicht eine Antwort auf geheime kollektive Sehnsüchte eines großen Kreises von Menschen gegeben hätte. Aus beiden Horoskopen ist diese Neigung, bestimmten gesellschaftlichen Vorstellungen Ausdruck zu verleihen, zu erkennen. Hitlers Horoskop könnte man nicht unbefangen betrachten und sofort sagen: »Dieser Mann wird für den Mord an sechs Millionen Juden und die Zerstörung halb Europas verantwortlich sein.« Wenn es möglich wäre, das Geburtshoroskop Jesu Christi zu erstellen – darüber hat es sicher schon genug Spekulationen gegeben – so wären wir bestimmt überrascht, darin nicht das geringste Übermenschliche zu entdecken. Aber die Sehnsucht nach dem Messias war zur Zeit von Christi Geburt übermächtig, hier verbanden sich der Mensch und der Mythos. Ich zweifle daran,

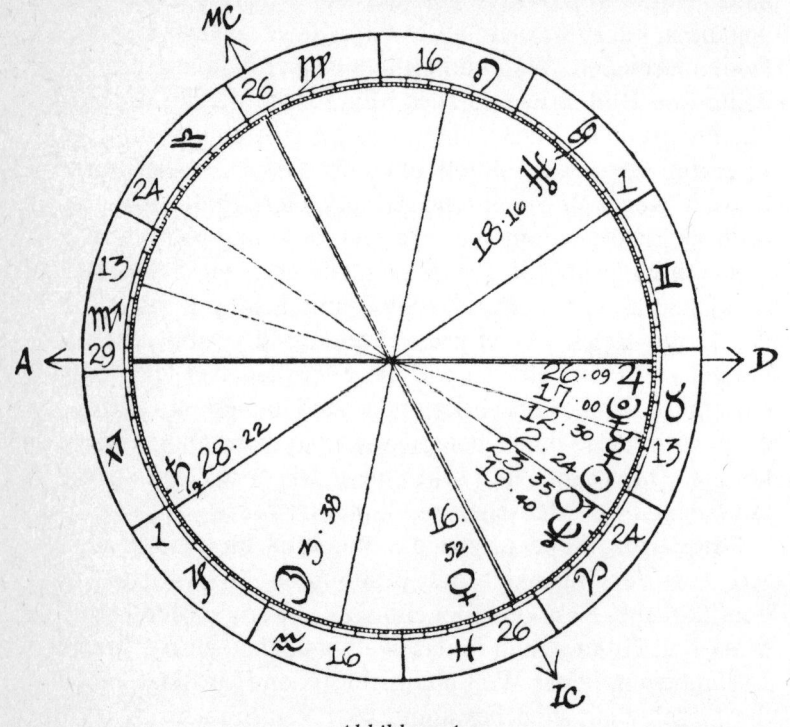

Abbildung 4:
Geburtshoroskop NIKOLAI LENIN
22. April 1870 (NS), 21 Uhr 42, Ulyanousk, Rußland
Quelle: Erlewine, Circle Books of Charts (Erlewine beruft sich als Quelle für diese Angabe auf Dane Rudhyar, in *American Astrology* magazine, Ausgabe Juni 1938)

daß wir in diesem Horoskop irgendeine Konfiguration finden würden, die sagt: »Dies ist der Messias.« Damals waren dieselben zehn Planeten am Himmel wie jetzt. Doch das Fischezeitalter brach an, und die Menschen verlangten nach einem neuen Mythos und einer neuen Beziehung zu Gott. Deshalb interessiert es mich besonders, was mit Menschen geschieht, bei denen die äußeren Planeten im Horoskop eine wichtige Stellung haben. Sie haben eine Neigung dazu, Werkzeuge für das Kollektive zu werden; wenn sie das jedoch ahnungslos und unbewußt leben, können sie Opfer des Kollektiven werden oder dessen Bedürfnisse in einer unguten Weise zum Ausdruck bringen.

Werfen wir nun einen Blick auf Lenins Radixhoroskop. Erinnern Sie sich daran, daß in Marxens Horoskop Uranus und Neptun in Konjunktion stehen. Hier in Lenins Horoskop steht Neptun auf 19 Grad Widder im Quadrat zu Uranus auf 18 Grad Krebs. Die Konjunktion, die in Marx ihr Sprachrohr fand, erscheint hier als Quadrat, was ich für die Weise, in der Lenin Marx interpretierte, sehr bedeutsam halte. Die politisch-religiöse Weltanschauung ist bei Marx eine Einheit, sie ist aus einem Guß und hat die suggestive Kraft einer Antwort. Bei Lenin spaltet sich der Weltentwurf auf in zwei unvereinbare Teile. Interessant ist, daß wir auch hier wieder den Saturn im ersten Haus finden. Es scheint, als hätten beide Männer, die vorgaben, soviel Wert auf die Rechte und Freiheiten der anderen zu legen, nicht wirklich die Bereitschaft, sie ins alltägliche Leben umzusetzen. Und auch hier haben wir wieder die Sonne im Stier. Obwohl Marx die Religion als *Opium fürs Volk* betrachtete, war seine Weltanschauung von einer Art religiösem Idealismus durchdrungen, einem Gefühl für die Brüderlichkeit unter den Menschen, die ebenso einer gefühlsmäßigen wie einer intellektuellen Ebene entsprang. Bei Lenin scheint es keine Möglichkeit einer Verbindung zu geben zwischen dem neptunischen Gefühlswert und dem harten politischen System, das Uranus entspricht. Wir erfahren den Quadrataspekt am ehesten als den Kampf zwischen zwei Bedürfnissen oder Wertvorstellungen. Das ist ein sehr grundlegendes Interpretationsprinzip. Die Verbindung von Energien, Uranus und Neptun, ist die gleiche, ob sie nun im Quadrat zueinander stehen oder in Konjunktion. Es ist ein Versuch, die theoretische, evolutionäre Sicht des Uranus zu verbinden mit den mystischen Sehnsüchten Neptuns. Der Unterschied zwischen einer Konjunktion und einem Quadrataspekt liegt in der Art, wie das Individuum sie erfährt. Stehen die beiden Planeten in Konjunktion, können sie als potentielle Einheit empfunden werden und zusammen wirken. Verbindet sie ein Quadrataspekt, so stehen sie sich als zwei unversöhnliche Pole gegenüber, und der Native wird sich gewöhnlich auf die eine oder andere Seite schlagen. Der militante Atheismus, von dem ich vorhin sprach, ist meiner Meinung nach typisch für das Quadrat im Gegensatz zur Konjunktion. Der Quadrataspekt bewirkt etwas Zwanghaftes. Stellt man sich mit Uranus gegen Neptun, was in Lenins Fall eher wahrscheinlich ist, da sein Mond im Wassermann und seine Sonne im Stier stehen und er sich eher der rationalen Seite der Dinge zugeneigt fühlt, so wird der Mystizismus zu einem Feind des ideologischen Systems abgestempelt. Nicht nur der Mystizismus, sondern alles Neptunische, also auch Kunst und Phantasie im allgemeinen. Lenins Vorstellung vom Kommunismus hat eine ganz andere Tönung als die Marxsche Ideologie, weil er Neptun zum Feind erklärt hat.

Uranus und Neptun standen kurz vor und während des Ersten Weltkrieges in Opposition, also während der Zeit, die der russischen Revolution und der Machtübernahme durch die Bolschewiken voranging. Das ist ein interessanter Aspekt, der wahrscheinlich in den Horoskopen einiger älterer Mitglieder dieser Generationsgruppe auftaucht. Die Opposition begann mit Uranus im Widder in Opposition zu Neptun und Krebs und setzte sich im Wassermann und im Löwen noch eine Weile fort. Ich habe eine ganze Anzahl von Horoskopen für Menschen aus dieser Gruppe erstellt; was mir dabei besonders auffiel – ich hoffe, es geht niemandem der hier Anwesenden gegen den Strich – ist die Tatsache, daß es sich hier um eine Generation von Opfern handelt. Diese Menschen haben zwei Weltkriege, eine furchtbare ökonomische Depression und die völlige Zerstörung und Veränderung sozialer und persönlicher Werte erlebt. Neptun im Krebs ist überaus mystisch und hingebungsvoll, nicht nur Gott gegenüber, sondern auch Heimat, Familie, Vaterland oder Eltern und dem kleinen Stück Land gegenüber, das einem gehört. Wo Neptun anwesend ist, versucht eine Generation das Göttliche zu erfahren. Für die Menschengruppe, bei der Neptun im Krebs steht, werden die dem Krebs zugehörigen Dinge heilig. Das steht der harten Realität des Uranus in Steinbock gegenüber, wo die Welt ein unpersönlicher Ort ist, der nur durch Disziplin, harte Arbeit und Gehorsam den Zeitgesetzen gegenüber zu Ruhe und Ordnung kommen kann. Die ökonomischen und politischen Schrecknisse, die dieser Generation widerfuhren, scheinen mir die Unvereinbarkeit dieser Werte widerzuspiegeln.

In gewissem Sinn stellen diese drei Beispiele drei verschiedene Variationen derselben Sache dar. Marx drückt die Konjunktion durch seine Weltanschauung über menschliche Möglichkeiten aus. Lenins Vision ist im Grunde die gleiche, doch sie hat sich gespalten und scheint nur realisierbar, wenn gewisse grundlegende Gefühlswerte unterdrückt werden. Sowjetrußland und eine ganze Generation von Menschen, die zur gleichen Zeit geboren werden, erfahren diese Vision als unlösbare Spannung zwischen Gegensätzen, sie versuchen diese Spannung erst auf die eine und dann auf die andere Weise zu mindern. Die sentimentale Vorstellung von einer brüderlichen Menschlichkeit und der kalte Zynismus eines Systems, das mit starrer Autorität einen Zusammenhalt erzwingen will, sind inzwischen völlig unvereinbar. Uranus und Neptun werden in den neunziger Jahren unseres Jahrhunderts wieder in Konjunktion treten. Vielleicht ist das eine Chance für diese Generation, sich mit der Problematik noch einmal auseinanderzusetzen.

FRAGE: Es ist doch vermutlich nicht möglich, eine objektive Sicht der Dinge zu haben, da man immer vom eigenen Horoskop beeinflußt ist.

LIZ GREENE: Ja, natürlich. Wie sollten wir sehen, wenn nicht durch unsere eigenen Augen. Man kann einen Menschen nicht von seiner politischen Einstellung, seiner Philosophie oder seinem Glauben trennen. Es hat immer Menschen gegeben, und es wird immer Menschen geben, die Theorien über die menschliche Natur und die soziale Entwicklung propagieren, in dem Glauben, sie hätten die Wahrheit entdeckt. Was sie entdeckt haben, ist *ihre* Wahrheit. Das gilt ebenso für Psychologen wie Freud und Jung. Es gilt auf allen Ebenen, in allen Therapieschulen, allen Erziehungssystemen. Man kann nur seine eigene Lebenserfahrung beschreiben, selbst wenn es eine kollektive Vision ist, die für eine ganze Generation von Menschen zutrifft. Selbst wenn eine Theorie sich auf Beobachtung stützt, beeinflußt der Beobachtende sein Experiment und wählt jene *Fakten* aus, die widerspiegeln, was er als Fakten wahrnimmt. Es gibt keine objektive Psychologie; diese Tatsachen muß man immer in Rechnung stellen. Jung begann seine Arbeit als Schüler Freuds. Dann löste er sich von ihm, da er mit einigen grundlegenden Ideen des Freudschen Systems nicht übereinstimmte und seine Erfahrung ihm andere Schwerpunkte zeigte. Was seine Erfahrung ihm zeigte, war jedoch gefärbt von seinen eigenen Erlebnissen, seiner Psyche, von seinem eigenen Horoskop. Vielleicht sah er mehr als Freud. Natürlich bin ich persönlich der Ansicht, daß dies so ist. Doch dies war bedingt durch seine eigenen Wahrnehmungen, die potentiell einen weiteren Bereich umfaßten. Sicherlich sah er nicht alles.

Betrachten wir uns nun die Radixhoroskope von Freud und Jung. Freud war Stier mit Skorpion am Aszendenten. Obwohl Freud wie Marx die Religion anprangerte, war Gott bei ihm im Sexualinstinkt durchaus lebendig. Für Jung, der – allerdings in ziemlich unorthodoxer Weise – ungeniert religiös war, lebte Gott im Innersten der menschlichen Individualität. Das ist nicht überraschend in Anbetracht dessen, daß er die Sonne in Löwe und einen Wassermann-Aszendenten hatte. Betrachtet man die psychologischen Standpunkte dieser beiden großen Männer vor dem Hintergrund ihrer Horoskope, so wird klar, daß sie sich auf das konzentrierten, was ihrem Verständnis am nächsten lag. Was sie von Joe Bloggs unterscheidet, der um die Ecke ein psychokybernetisches Gestalt-Massage-Zentrum hat und behauptet, sich in der menschlichen Psyche genauestens auszukennen, bleibt ein Geheimnis, denn meiner Ansicht nach zeigen Horoskope nicht die Genialität des Nativen. Sowohl bei Freud als auch bei Jung ist die Sonne von einem äußeren Planeten stark aspektiert, was zumindest darauf hinweist, daß sie für eine mehr transpersonale, tiefe Ebene der menschlichen Erfahrung offen waren und nicht nur um ihr persönliches Leben kreisten. Sie beschreiben nicht nur ihre eigene Psychologie, sondern etwas Umfassenderes, Kollektiveres, Universelleres.

Bei Freud stand die Sonne in Konjunktion mit Uranus. In gewissem Sinne ist freudianische Psychologie eine Art von Ideologie, ein Plan zur Neugestaltung der Gesellschaft, da das

Unwesen treibende Es, die Quelle menschlicher Pathologie, vom Ich zunächst verstanden und dann gezähmt werden muß. Freiheit von der Schranken setzenden Herrschaft des Unbewußten kommt aus dem Verständnis und der Nutzbarmachung der natürlichen Kräfte. Das ist eine sehr uranische Vorstellung. Freud bemühte sich sehr, wissenschaftlich zu sein, was an der Oberfläche auch gelungen scheinen mag, obwohl man darunter einen gewissen Dogmatismus und eine Strenge fühlt, die einem wirklich wissenschaftlichen Standpunkt nicht anstehen. Aber Freud hatte einfach keine Zeit für das Mystische. Die Biologie des Menschen war ein großes

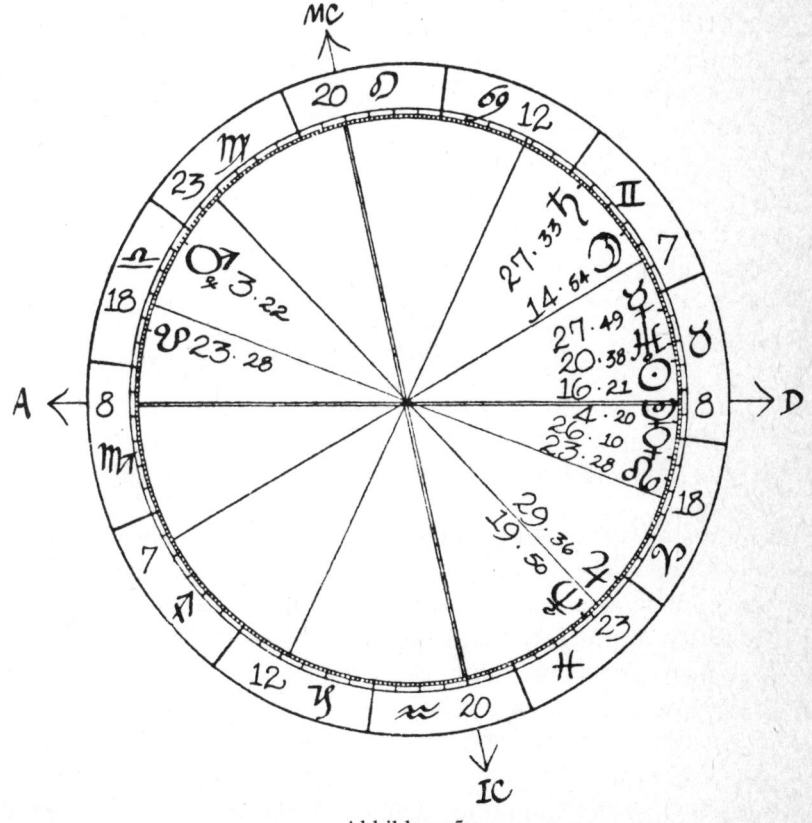

Abbildung 5:
Geburtshoroskop SIGMUND FREUD
6. Mai 1856, 18 Uhr 30, Freiburg, Deutschland
Quelle: Jones, *The Life & Work of Sigmund Freud*

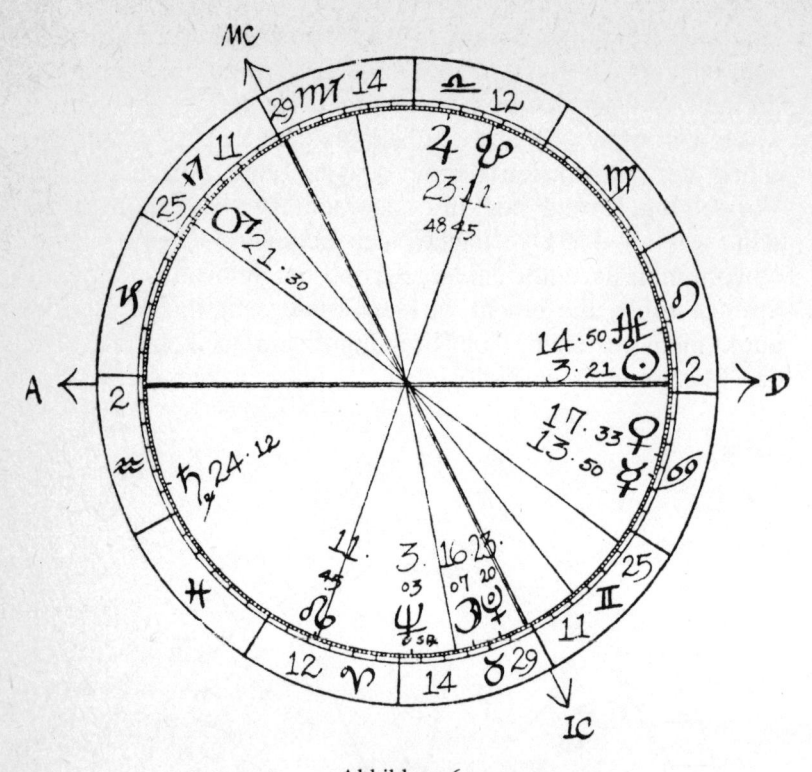

Abbildung 6:
Geburtshoroskop CARL GUSTAV JUNG
26. Juli 1875, 19 Uhr 32, Kesswil, Schweiz
Quelle: Baumann-Jung, *Some Reflections on the Horoscope of C. G. Jung*,
Frühjahr 1975

Geheimnis für ihn; er beharrte jedoch darauf, sie als Natur zu sehen und nicht als eine Verbindung von Natur und Geist. Auch Jung versuchte sich wissenschaftlich zu geben, was aber vor allem mit Mißstimmigkeiten mit seinen Kollegen aus der Psychiatrie zusammenhing, die ihn nicht ernst nahmen. Offensichtlich wird er jedoch von einer imaginativen und nicht rationalen Erfahrung geleitet und nicht von einer Ideologie. Die Sonne steht bei ihm genau im Quadrat zu Neptun. Eine religiöse Grundstimmung zieht sich durch sein gesamtes Werk, und der Weg zu einer Erfahrung des Numinosen geht bei ihm über ein sich unterordnendes Gewahrwerden und nicht über eine bewußte Kontrolle. Das ist sehr neptunisch.

Beide Männer haben die Sonne im siebten Haus. Das bringt sie dazu, ihre Individualität durch die Katalysatoren der anderen Menschen zu entwickeln, und das ist natürlich das Herz jeder analytischen Arbeit. Ob ein Analytiker Freudianer oder Jungianer ist – die Beziehung zwischen zwei Menschen ist die Grundlage ihrer Arbeit. Beide gaben der Wirkungskraft der äußeren Planeten durch eine Arbeit Ausdruck, bei der andere Menschen eine zentrale Rolle spielen.

Frage: Welche Einstellung hatte Freud zur Astrologie?

Liz Greene: Ich weiß nicht, ob er eine besondere Beziehung zur Astrologie hatte. Jedenfalls geht aus seinem Frühwerk hervor, daß ihn alles irritierte, was okkult angehaucht war. Am Ende seines Lebens scheint er sich jedoch auf einige geheimnisvollere Phänome, die ihm begegnet sind, besonnen zu haben. Es überrascht nicht, daß jemanden das Übernatürliche unangenehm berührt, bei dem die Sonne in Stier, einem sehr pragmatischen Zeichen, steht. Aber mit Skorpion am Aszendenten konnten ihm die mysteriösen und unerklärlichen Geschehnisse im Leben eines Menschen nicht ganz entgehen. Meiner Interpretation nach mußte ein großer Konflikt zwischen dem stierhaften Wissenschaftler und der skorpionhaften Faszination durch die Tiefen des Geheimnisses bestehen. In der analytischen Arbeit kann man die Begegnung mit einer unerklärlichen Überlagerung von Phänomenen nicht vermeiden. Jeder Umgang mit dem Unbewußten zwingt den Menschen, die nichtrationale Seite des Lebens zu akzeptieren. Freuds Skorpion-Aszendent führte ihn auch tatsächlich in große Tiefen hinab. Ich glaube jedoch, daß die Sonne im Stier es von allen Zeichen am schwersten hat, in dieser nichtrationalen Welt zu leben. Wenn etwas nicht durch Tatsachen demonstriert und konkret erklärt werden kann, schreckt der Stier zurück und reagiert mit Angst.

Jung wiederum empfand nicht den Drang, die sogenannte okkulte Welt ablehnen zu müssen, er postulierte sie jedoch eher psychologisch als esoterisch. Schon sehr früh kam er mit dem Übersinnlichen in Berührung. Das scheint mir für den Sonne-Neptun-Aspekt typisch. Als Feuerzeichen war es für ihn auch weniger notwendig, alles mit dem Körper in Verbindung zu bringen. Auch die Astrologen sind in diesem Sinne in zwei

Lager geteilt. Uranus soll die Astrologie beherrschen, aber ich glaube, daß sich sehr viele uranisch beeinflußte Astrologen wirklich für das System und die Gesetze, die in diesem System liegen, interessieren. Die logische Basis der Astrologie steht mit Uranus in Verbindung. Ebenso die astrologische Forschung. Das magische Element gerät mit Uranus eher in Konflikt, der hier etwas Unerklärliches wittert, das man mehr fühlen als verstehen kann. Der neptunische Standpunkt steht der subjektiven Erfahrung der Astrologie, ihren Bildern, ihrem sogenannten spirituellen Aspekt näher. Ein stark methodisch beeinflußter Astrologe wird sich von statistischer Forschung eher abgestoßen fühlen, da sie fließende Übergänge und eine subjektive Realität leugnet. Natürlich war Jung nicht ganz und gar von Neptun beeinflußt, denn immerhin ist sein Aszendent Wassermann, und auch der Saturn steht in Wassermann. Ich glaube, daß er unter der Unmöglichkeit litt, den Reichtum seiner inneren Erfahrungen und Wahrnehmungen in einer logischen, für seine Kollegen verständlichen Weise in Worte zu fassen. Ich glaube jedoch, daß Jungs Herz im Grunde eher zu Neptun neigt, während Freuds Einstellung eher uranisch ist. Das seltsame Paradox liegt darin, daß Freuds Werk von einem beinahe dogmatisch-religiösen Ton beherrscht wird, während bei Jung eher Offenheit und Vernunft dominieren.

FRAGE: Wollen Sie damit sagen, daß die beiden Standpunkte völlig unvereinbar sind?

LIZ GREENE: Nein, das behaupte ich keineswegs. Ich glaube nur, daß es schwierig ist, einen Berührungspunkt zwischen beiden zu finden. Die Erfahrung der neptunischen Welt mißachtet den Intellekt. Sie ist sehr schwer mitteilbar und noch weniger mit irgendeiner Art logischem System zu rechtfertigen. Ein rein neptunischer Mystizismus jedoch, der keinerlei Grundlage in den Gesetzen der Realität hat, ist noch schlimmer als nutzlos, da er den Betreffenden zu dem Glauben verleiten kann, seine Sicht der Dinge sei wirklicher als die Wirklichkeit. Eines ist ohne das andere unvollständig. Ich glaube, daß wir beide Gesichtspunkte brauchen. Aber es ist schwer, sie zu vereinen, da wir dazu neigen, den einen oder anderen vorzuziehen. Ich glaube, daß dieser Hang zur Bildung von Gegensatzpaaren beim Menschen grundlegend ist. Die bewußte Haltung stellt sich auf die eine Seite und die unbewußte auf die andere, und dann beginnt das Tauziehen. Wenn jemand mit allen Mitteln versucht, die Dinge nur von einer rationalen Basis aus zu erklären, ist er in größter Gefahr, in seiner Ratio-Besessenheit irrational zu werden. Wenn er sich von seiner evidenten Sinneserfahrung und den Tatsachen der ihn umgebenden Welt zu lösen versucht, ist er in Gefahr, in seinen Versuchen, seine Realität unter Kontrolle zu halten, hyperrational zu werden. Nietzsche schrieb über den Gegensatz zwischen dem Apollinischen und dem Dionysischen, zwei verschiedene Seinsweisen, die dazu neigen, in ihr Gegenteil umzuschlagen, wenn sie zu extrem werden.

Das ist auch der Grund, warum ich Ideologien und gegensätzlichen politischen Standpunkten gegenüber ein wenig zynisch reagiere. Je extremer man zur Rechten oder zur Linken neigt, desto mehr nähern sich die Extreme einander an. Sie sind dann nicht mehr unterscheidbar. Hitler und Stalin sind austauschbar. Ich finde, daß ein gutes Beispiel dafür der Artikel ist, mit dem eine Reihe von Wissenschaftlern vor einiger Zeit in *The Humanist* gegen die Astrologie polemisierten. Es war ein Versuch, die Astrologie im Namen der Wissenschaft zu entlarven, aber so emotional und irrational, daß ich am liebsten darüber gelacht hätte, obwohl die Autoren zu beweisen versuchten, daß Menschen, die an Astrologie glauben, emotional und irrational sind. Auch diese Ansicht ist sehr verbreitet. Ich glaube, der einzig vernünftige Platz ist irgendwo in der Mitte, wo man beide Welten respektiert.

FRAGE: Kann es sein, daß Menschen, bei denen es Beziehungen zwischen einem inneren Planeten und sowohl Uranus als auch Neptun gibt, sich gezwungen sehen, zwischen den beiden zu wählen?

LIZ GREENE: Ja, ich glaube, so war es bei Lenin. Uranus und Neptun stehen im Quadrat zueinander, und ein Quadrat tendiert dazu, eine Verbindung mit der einen Seite und eine Projektion der anderen hervorzubringen. Die abgelehnte Seite des Quadrats wird der Feind in der Außenwelt. Etwas ähnliches wäre wahrscheinlich geschehen, wenn er die Sonne in Konjunktion mit dem einen und im Quadrat zum anderen Planeten gehabt hätte. Wenn Sie diese starken Kontakte äußerer Planeten in ihrem Horoskop haben, vor allem wenn zwei so widersprüchliche Planeten wie Uranus und Neptun dabei eine Rolle spielen, ist es sehr nützlich, sich einmal zu überlegen, welche Arten von Ideologien oder Gruppierungen man stark befürwortet oder ablehnt. Es ist eine hervorragende Übung. Verachten Sie den Sozialismus? Hassen Sie den Kapitalismus? Sind Ihnen reiche Geschäftsleute zuwider? Idealisieren Sie die Gewerkschaften? Finden Sie religiöse Menschen gräßlich? Glauben Sie, daß die Friedensbewegung keine Fehler machen kann oder daß die Polizei alles falsch macht? Es ist sehr lehrreich, einmal über die eigenen starken kollektiven Antagonismen oder Idealisierungen nachzudenken. Man findet oft, daß äußere Planeten, die mit inneren in Quadrataspekten oder in Opposition stehen, sehr starke, beherrschende Vorlieben oder Abneigungen in dieser Richtung mit sich bringen. Sehr oft nimmt Saturn die Rolle des Erzkonservativen und Pluto die des Faschisten an. Uranus trägt das Gesicht des Revolutionärs und Neptun das des friedliebenden utopischen Träumers.

Ein typisches Verhaltensmuster habe ich bei Quadraten zu Pluto und Oppositionen zur Sonne bemerkt. Diese Menschen beklagen sich oft über andere, die in ihr Leben treten und sie zu beherrschen oder zu manipulieren versuchen. Oft sind sie selbst sehr liberal und begegnen Macht und Härte voller Angst oder Haß. Dabei liegt in ihnen selbst ein Hang dazu. Ich fand es sehr interessant, wie Jimmy Carter, der die Sonne im Quadrat zu Pluto hat, mit einem Diktator wie Khomeini in Konflikt geriet. Der Zusammenstoß war in gewisser Weise schicksalhaft. Ich stelle mir vor, daß Khomeini Carters Pluto repräsentierte. Carter war der vernünftige Waagemensch, der versuchte, fair und kooperativ zu sein. Seine eigene ungelebte Kraft und Härte materialisierte sich für ihn in der Außenwelt[1].

FRAGE: Können Sie über die Konjunktion zwischen Uranus und Pluto in der Jungfrau etwas sagen?

LIZ GREENE: Ja, natürlich. Diese Konjunktion war von etwa 1963 bis 1968 wirksam. Für eine gewisse Zeit während dieser

---

1 Ein anderes neueres Beispiel ist Mrs. Thatcher, die ebenso Waage ist und die Sonne im Quadrat zu Pluto stehen hat; ihre Auseinandersetzung mit der argentinischen Junta hat etwas ähnlich Verhängnisvolles.

fünf Jahre, zwischen Frühjahr 1964 bis Ende 1966, stand Saturn in Opposition zu dieser Konjunktion. Uranus in Zusammenhang mit Pluto deutet für mich auf eine politische Anschauung hin, die mit dem starken Bedürfnis nach Zerstörung alter Formen und Verhaltensweisen verbunden ist, natürlich in einer mehr zwanghaften und potentiell gewaltsamen Form. Typisch für Neptun, der – wie Sie sich erinnern werden – in Hitlers Horoskop mit Pluto verbunden war, ist der Erlösungsgedanke. Bei Uranus geht es vor allem um die Freiheit von Zwängen, und wenn man das mit der emotionalen Heftigkeit von Pluto in Verbindung bringt, wird sich dieses Verlangen nach Freiheit nicht gerade sehr sanft gebärden.

Ich weiß mehr darüber, wie es in dieser Zeit in Amerika war, als was in Großbritannien geschah, da ich damals in Amerika lebte. Natürlich sind meine Wahrnehmungen und Erinnerungen subjektiv, aber sie könnten eine bestimmte Tendenz angeben. Eines der wichtigsten Ereignisse unter dieser Konjunktion war der Vietnam-Krieg. Ich glaube nicht, daß der Krieg selbst notwendigerweise für die Konjunktion typisch ist, da fast immer irgendwo Krieg geführt wird und beinahe jede bedeutende Konstellation ein Auslöser dafür sein kann. Aber die Nachwirkungen dieses Krieges sind sehr bedeutungsvoll. Der heftige Widerstand dagegen war ein einmaliges Ereignis. Im allgemeinen war die Haltung während des Zweiten Weltkrieges die, daß es ehrenhaft ist, für das Vaterland zu kämpfen – mit dieser Überzeugung war man groß geworden. Wurde man einberufen, so trat man seinen Wehrdienst an und fragte nicht, ob man recht oder unrecht tat. Auf den Vietnamkrieg reagierten die Menschen jedoch völlig anders. Es gab keine widerspruchslose Hinnahme der Autorität mehr. Die sechziger Jahre erlebten natürlich die Geburt der Drogen- und Aussteigergeneration, die große Hippie-Bewegung. Die Dinge, gegen die man sich wehrte, waren für die Jungfrau typisch: normale Jobs, bei denen man von neun bis fünf im Büro sitzt, ein braves bürgerliches Leben, widerspruchsloser Gehorsam dem System gegenüber, trivialer Materialismus und der Versuch, Ordnung und konventionelle Moral aufrechtzuerhalten.

Natürlich versuchte man, den Traum von einem freieren und sinnvollen Leben nicht wohlüberlegt und behutsam zu verwirklichen, denn Pluto geht es nicht darum, die Werte der alten

Ordnung zu erhalten. Er will reinen Tisch machen. Und das taten viele Leute während der sechziger Jahre. Jetzt ist die Generation der damals geborenen Menschen etwa zwischen zehn und zwanzig Jahre alt. Ich glaube nicht, daß es eine zu große Verallgemeinerung ist, wenn ich sage, daß es in vieler Hinsicht eine sehr heftige und anarchistische Gruppe ist. Ihre Musik spiegelt die Uranus-Pluto innewohnende Gewalttätigkeit wider. Sie unterscheidet sich sehr von der Musik, welche die unter Uranus in den Zwillingen im Trigon zu Neptun in der Waage geborenen Menschen hervorbrachten. Punk-Rock ist aggressiv und nihilistisch. Das ist schon etwas anderes als Woodstock. Im Augenblick geht in Großbritannien von dieser Gruppe junger Menschen viel Aggressivität aus. Sie verkörpern den gleichen neuen Geist, der uns ältere während der sechziger Jahre bewegte. Vielleicht werden sie die alte Ordnung, wenn sie die Mitte des Lebens und das Alter der intensivsten Tätigkeit im äußeren Leben erreicht haben, wirklich verändern. Meiner Erwartung nach wird die Veränderung in die Richtung von Arbeit, Gesundheit und Ökologie zielen, also alles für die Jungfrau typische Lebensgebiete. Manche Menschen aus dieser Gruppe haben den Saturn in Opposition zur Uranus-Pluto-Konjunktion. Saturn bewegte sich vor kurzem durch die Jungfrau; ich glaube, daß das mit dem Ausbruch von Aggressivität in Zusammenhang steht, da Saturn immer versucht, die Dinge ans Licht zu bringen. Saturn hat bei dieser Konjunktion als Auslöser gewirkt. Kann man sie da tadeln, daß sie aggressiv sind? Diese Verbindung von Planeten ist außerordentlich explosiv, und eine fünfzehn- oder sechzehnjährige Psyche kann sie nicht so konstruktiv integrieren wie eine vierzigjährige.

FRAGE: Es wäre sehr interessant, eine Reihe der jungen Menschen, die während der Uranus-Pluto-Konjunktion geboren wurden und die Kinder der Hippie-Generation sind, kennenzulernen, um etwas über den Bewußtseinsunterschied zu erfahren.

LIZ GREENE: Ich habe zwei oder drei von ihnen kennengelernt. Das ist natürlich kein repräsentativer Querschnitt. Aber diese zwei oder drei Horoskope, die ich bearbeitet habe, machten mir einiges klar. Alle Eltern haben Uranus in Zwillinge, Neptun in Waage; sehr oft stehen beide im Trigon zueinander. Für diese Menschen ist eine Art schwebender Idealismus typisch. Selbst bei den mit Saturn in Konjunktion zu Uranus in Stier Geborenen steht die Konjunktion im Trigon zu Neptun. Ihnen ist die Vorstellung von einer neuen Welt sehr wichtig, aber sie bewegt sich vor allem auf der sanften Ebene der Ideen, der Musik, der Einstellung zur Liebe und zu persönlichen Beziehungen. Ihre Kinder sind viel zynischer, ebenso wie die Hippie-Generation gegen den Zynismus ihrer Eltern rebellierte. Hier sind nun die Nachkommen die Verbitterten. Das Erdzeichen, in das die Konjunktion fällt, kommt sehr stark zur Wirkung. Normalerweise stellen wir uns vor, daß die Eltern, die mehr erlebt und erfahren haben, realistischer und konkreter sind. Hier scheint das genau umgekehrt zu sein. Diese Kinder sind sehr rauh und sehr pragmatisch. Vielleicht müssen sie so sein. Ich weiß es wirklich nicht.

Wenn wichtige Transite auf eine der Konfigurationen mit äußeren Planeten treffen, so ist das hier ein Signal, das eine ganze Generation mobilisiert. Es ist wie eine Art riesige Armee, die als unerklärtes Ziel kollektive Evolution auf ihr Banner geschrieben hat und die in Aktion tritt, wenn die Geburtskonstellation vom Transit betroffen wird. Natürlich gehen diese Dinge im Unbewußten vor sich. Ich glaube aber, daß die Wirkung dieser Transite später auch gesellschaftlich sichtbar werden. Vielleicht haben Sie bemerkt, daß all Ihre Freunde der gleichen Altersgruppe zugleich persönliche Krisen erleben. Die Gruppe ist wie ein Organismus, der sich durch wichtige Entwicklungsstadien hindurchbewegt; betrachtet man jedoch nur jeden einzelnen, so fällt einem der Zusammenhang zunächst nicht auf. Natürlich können solche Transite auch große Störungen bewirken. Manche Menschen sind der Herausforderung nicht gewachsen, der Druck auf die Psyche ist zu stark. Andere werden gerade dadurch gestärkt und zu schöpferischen Leistungen angeregt. Ich bin davon überzeugt, daß das Leben einer ganzen Generation ebenso Sinn und Ziel hat wie das Leben des einzelnen, obwohl es vielleicht unmöglich ist, diesen Sinn je auf einer rationalen Ebene vollständig zu erfassen.

Ich erwähnte die in den ersten Jahrzehnten dieses Jahrhunderts geborene Gruppe mit Uranus in Opposition zu Neptun.

Vielleicht war es diesen Menschen in gewisser Weise bestimmt, Opfer zu sein. Sie erlitten viele Dinge, die uns sehr wahrscheinlich erspart bleiben werden, so als reinigten sie die Gesellschaft von etwas für die nach ihnen Kommenden. Das ist vielleicht eine etwas mystische Weise, die Dinge zu betrachten, doch ich habe wirklich manchmal das Gefühl, daß diese Menschen eine Art Brücke sind, über die ihre Kinder und Enkel gehen konnten. Viele von ihnen sind von Selbstmitleid erfüllt und deshalb jenen jungen Menschen gegenüber, denen erspart blieb, was sie erlitten haben, feindselig eingestellt. Viele andere jedoch, denen ich begegnete, scheinen zu verstehen, was es bedeutet, ein Opfer für die nächste Generation zu bringen. Es besteht eine zeitliche Übereinstimmung zwischen äußeren Ereignissen und den einzelnen, die in dieser Zeit leben. Die Menschen bringen diese Ereignisse hervor und werden von ihren Wirkungen beeinflußt. In gewisser Weise deckt sich beides.

Vielleicht sind Menschen, die nicht unter dem Drang starker äußerer Planeten stehen, in gewisser Weise freier. Ich bin sicher, daß jemand, der Uranus in Konjunktion mit Pluto in seinem Radixhoroskop hat, sehr stark in Kollektiven lebt und daß sein persönliches Leben davon stärker beeinflußt wird als das anderer. Manche Generationen sind unglaublich stark gezeichnet, und offenbar Stellvertreter für etwas Bestimmtes, während das Schicksal anderer weniger stark umrissen ist und einen ganz gewöhnlichen Gang geht. Steht man unter dem Einfluß äußerer Planeten, so gerät man als Individuum auch in ungewöhnlicher Weise unter den Einfluß des Kollektivs. Wenn es so ist, halte ich es für sehr klug, sich über Zusammenhang und Bedeutung dieser Dinge klarzuwerden. Nun ist das Schicksal mit der Gesellschaft verbunden, und es kann sehr schwierig werden, ein bequemes, gleichförmiges Leben zu führen, entweder weil man selbst an starker innerer Rastlosigkeit leidet, oder weil die Weltereignisse so stark ins Leben eingreifen. Doch im Grund entsprechen sich die inneren und die äußeren Planeten, und wir alle begegnen den äußeren Planeten in dem einen oder anderen, vielleicht auch in beiden Bereichen.

Vierter Vortrag

Bevor wir heute beginnen, möchte ich gerne wissen, ob es noch unbeantwortete Fragen vom letzten Vortrag gibt.

FRAGE: Wenn Sie von Generationseinflüssen, also den Einflüssen äußerer Planeten sprechen, benutzen Sie dann einen größeren Orbis als bei einem Radixhoroskop?

LIZ GREENE: Nein, ich würde den gleichen Orbis verwenden, also etwa acht bis zehn Grad für Konjunktionen, Quadrate und Oppositionen. Ich glaube jedoch, daß zwei Planeten im gleichen Zeichen, selbst wenn sie nicht wirklich in Konjunktion stehen, eine Art Konjunktion bilden. Das ist nicht anders als bei einem Geburtshoroskop. Beispielsweise gibt es während der etwa zwei Jahre, die Saturn braucht, um sich durch ein Zeichen zu bewegen, Zeiten, während deren er nicht direkt in Konjunktion mit einem äußeren Planeten steht, der sich ebenfalls durch dieses Zeichen bewegt. Die beiden sind auch rückläufig und tanzen ein wenig vorwärts und rückwärts. Der Einfluß ist dann natürlich nicht so stark, aber doch spürbar. Eine Person mit einer genauen oder sehr engen Konjunktion wird den Einfluß natürlich viel intensiver verspüren.

FRAGE: Sie würden tatsächlich einen Orbis von zehn Grad zulassen?

LIZ GREENE: Ja, besonders bei einer Konjunktion. Über die Orbis-Frage gibt es viele Auseinandersetzungen; ich kann Ihnen nur sagen, wie meine eigene Erfahrung damit aussieht. Ich neige dazu, einen relativ großen Orbis zuzulassen, wobei ich jedoch sehr genau darauf achte, um welche Planeten es sich im einzelnen Fall handelt. Bestimmt würde ich zehn Grad Orbis für wichtige Aspekte mit Sonne, Mond und Saturn gelten lassen. Ich bin auch der Ansicht, daß es davon abhängt, wo die Planeten stehen, so daß zum Beispiel die Sonne, wenn sie am medium coeli steht, einen sehr wichtigen Platz im Horoskop einnimmt und deshalb einen größeren Einflußbereich hat. Außerdem hängt es auch vom einzelnen Menschen ab. Konjunktionen oder Quadrate mit weitem Orbis zeigen zwar dieselben Charakteristika wie enge, aber sie sind etwas gemildert und der einzelne kann flexibler damit umgehen. Wenn er jedoch viel Energie darauf verwendet, mit diesem Aspekt umzugehen oder ihn in seinem Leben stark zu entwickeln, wird er mehr in Erscheinung treten, da er bewußter geworden ist.

Ein Beispiel dafür wäre jemand, der einen weiten Trigonalaspekt zwischen Sonne und Neptun oder eine Konjunktion zwischen den beiden hat und sich entschließt, Musik zu studieren. Obwohl die Lockerheit des Aspektes zur Folge hat, daß der Einfluß zunächst nicht ganz so stark ist, bedeutet die Tatsache, daß der Betroffene versucht, sich innerhalb des Rahmens jenes Aspektes weiterzuentwickeln, daß er in seinem Leben größere Bedeutung erlangt. Ich weiß, daß sehr viele Astrologen gerne einen schmalen Orbis von sechs bis acht Grad verwenden, aber meine Anschauung darüber ist eben, wie gesagt, anders.

Auch wenn man versucht, Transite und Progressionen zu erklären, taucht das Orbis-Problem auf. Viele Menschen meinen, Transite und Progressionen könnten nur wirksam sein, wenn sie ganz exakt sind. Ich glaube jedoch, daß vorher schon eine ganze Weile lang eine Aufbauphase stattfindet. Man riecht sozusagen schon, was kommen wird, noch bevor es im Leben sichtbar in Erscheinung tritt. Bei einer wichtigen Progression wir der der Sonne über den Geburtsplaneten dauert die Vorbereitungsphase etwa drei bis vier Jahre. Der Einfluß ist nicht plötzlich eines Morgens aus dem Nichts da. Die Psyche hat sich eine ganze Zeit lang darauf vorbereitet. Ich glaube, daß wir manchmal im Umgang mit den Orbis zu engstirnig und buchstabengetreu sind.

Ich möchte jetzt über die Zeichen sprechen, die von den äußeren Planeten beherrscht werden, denn es gibt Facetten dieser Zeichen, die – so glaube ich – nicht ganz leicht zu verstehen sind, wenn man sie nur in der traditionellen Weise betrachtet. Unsere Erkenntnisse über die drei äußeren Planeten sind sehr jung, und es gibt keinen Grund anzunehmen, daß unser Verständnis von Skorpion, Wassermann und Fische schon vollständig sei. Diesen Zeichen werden, wie Sie wissen, bestimmte Planeten zugeordnet. Dem Skorpion ordnete man Mars zu, dem Wassermann Saturn und dem Fischezeichen Jupiter. In der mittelalterlichen Astrologie wurde der Skorpion das Nachthaus des Mars genannt, und Wassermann war das

Tageshaus des Saturn; die Fische waren das Nachthaus des Jupiter. Die beiden Saturn zugeordneten Zeichen, Steinbock und Wassermann, sollten die beiden verschiedenen Gesichter des Saturn repräsentieren. Das eine stand für das sich auf materieller Ebene ausdrückende Ordnungs- und Begrenzungsprinzip, das andere für das gleiche Prinzip auf geistiger oder spiritueller Ebene. Fische und Schütze spiegelten das Prinzip von Ausdehnung, Wachstum und Glauben auf emotionaler wie auf intellektueller Ebene wider. Widder und Skorpion repräsentierten das Aggressions- und Willensprinzip im schöpferischen und zeugenden Bereich. So werden Widder und Skorpion nach den alten Beschreibungen beide als willensstark und entschlossen betrachtet, der Widder wird jedoch zum Pionier oder Athleten, während der Skorpion der disziplinierte Soldat oder Chirurg wird. Der Fische-Mensch wird Priester oder Krankenschwester, während der Schütze zum Philosophen oder Lehrer neigt. Der Steinbock-Geborene wird Geschäftsmann oder Politiker, während der Wassermann-Geborene Wissenschaftler oder Sozialreformer wird.

Ich nehme an, daß Sie alle mit diesen traditionellen Deutungen der Zeichen vertraut sind. Auch in modernen Fachbüchern findet man sie noch, und ich glaube, sie sind auch in ihrem Bereich wahr.

Es ist ein großer Fehler, die alten Deutungsregeln als überflüssig zu betrachten; ich bin sicher, daß sie immer noch gelten, was man zum Beispiel sehen kann, wenn eine wichtige Marsprogression stattfindet und man die Auswirkungen in dem von Skorpion beherrschten Haus im Geburtshoroskop wahrnehmen kann.

Zum Beispiel ist beim Wassermann das saturnische Element stark spürbar. Wenn man sich mit jemandem auf eine ideologische Diskussion einläßt, merkt man sehr schnell, wie geregelt und diszipliniert ein Wassermann-Geborener denkt, ja, wie er trotz vielleicht eklektischer und neuer Ideen in seiner Argumentation streng und konservativ bleibt. Auch der Ehrgeiz des Skorpions ist immer wieder unübersehbar. Der Skorpion ist ebenso entschlossen zu siegen wie der Widder, aber er neigt dazu, seine Entschlossenheit verborgen zu halten. Die Religiosität und der Optimismus, den man mit Schütze assoziiert, ist auch bei dem Zeichen Fische sehr bestimmend.

Ohne also die Bedeutung dieser alten Regeln bestreiten zu wollen, glaube ich, daß diese drei Zeichen auch mit dem Kollektiven in Verbindung gebracht werden müssen. Da sie mit den äußeren Planeten in Verbindung stehen, gelten für sie größere als persönliche Dimensionen. Ich habe bei Skorpion-Wassermann- und Fische-Geborenen oft einen traurigen, verlorenen Blick gesehen, wenn ihr Leben zu eng war und nur in persönlichen Zielen aufging. Ich glaube, das liegt daran, daß etwas in diesen Zeichen eine Verbindung zu größeren menschlichen Zielsetzungen sucht. Wenn man den typischen Wassermann- oder Fische-Geborenen nimmt und ihn in einer Bank arbeiten läßt, ohne anderes Betätigungsfeld, nicht einmal Lektüre, durch die er sich zu Höherem aufschwingen kann, wird er wohl immer frustrierter, ruheloser und neurotischer werden, da die Natur dieser Zeichen sich nach mehr Tiefgang sehnt. Uns allen sind Fälle bekannt, bei denen die Sonne in irgendeinem Zeichen frustriert und gehemmt werden kann, weil andere Planeten in schwierigen Aspekten zu ihr stehen oder weil das Individuum seine eigene Natur in seiner Umgebung und seinem ihm möglichen Lebensstil nicht ausleben kann. Ich sprach schon von Hitler mit einer sehr komplizierten Sonne im Stier. Das gleiche gilt meiner Meinung nach für Skorpion, Fische und Wassermann, wobei die wahre Natur dieser Zeichen weniger einfach ist, da ein durchschnittlicher Lebensentwurf diese tiefergehenden Bedürfnisse nicht in Rechnung stellt.

Wenn ich von diesen drei Zeichen spreche, so ist Ihnen, wie ich hoffe, klar, daß ich nicht nur die Sonne in diesen Zeichen, sondern auch den Aszendenten und andere Betonungen meine. Es gilt hier das gleiche Prinzip. Doch weil die Sonne so mit Selbsterfüllung beschäftigt ist, wird es noch offensichtlicher, wenn das Leben eines Menschen nur seine eigenen inneren Bedürfnisse widerspiegelt. Übrigens hoffe ich auch, daß Sie nicht etwa *spirituell* verstehen, wenn ich von *kollektiv* spreche. Dies sind zwei völlig verschiedene Dinge. Wenn Jung vom kollektiven Unbewußten spricht, so meint er damit nicht, daß es zugleich eine höhere spirituelle Einheit sei. Der Ausbruch des Nazismus in Deutschland sollte dafür ein gutes Beispiel sein. Jung sprach vom Kollektiven als der *objektiven Psyche,* womit er meinte, daß es sich um eine viel ältere, tiefere und umfassendere psychische Erfahrung handelt als die persönliche subjektive eines Individuums. Es umfaßt das Erbe der ganzen menschlichen Entwicklung, wie die menschliche Zukunft, sie kann aber nie von einem einzelnen umfaßt werden, ist also *objektiv*. Starke Einflüsse äußerer Planeten machen einen nicht *spirituell*, was immer das auch heißen mag, noch sind sie *weiter entwickelt*. Es gibt kaum spirituell minderentwickeltere Wesen als jene Musterbeispiele von Brutalität, deren Horoskope wir betrachtet haben (Hitler und Lenin). Ebensowenig sollte man sich einbilden, äußere Planeten brächten eine göttliche Begnadung mit sich, wenn man nur an die Menschen denkt, die in psychiatrischen Kliniken eingesperrt sind. Ich begegnete einmal einer etwas seltsamen Dame, die behauptete, sie sei eine *esoterische Astrologin* und die mir sagte, daß nur Menschen, die die Sonne im Aspekt zu Neptun hätten, zu einer spirituellen Entwicklung fähig seien. Ich fürchte, das ist ziemlicher Unsinn, seit ich einmal das Horoskop eines reinrassigen Pudels errechnet habe, der die Sonne im Aspekt zu Neptun hatte und trotzdem ein höchst bösartiges Tier war.

Ich hoffe diesen Punkt geklärt zu haben. Vielleicht hätte ich schon früher davon sprechen sollen, da bei manchen Astrologen Pseudo-Spiritualität ihr Unwesen treibt. Starke Aspekte zu den äußeren Planeten bedeuten meiner Meinung nach, daß das Leben eines Menschen in geringerem oder höherem Maß mit umfassenderen kollektiven Bewegungen und Bestrebungen seiner Zeit in Verbindung steht. Wie sich das manifestiert, hängt weitgehend von der jeweiligen Zeit ab und von der eigenen Fähigkeit, diesen Dingen Gestalt zu geben. Jedenfalls glaube ich, daß es für Skorpion-, Fische- und Wassermanngeborene notwendig ist, in irgendeinem Bereich ihres Lebens eine Perspektive der Realität zu haben, die über die rein persönliche Sphäre hinausreicht. Ich glaube, daß sich diese Zeichen äußerst negativ äußern können. Ihnen schreibt man ja von allen Zeichen des Tierkreises die größten Schwierigkeiten zu – die klassische Anschuldigung den Fische-Geborenen gegenüber ist, daß sie oft von Drogen und Alkohol abhängig sind, und das ist auch, soweit ich es erlebt habe, nur zu wahr. Viele Menschen mit dem Zeichen Fische gehen dadurch unter, nicht weil der Alkoholismus zu diesem Zeichen gehört, sondern weil sie nach etwas dürsten, das über eine materielle Wahrnehmung der Wirklichkeit hinausgeht. Diese Öffnung könnte durch ein starkes religiöses Streben oder die kreative Beschäftigung mit Musik, Dichtung oder Theaterspiel geschehen oder durch die Erfahrung der Einheit des Lebens, die durch irgendeine Art von dienender Tätigkeit erlebt werden kann. Wenn die Tür sich jedoch nie öffnet, so führt der einzige Weg zum Spirituellen über die Spirituosen, wenn Sie das dumme Wortspiel verzeihen. Ich glaube, daß das sehr wichtig ist, wenn man jemanden für seinen beruflichen Werdegang berät. Sie werden sicher verstehen, warum. Selbst wenn ein Fische-Geborener Computertechniker oder Beamter werden will, wird es in seinem Leben ein Platz für Mythos und Musik, für Poesie und Phantasie geben müssen.

Es gibt eine ganze Reihe trauriger Fische-Menschen, die sich schreckliche Mühe geben, gute Buchhalter, Börsenmakler oder Versicherungsagenten zu werden und sich fragen, warum sie sich so hoffnungslos, deprimiert und lethargisch fühlen, während ihre Stier- und Steinbock-Kollegen wirklich Freude an ihrem Beruf haben. Auch beim Skorpion gibt es dieses Problem. Ich glaube, daß Skorpion-Geborene viel mit der dunklen Seite des Kollektivs zu tun haben, mit den primitiven Urinstinkten, die von der zivilisierten Gesellschaft unterdrückt worden sind. Der Skorpion muß die Verbindung mit diesem großen dunklen Bereich des vitalen Lebens finden. Gelingt ihm das nicht, sei es durch eine Tätigkeit im Bereich der Psychologie, der Medizin, der Politik oder auf sonst einem Gebiet, dann wirkt es zersetzend in ihm und bricht entweder anderen Menschen gegenüber heftig aus oder wird selbstzerstörerisch. Wenn er versucht vorzugeben, daß diese Dinge nicht existieren, dann treffen sie ihn von außen. Der Wassermann wiederum muß in gewisser Weise, so meine ich, mit dem Gedanken des Fortschritts, dem Gedanken der menschlichen Möglichkeiten umgehen. Er muß wissen, daß er Teil einer großen menschlichen Familie ist, die sich irgendwohin auf ein Ziel zubewegt. Sonst kann er sehr verschroben werden, verrennt sich in irgend etwas oder sondert sich völlig ab.

Ich wollte darüber sprechen, denn ich glaube, daß diese drei Zeichen ziemlich exzentrisch sind. Ich hoffe, daß ich niemanden gekränkt habe, aber wie Sie sehen, kompliziert es die Dinge, wenn man unter der Mitherrschaft eines äußeren Planeten steht. Im Grunde sind wir alle kollektive Naturen und bringen zum Ausdruck, was während unseres Lebens in der Menschheit vor sich geht. Der Brennpunkt ist jedoch nicht für alle gleich scharf. Diese drei Zeichen werden oft unsozialen Verhaltens beschuldigt, weil sie eine Neigung zu seltsamen Interessen und merkwürdigen Ansichten haben. Meiner Meinung nach ist das natürlich, denn es hängt mit dem Einfluß der äußeren Planeten zusammen. Die meisten ererbten Normalitätsbegriffe sind saturnisch und machen es dem Fisch, dem Wassermann und dem Skorpion sehr leicht, sich als von allen mißverstandene Außenseiter zu fühlen.

Nun müssen wir uns auch mit den Häusern beschäftigen, die von den drei äußeren Planeten beherrscht werden, denn ich glaube, daß Planeten im achten, elften und zwölften Haus sehr negative Auswirkungen haben können, wenn man sie nicht versteht. Die traditionelle Deutung dieser Häuser sagt wenig und ist eher unbefriedigend. Ich weiß, daß die meisten von Ihnen darin bewandert sind, es ist jedoch nicht unwichtig, darüber zu sprechen. Es sagt mir nicht viel, wenn ich höre, daß das elfte Haus etwas mit *gesellschaftlichen Beziehungen* oder das achte mit *Tod* oder *Erbschaft* zu tun hat. Und das zwölfte hat auch tiefere Ebenen als *Krankenhaus- und Gefängnisaufenthalte*. Beginnen wir mit dem achten Haus. Die Zeichen und Häuser bilden einen Entwicklungskreis, einen Erfahrungszyklus, der mit einem Neuanfang endet. Die Definitionen, die man traditionell für die ersten sieben Häuser gibt, sind normalerweise klar und brauchbar, denn bis zu diesem Punkt der Entwicklung geht es um das Individuum selbst, mit seinen Werten, Haltungen, seiner Familie, seinen Neigungen, Gewohnheiten und so weiter. Beim Aszendenten wird man geboren, das erste Haus steht für die Identität. Im zweiten Haus beginnt man seine Möglichkeiten zu entwickeln und lernt im dritten mit der Umgebung zu interagieren. Im vierten Haus wird man sich seiner Wurzeln und seiner Abhängigkeit von anderen bewußt, die schöpferische Fähigkeit findet man im fünften. Im sechsten geht es um die Verfeinerung der praktischen Fähigkeiten und im siebten um die Wahrnehmung der anderen als objektive äußere Gegebenheiten, die man als von sich getrennt empfindet und mit denen man zurechtkommen muß.

Dann gelangen wir zum achten Haus. Wie kommen wir von der Begegnung mit den anderen zu Versicherungspolicen und

Erbschaften? Ich glaube, daß wir in dem Bild vom Kreislauf bleiben müssen. Etwas geschieht als Ergebnis der Begegnung des Individuums mit anderen Menschen. War es eine wirkliche Begegnung, so ist man nicht mehr derselbe wie zuvor, denn ein anderer Mensch bringt einen immer dazu, Dinge bei sich selbst zu entdecken, die man vorher noch nicht kannte. Man spürt, daß in jeder tieferen Beziehung eine unsichtbare Dynamik, ja Schicksalhaftes am Werk ist, daß sich eine ganze unsichtbare und unbekannte Welt eröffnet. Das ist das Unbewußte; es sagt uns weit mehr als das Ich, warum wir eine Beziehung eingehen. So führt die Begegnung mit einem anderen Menschen im siebten Haus zur Begegnung mit dem anderen, Selbst im achten. Das Erschreckende an diesem anderen ist, daß er nicht das ganze Selbst ist. Es ist all das, was sich durch Mutter und Vater und das Männliche und das Weibliche aus den vergangenen Weltaltern angehäuft hat. Es ist die Unterwelt der Psyche, wo Persephone geraubt wird von Hades oder Pluto, der sie in seinem schwarzen Wagen in die Hallen des Todes bringt. Alle Waage-Ideen über die menschlichen Beziehungen drohen in die Brüche zu gehen, wenn sie mit der skorpionhaften Seite des Lebens konfrontiert werden, die Freud in seinem Werk sehr gut beschrieben hat. Das achte Haus ist ein Schlachtfeld, ein Ort der Auseinandersetzung. Das Individuum muß sich etwas anderem unterordnen, ob dieses andere nun seine eigene unterdrückte Dunkelheit oder sein Schicksal ist.

Aus dieser Auseinandersetzung geht die Erkenntnis hervor, daß etwas anderes als das Ich die Fäden in der Hand hat. Schließlich wird dieses andere im Zusammenhang mit Sinn oder mit dem Göttlichen gesehen, und so gehen wir ins neunte Haus mit der Suche nach Gotteserfahrung. Wenn ein Mensch dem Schicksal begegnet, beginnt er Fragen zu stellen. Von der Formulierung einer persönlichen Philosophie ausgehend, bewegt sich das Individuum in das zehnte Haus und versucht seine Überzeugungen durch einen konstruktiven Beitrag zu der ihn umgebenden Welt zu verwirklichen. Nachdem er in der Welt aufgestiegen ist und Verantwortungen übernommen hat, beginnt er nach dem Sinn all dessen zu fragen. Es dämmert ihm, daß er zur großen Familie der Menschheit gehört, die ihr eigenes Bild von der Entwicklung der Zukunft hat. Es wird ihm bewußt, daß die Menschen gar nicht so verschieden sind, daß die menschliche Psyche sich nach bestimmten Gesetzen und Grundmustern verhält. Das geschieht im elften Haus. Schließlich löst sich selbst das Abgetrenntsein in menschliche Individualität auf angesichts der Einheit, die ihre Wurzeln in der Vergangenheit hat, bis zum Tier- und Pflanzenreich. Dort am Grunde ist die Matrix oder das Meer des Lebens, das Meer des Unbewußten, form- und gestaltlos. Ich glaube, daß es beim zwölften Haus um weit mehr geht als um Krankenhaus- und Gefängnisaufenthalte. Hier hat der Mythos seine Wurzeln, das Meer der Imagination, die Urvergangenheit.

Finden sich in einem Horoskop mehrere Planeten im zwölften Haus, so glaube ich, daß das Individuum einen Zugang zur imaginativen Ebene finden muß. Wenn ihm das nicht gelingt, gerät es in eine innere Zerrissenheit. Das zwölfte Haus ist ein mediales Haus, denn in ihm ist die ganze Geschichte der menschlichen Erfahrung verdichtet. Die Wirkung läßt sich mit starken Aspekten zu Neptun oder einer starken Betonung des Fischezeichens vergleichen. Sind viele Planeten im elften Haus, so muß man lernen, etwas von den Entwicklungen zu mehr Bewußtheit zu verarbeiten, die während der eigenen Lebenszeit vor sich gehen. Stehen viele Planeten im achten Haus, dann muß das Individuum lernen, der Dunkelheit ins Gesicht zu sehen. Ich glaube, daß es sehr problematisch werden kann, wenn ein Mensch, bei dem die Sonne oder andere wichtige Planeten eines dieser drei Häuser beeinflussen, versucht, die Lebenskrisen, durch die er gehen muß, von einer engen Perspektive aus zu betrachten. In gewisser Weise muß dieser Mensch Dinge durchmachen, die nicht nur für ihn selbst, sondern für seine ganze Generationsgruppe Probleme mit sich bringen. Das bedeutet nicht, daß er sich nicht mit der persönlichen Seite auseinandersetzen soll, aber es wäre höchst bedeutungsvoll, wenn er auch einen größeren Zusammenhang begreifen könnte. Sieht man nicht, daß das eigene Dilemma in gewisser Weise exemplarisch für die Zeitprobleme ist, dann kann einen das Gefühl der Isolation und der Vereinzelung oft geradezu überwältigen.

FRAGE: Worin liegt Ihrer Ansicht nach der Unterschied in der Bedeutung eines Planeten und des Hauses, in dem er normalerweise herrscht?

Liz Greene: Ein Planet repräsentiert eine dynamische Energie. Er ist ein lebendiges, aktives Wesen und hat eigene Motive und Bestrebungen. Ein Haus wiederum steht für einen Erfahrungsbereich, es ist eine Art Bühne. Der Planet ist der Schauspieler und das Haus ist die Kulisse, vor der der Schauspieler agiert. Hat man die Sonne in Konjunktion zu Neptun, so sind da zwei fest liierte Schauspieler, die zusammen die Sehnsucht nach Transzendierung des Lebens, nach Berührung mit dem Göttlichen, nach der Überschreitung der begrenzten materiellen Wirklichkeit darstellen. Hat man jedoch die Sonne in Konjunktion mit Saturn im zwölften Haus, geht es den beiden Schauspielern keineswegs um Transzendenz. Es geht Ihnen um Dauer, Unabhängigkeit und die Kraft, mit dem Leben fertigzuwerden. Die Atmosphäre jedoch, in der sie ihrem Ziel nachgehen müssen, wird die Welt der Träume, der Phantasien, der religiösen Sehnsucht sein, die Flucht zurück in den Mutterleib. Die Schauspieler werden zwar weiterhin nach einem starken, gefestigten Ich streben, ihr geistiger Nährboden wird jedoch die mystische Welt sein.

Die Planeten in Ihrem Zeichen sind der Stoff, aus dem wir gemacht sind. Die Häuser repräsentieren die Schauplätze des Lebens, in denen wir lernen müssen, wir selbst zu werden. Manchmal steht beides in krassem Gegensatz zueinander, so wie Saturn im zwölften oder Neptun im zweiten Haus. Manchmal stimmt beides überein, zum Beispiel wenn Jupiter im neunten oder Venus im siebten Haus stehen. Der Stoff, aus dem man gemacht ist, mag mit den Lebenserfahrungen nicht übereinstimmen, aber man wird mit diesen Erfahrungen so oft konfrontiert werden, daß irgendeine Art von Übereinstimmung oder Integration möglich wird. Ich glaube, daß sich in der Praxis die Umstände oft sehr ähneln. Aber meiner Meinung nach sind die Planeten selbst die wichtigsten Faktoren im Horoskop.

Frage: In Ihrem Buch über Saturn beschreiben Sie die Planeten und Häuser so, als seien sie das gleiche.

Liz Greene: In der Praxis gibt es auch große Ähnlichkeiten. Es hilft uns, den Planeten, das Zeichen und das Haus zu verstehen, wenn wir Vergleiche ziehen. Beispielsweise bietet eine Kenntnis des Skorpionverhaltens viel Einblick in das Wesen

Plutos, und man muß von beiden etwas wissen, um den Sinn des achten Hauses zu verstehen. Der Trinität von Zeichen, Planet und Haus liegt die gleiche Bedeutung zugrunde. Es gibt jedoch einen Unterschied, der in einem Widerspruch zwischen Motivation und Schicksal liegt. Auf einer gewissen Ebene sind diese Dinge natürlich das gleiche. Aber der Planet zeigt mehr den Wunsch und das Haus mehr das, was möglich ist. Vielleicht ist es überflüssig, die Dinge getrennt zu betrachten, denn Venus im achten Haus besagt ähnliches wie Venus in Skorpion und Venus in Konjunktion mit Pluto. Doch mir scheint es hilfreich, zu unterscheiden zwischen dem, was als eigenes Bedürfnis und dem, was als Schauplatz erfahren wird, an dem man diesen Bedürfnissen begegnet und von ihnen herausgefordert wird.

FRAGE: Was geschieht, wenn noch neue Planeten entdeckt werden sollten?

LIZ GREENE: Ihnen wird wahrscheinlich die Rolle von Nebenherrschern zugeschrieben werden, so wie das auch bei Uranus, Neptun und Pluto geschehen ist. Merkur herrscht über zwei Zeichen, und so könnten vielleicht auch Jungfrau oder Zwillinge zwei Zeichen bekommen. Dasselbe gilt für Venus, die im Stier und in der Waage regiert. Ich bin sicher, daß uns etwas einfallen wird. Neue Planeten stürzen nichts um, was wir von der traditionellen Astrologie übernommen haben. Sie öffnen eine neue Dimension, sowohl für die Bedeutung eines Zeichens als auch für die menschliche Erfahrung. Wir sind nicht mehr so wie die Menschen vor hundert Jahren waren und sind sicher sehr anders als die mittelalterlichen Menschen. Das Bewußtsein hat sich verändert, in gewisser Weise zum Besseren, dies aber auch um einen sehr hohen Preis. Die neu entdeckten Planeten spiegeln neu entdeckte Lebensaspekte wider. Die drei von den äußeren Planeten regierten Zeichen haben einen anderen Wahrnehmungsbereich als die anderen neun Zeichen. Es ist, als hätten sie ein bis zur Peripherie erweitertes Blickfeld, das Dinge wahrnimmt, die normalerweise unsichtbar sind.

FRAGE: Können Sie etwas zu John F. Kennedys Radixhoroskop sagen? Ich glaube, bei ihm standen viele Planeten im achten Haus.

Liz Greene: Ja, es stehen fünf Planeten im achten Haus. Mars, Merkur und Jupiter stehen alle im Stier in Konjunktion und die Sonne steht mit Venus in den Zwillingen in Konjunktion. Die Stierplaneten stehen wiederum alle im Quadrat zu Uranus im vierten Haus, und die Sonne-Venus-Konjunktion bildet ein Quadrat mit dem Mond in der Jungfrau. Abgesehen davon, was diese Betonung des achten Hauses über sein Sexualleben aussagen könnte, würde ich sie als Hinweis auf ein Schicksal werten, das den Nativen unausweichlich mit dem kollektiven Schatten konfrontiert. Diese Aneinanderreihung weist auf alle möglichen untergründigen Kräfte hin. Saturn und Neptun stehen ebenfalls am MC in Konjunktion. Daraus geht für mich hervor, daß Kennedy in gewisser Weise ein Opfer seiner Zeit war. Ungern interpretiere ich ein stark besetztes achtes Haus immer als einen gewaltsamen Tod, da ich mit vielen Klienten zu tun hatte, die mit einem solchen achten Haus sehr alt geworden sind. Auf jeden Fall aber scheint mir der Hinweis auf einen Zusammenstoß mit den dunkleren Elementen im Kollektiven gegeben, der in der Politik natürlich unvermeidbar ist, dem aber nicht jeder zum Opfer fällt. Ein anderes Beispiel für stark besetzte Häuser äußerer Planeten ist Salvador Dali. Dali ist ein extremer Exzentriker, was noch milde gesagt ist, und er ist das Sprachrohr und der Hauptvertreter der surrealistischen Bewegung in der Malerei. In seinem Horoskop steht die Sonne mit Merkur und Mars im elften Haus in Konjunktion, während Pluto und Neptun ins zwölfte Haus fallen. Der Surrealismus hat auch einen starken Hang zum Ideologischen, und als er in der schöpferischen Welt neu in Erscheinung trat, brachte er einige sehr konkrete Ideen über die Welt des Traumes und des Unbewußten und den Standort der Kunst mit sich, indem man die konkrete Wirklichkeit übersteigerte, um so den Zugang zur Traumwelt zu eröffnen. Dali und die meisten seiner Landsleute waren sehr von Freud beeinflußt. Mir scheint, daß die ganze Bewegung mit ihrer Neigung zu starker Strukturierung und beinahe politischer Tendenz eine gewisse Wassermannprägung hat.

Ich könnte zahllose andere Beispiele für die Auswirkungen stark besetzter achter, elfter und zwölfter Häuser anführen. Ich glaube, Sie haben verstanden, worum es geht. Man könnte sagen, daß das Schlüsselwort Entwicklung ist, nicht im Sinne von bloßer Bewegung, sondern eine Entwicklung, ein Fortschreiten oder irgendeine starke Strömung, die den Menschen mitreißt oder antreibt und die Grundlage für seine persönliche Erfüllung werden kann. Entwicklungen dieser Art sind keineswegs für die anderen Häuser oder Zeichen charakteristisch. Manche von Ihnen haben nach bestimmten historischen Persönlichkeiten gefragt. Stalin hatte die Sonne im zwölften Haus. Ich hatte erwartet, in seinem Horoskop einen Aspekt zwischen Sonne und Pluto zu finden, konnte aber nichts dergleichen entdecken. Aber er hat die Sonne im medialen zwölften Haus. Vielleicht war er ein Medium für etwas, das in der russischen Volksgemeinschaft arbeitete, so wie Hitler für Deutschland ein Medium war. Vielleicht sagt seine Sonne im zwölften Haus etwas über eine starke Katharsis, die für die Nation notwendig war. Irgend jemand hat nach Edgar Cayce gefragt, der im konkreten Sinn ein Medium war. Bei ihm standen Merkur, Saturn und Venus zusammen im achten Haus. Einer von Ihnen fragte auch nach Gandhi, der ebenfalls die Sonne im zwölften Haus hatte und für sein Volk als Medium fungierte. Man könnte so stundenlang die Horoskope berühmter Persönlichkeiten aufzählen.

FRAGE: Es scheint mir interessant, daß die äußeren Planeten sich im Augenblick durch Zeichen im letzten Teil des Tierkreises bewegen, die eher kollektiven Einfluß haben.

LIZ GREENE: Auch ich finde das interessant. Am Ende des Jahrhunderts werden sie sich im Schützen und im Steinbock gruppieren, während Pluto im Skorpion steht. Das könnte so gedeutet werden, daß die großen Veränderungen, die dadurch in Gang gesetzt werden, vor allem den Bereich der gesellschaftlichen Institutionen und Sitten betreffen, also das Rechtssystem, religiöse Bewegungen, das Finanzsystem usw.

FRAGE: Können Sie erklären, was geschieht, wenn die äußeren Planeten in einem Radixhoroskop rückläufig sind?

LIZ GREENE: Ich glaube, daß jeder rückläufige Planet die Neigung hat, seine Tendenz zu verinnerlichen. Er wirkt auf einer subjektiveren und verdeckteren Ebene. Nicht daß sich die eigentliche Bedeutung des Planeten verlagerte, aber seine Möglichkeit extrovertierten Ausdrucks verändert sich. Rückläufige Planeten verraten nicht viel von sich selbst. Eine rückläufige Venus bezieht sich nicht weniger auf menschliche Beziehungen, aber es geht hier oft um Beziehungen, bei denen ein idealisiertes inneres Bild des anderen eine Rolle spielt und wo der reale Partner oft im unklaren über die inneren Vorgänge ist. Wenn Uranus auf einer extrovertierteren Ebene wirkt, so geschieht das durch aktive Veränderungen und Trennungen. Verinnerlicht man ihn jedoch, beginnt er das Denken zu revolutionieren, und man produziert eine Fülle anarchistischer oder exzentrischer oder fortschrittlicher Ideen, wobei das äußere Leben vielleicht ganz konventionell verläuft. Veräußerlicht sich Neptun, so bringt er oft Opfer für andere, verinnerlicht er sich aber, wird eine innere mystische Hingabe und Selbstaufopferung wichtiger als liebevolle Gesten gegenüber der Außenwelt. Pluto strebt nach Macht und Veränderungen in der äußeren Welt, ist er jedoch introvertiert, sorgt er für heftige innere Veränderungen. Ich kann nicht sagen, welches der beiden Prinzipien vorzuziehen ist. Ich glaube auch nicht, daß ein Paar rückläufiger Planeten jemanden zu einem introvertierten Menschen im Jungschen Sinne des Wortes machen. Der Planet selbst wirkt jedoch auf einer inneren Ebene, wenn er rückläufig ist.

FRAGE: Welches Häusersystem benutzen Sie bei Ihren Horoskopbeispielen?

LIZ GREENE: Sie sind nach Placidus gezeichnet. Ich ziehe das Quadrantensystem dem System der gleichen Häuser vor, weil darin die Achse des MC und des IC die Spitzen des zehnten und vierten Hauses darstellen, die dadurch betont werden. Beim System der gleichen Häuser können an der Spitze des zehnten und vierten Hauses ganz andere Einflüsse stehen, und der MC und IC haben keinen festen Punkt und scheinen dadurch weniger Bedeutung zu haben. Meiner Ansicht nach sind sie jedoch sehr wichtig, denn sie sagen eine Menge über das Familienerbe und die Eltern. Da das zehnte und das vierte die Verwandtschaftshäuser sind, scheint es mir absurd, sie von der Medium-Coeli-Achse zu trennen.

Das Problem der Häusereinteilung ist natürlich alt. Wie bei vielen ähnlichen Problemen in der Astrologie ist es meiner Meinung nach auch hier das vernünftigste, wenn man mit verschiedenen Systemen arbeitet und das auswählt, mit dem man am besten zurechtkommt. Ich beziehe die Psychologie viel stärker ein als viele andere Astrologen und achte deshalb besonders auf den familiären Hintergrund. Hat man bei der Beschäftigung mit Horoskopen andere Schwerpunkte, so könnte eine Einteilung in gleiche Häuser vielleicht brauchbar sein. Für mich ist der Schlüsselbegriff für das zehnte Haus die Welt. Die Mutter ist unsere erste physische Welt, bevor wir die große äußere Welt entdecken, und die Haltung der einen gegenüber formt die für die andere. Saturn als der natürliche Herrscher des zehnten Hauses wird der Herr der Welt genannt; in der Kabbala ist er die Große Mutter. Beim Quadrantensystem ist das MC die Spitze des zehnten Hauses und zugleich der Ausgangspunkt des mütterlichen Erbes und der Verpflichtungen gegenüber der Welt.

Wenn Sie Fragen dazu haben, ist es das beste, Sie erstellen eine Zeitlang Horoskope nach beiden Systemen. Manche Menschen benutzen immer beide Systeme, was ich nicht mehr tue, weil ich nicht sehr glücklich bin darüber, was das System der gleichen Häuser hinsichtlich der Psychologie des Individuums aussagt. Ich denke, Sie sollten auch die Progressionen und Transite am eigenen Horoskop beobachten, um zum Beispiel zu sehen, welcher Lebensbereich betroffen ist, wenn ein Einfluß auf einen Planeten entsteht, der im zehnten, neunten oder elften Haus plaziert sein könnte. So kommen Sie zu Ihren eigenen Beweisen. Ich würde mich scheuen zu behaupten, daß das System der gleichen Häuser wertlos ist und daß Placidus das einzig richtige Häusersystem darstellt. Für meine Arbeitsweise ziehe ich jedoch Placidus vor.

FRAGE: Viele Lehrbücher sagen, das zehnte Haus sei der Vater und das vierte Haus die Mutter.

LIZ GREENE: Ja, das weiß ich. Aber auch das ist ein unlösbares Problem. Meiner Erfahrung nach repräsentiert das zehnte Haus die Mutter, sie wird dort beschrieben. Das heißt jedoch nicht, daß die Planeten im zehnten Haus sagen, was für ein Mensch die Mutter ist und wie sie sich verhält. Ich glaube, daß hier ein Hinweis auf das psychische Erbe der Mutter gegeben wird. Sehr oft kommt hier ihr unbewußtes Leben zum Ausdruck, die ungelebten Bestrebungen, die sehr stark in ihr waren, die aber nicht genügend zum Ausdruck kamen und die dann das Leben des Kindes beeinflussen. Man könnte auch sagen, daß die Planeten im zehnten Haus das psychische Bild der Mutter, das wir in uns tragen, beschreiben, das aber vielleicht gar nicht ganz bewußt ist und nicht immer dem entspricht, wie sie sich wirklich verhielt. Vertieft man sich jedoch ein wenig in die verborgeneren Gefühle eines Menschen seiner Mutter gegenüber und sieht Spuren davon auch in den Beziehungen mit Frauen im allgemeinen, so wird man entdecken, daß die im zehnten Haus repräsentierte Gestalt einen sehr starken Einfluß auf den Nativen ausübt. Das vierte Haus scheint mir dasselbe über den Vater auszusagen. Es ist das psychische Erbe des Vaters. Es wurde verschiedentlich festgestellt, daß diese Beziehung des zehnten Hauses mit der Mutter und des vierten mit dem Vater aufgrund der speziellen Familienstruktur in unserer Gesellschaft zutreffend sei. Das mag richtig sein, denn in den westlichen Familien ist vom Vater oft nicht viel zu sehen, während die Mutter allgegenwärtig ist und auf die Psyche großen Einfluß nimmt, nicht nur weil sie uns gebiert und uns ernährt, sondern weil sie oft die einzige Anwesende während der ganzen Kindheit ist. Das zehnte Haus könnte nicht nur die Mutter, sondern auch den Elternteil repräsentieren, der die Rolle der Mutter übernimmt. Selten trifft man auf Ausnahmen. Ich glaube, man könnte verallgemeinernd sagen, daß die Orientierung unserer Kultur patriarchal ist, weil in ihr Gesetze und äußerer Erfolg eine so große Rolle spielen. Damit meine ich nicht, daß die Männer uns regieren, wie extreme Feministinnen es sehen würden. Männer und Frauen in unserer Gesellschaft neigen gleichermaßen dazu, intellektueller Entwicklung, materiellem Erfolg, einem strukturierten Familienleben, einer durch klar definierte Gesetze beherrschten Gesellschaft und einem hierarchischen Sozialsystem den Vorzug zu geben. Darin spiegeln sich vielleicht die seit vielen Jahrhunderten gültigen religiösen Werte, die jüdisch-christliche Tradition, in der die höchste spirituelle Macht männlich ist.

Ich möchte damit keine Bewertung vornehmen, denn die Gesellschaften bringen die Werte hervor, die sie zu einer bestimmten Zeit der Geschichte brauchen. Ich glaube jedoch, daß die Betonung der einen Seite zu einer Kompensation des

Unbewußten der anderen Seite führt, ebenso wie bei einem Individuum die Überbetonung des Intellekts einen plötzlichen Gefühlsausbruch in der Psyche verursachen wird. So wird die wirkliche psychologische Macht zu Hause von der Mutter ausgeübt, deren Wert in den Augen der Welt geringer ist und deshalb im Unbewußten um so größer wird. Wir sind alle aufs engste mit der Mutter verbunden. Deshalb legen auch alle psychologischen Theorien auf diese Beziehung soviel Gewicht. Sie ist in dieser Kultur übermächtig, und das in einer sehr unbewußten Weise. Vielleicht repräsentiert das zehnte Haus den Elternteil, der das eigene Schicksal am stärksten verkörpert, das, was die Person formt. In einer Welt, die strukturiert ist wie die unsere, ist die Mutter dieser Mensch. Das ist jedenfalls meine Hypothese. Meine Erfahrungen mit Horoskopen brachten mich zu dem Ergebnis: Das zehnte Haus ist die Mutter. Wenn man beratend oder psychotherapeutisch arbeitet, stößt man sehr bald auf das Phänomen des abwesenden Vaters. Jeder scheint einen abwesenden Vater zu haben. Der Vater ist der verborgene Elternteil, derjenige, den man am wenigsten kennt. Aber er ist die Quelle, und seinen Namen tragen wir. Das vierte Haus ist die verborgene Herkunft, der Ort, von dem wir kommen, der Samen, aus dem wir hervorgegangen sind. Der Vater ist in unserer Welt sehr oft ein Bild, das uns verlorengegangen ist. Er ist nicht da, weil er arbeitet, weil er im Krieg oder sonstwie beschäftigt ist, und wenn er sich scheiden läßt und sich von seiner Frau trennt, dann bekommt die Mutter die Kinder zugesprochen und er sieht sie nur noch an bestimmten Wochenenden. Wir wissen nicht, wer der Vater ist; der Mutter sind wir oft überdrüssig. Für viele Menschen wird sie Saturn, die Gestalt mit der Sichel, die die Grenzen der Entwicklung zieht, die kastriert und alles beschneidet, was über ihren Bereich hinauszuwachsen droht. Ich könnte dafür kaum die soziologischen Gründe anführen, da ich nie sicher bin, wieviel soziale Konditionierung ist und wieviel archetypisch und ob man beide Bereiche wirklich trennen kann.

FRAGE: Können Sie etwas dazu sagen, was passiert, wenn Jupiter einen der äußeren Planeten aspektiert?

LIZ GREENE: Betrachten wir zunächst Jupiter. Meiner Ansicht nach ist Jupiter mit dem Bedürfnis, an etwas zu glauben, mit

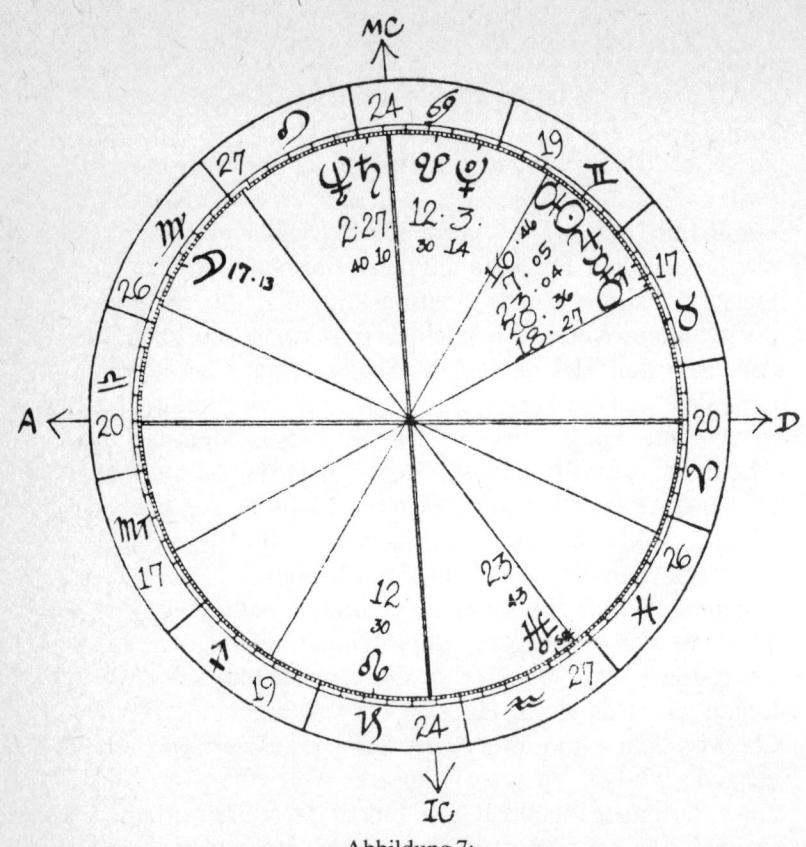

Abbildung 7:
Geburtshoroskop JOHN. F. KENNEDY
29. Mai 1917, 15 Uhr 15, Brookline, Massachusetts
Quelle: Doane, *Horoscopes of the U.S. Presidents*

Zukunftshoffnung und Optimismus verbunden. Saturn ist ein wenig wie der Stock, mit dem man den Esel schlägt, damit er weitergeht. Jupiter ist die Karotte, die man vor seiner Nase aufgehängt hat und nach der er vergeblich zu schnappen versucht. Jupiter sagt: »Es könnte noch besser sein. Du könntest mehr sein als du bist. Du hast Möglichkeiten, die du nicht auslebst.« Jupiter geht es mehr um das, was sein könnte, als um das, was ist. Er ist derjenige, der jedem ins Ohr flüstert, daß das Leben viel interessanter sein könnte und warum ein so begabter Mensch wie man selbst es noch nicht weitergebracht habe.

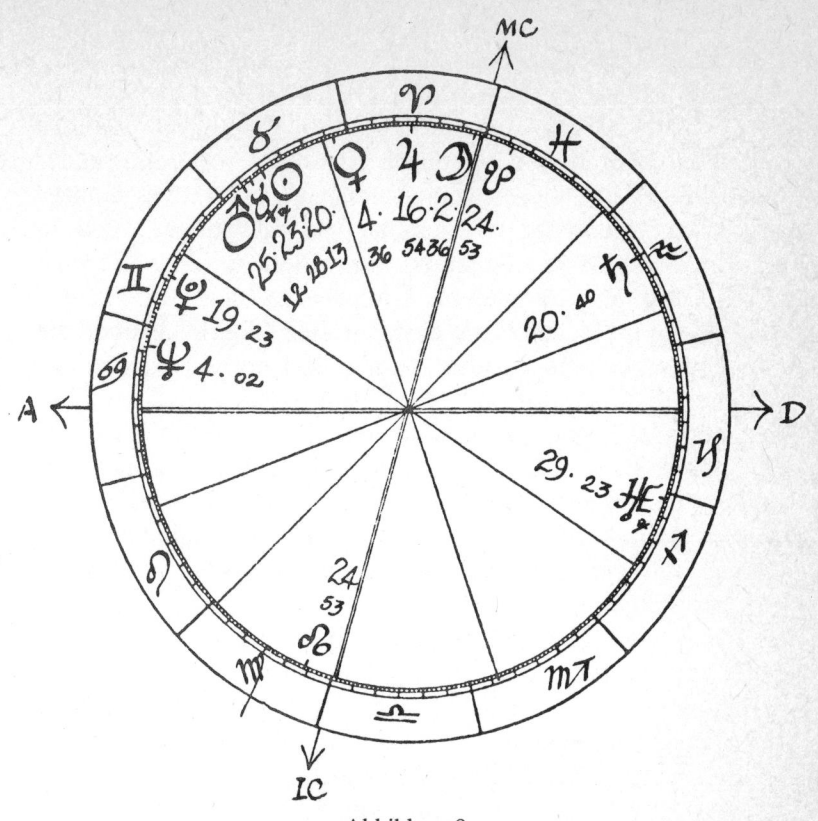

Abbildung 8:
Geburtshoroskop SALVADOR DALI
11. Mai 1904, 8 Uhr 45, Cadaques Garona, Spanien
Quelle: Jones, *Sabian Symbols*

Hat Jupiter Einfluß auf die inneren Planeten, dann dringt dieser Geist des Optimismus, diese Vorstellung vom Leben als einem Abenteuer oder einer Suche in sehr persönliche Lebensbereiche ein. Jupiter und Venus beispielsweise werden gemeinsam Beziehungen zu Abenteuern werden lassen, die dem Betreffenden neue Horizonte eröffnen. Jupiter und Merkur lassen aus Lernen und Verstehen eine Quelle der Inspiration und des Abenteuers werden.

Setzt man Jupiter mit einem der persönlichen Planeten in Beziehung oder plaziert ihn in einem der von ihnen regierten Zeichen oder ihren Häusern, so ist die Art, in der der Betreffende sich zu erweitern und zu entwickeln versucht, konkret, verständlich und mitteilbar.

Verbindet man Jupiter jedoch mit den äußeren Planeten, so führt der Weg der Entwicklung, des Abenteuers und des Lebenssinnes weg vom persönlichen in einen viel umfassenderen Bereich. Die menschliche Familie als kollektives Ganzes wird zum Abenteuer, aber es ist viel schwieriger, dem in verständlicher Weise Ausdruck zu verleihen. Zum Beispiel eröffnet Jupiter zusammen mit Uranus oder Jupiter im Wassermann oder im elften Haus einen großen Überblick über die menschliche Evolution, über die soziale Entwicklung und das Wachsen des Bewußtseins. Hier geht es nicht nur um Ihre Ideen oder meine Ideen, sondern um die reine Welt der Ideen und ihre Entwicklung im Lauf der Geschichte. Plaziert man Jupiter zusammen mit Neptun oder in Fische oder in das zwölfte Haus, so ist der Mensch mit dieser Konstellation nicht so sehr mit einer persönlichen religiösen Suche beschäftigt, sondern von der großen religiösen Grundsehnsucht und der Erfahrung menschlichen Leidens und seinem möglichen Sinn angezogen. Jupiter im zwölften Haus ist eine Art Vermittler für die spirituellen Bedürfnisse des Kollektivs, was für den Horoskopeigner eine große Last bedeuten kann, da er am liebsten jedem Menschen helfen möchte. Dieses Gefühl für geteiltes Leiden und gemeinsame Gnade und Erlösung läßt das Anteilnehmen an den Leiden der Menschheit oft zu einer Berufung für diese Person werden. Solche Menschen opfern oft ihr ganzes Leben der Krankenpflege oder verzichten zum großen Teil auf persönliche Befriedigung, weil dieses Verständnis für menschliches Elend und Sehnen sie treibt.

Die Gefahr bei Jupiter in diesem Zusammenhang ist, daß er einen leicht dazu bringt, das Gefühl für die eigenen Grenzen zu verlieren. In ihm liegt die Tendenz, vergessen zu machen, daß ein einzelner Mensch nicht die ganze Menschheit heilen kann, nicht die ganze menschliche Entwicklung verstehen oder den Schatten aller Menschen auf sich nehmen kann. Hier ist Klarheit nötig, denn Jupiter neigt zu Übersteigerungen und Hoffnungen, die nicht immer zu erfüllen sind. Ich glaube, daß wir viel von der Bedeutung der Häuser und Zeichen lernen können, die diesen drei kollektiven Häusern und Zeichen gegenüberstehen. Der Löwe und das fünfte Haus liegen dem Wassermann und dem elften Haus gegenüber, so daß der Ausgleich zu einem Sichverlieren in der Vorstellung von vollkommener sozialer Ordnung und vollkommener Menschlichkeit in ein wenig gesundem Egoismus liegt. Die Jungfrau und das sechste Haus liegen Fische und dem zwölften Haus gegenüber, und so ist das Mittel gegen eine Selbstaufopferung für das Leiden anderer ein Empfinden für die physischen Beschränkungen und die Grenzen von Raum und Zeit. Der Stier und das zweite Haus liegen dem Skorpion und dem achten Haus gegenüber; ein Ausgleich für die Gefahr, sich im Dunkel eigener oder fremder unterdrückter Wünsche, Aggressionen oder Leidenschaften zu verlieren, ist ein ausgeprägter Sinn für die eigenen Vorstellungen und Werte und das Bedürfnis nach Dauerhaftigkeit und Sicherheit im materiellen Leben.

Jemand von Ihnen hat nach der Bedeutung von Saturn im zwölften Haus gefragt. Eines der Dinge, die Saturn meiner Ansicht nach repräsentiert, ist das Verteidigungssystem des Organismus. Es ist unsere Haut, das psychische Organ, das Struktur gibt, Grenzen zieht, schützt und schädliche oder bedrohliche Erfahrungen ausschließt. Ich glaube, daß Saturn im zwölften Haus außerordentlich empfänglich ist für die chaotische unbewußte Traumwelt des Kollektiven, aber der Horoskopeigner hat Angst davor und versucht sich dagegen zu wehren, indem er sich entweder ganz dagegen verschließt oder versucht, diese Welt in fest umrissenen, sicheren Begriffen zu fassen. Das Haus, in dem Saturn steht, ist der Lebensbereich, in dem man die meiste Angst und Unsicherheit hat, aber auf der anderen Seite auch die meiste Entschlossenheit, unabhängig zu werden und das, wovor man Angst hat, zu besiegen. In gewisser Weise ist Saturn im zwölften Haus eine ausgezeichnete Position zur Erforschung der inneren Welt, da er so vorsichtig und sorgfältig vorgeht. Manchmal jedoch bin ich Menschen begegnet, die die furchterregenden Kräfte des Kollektiven auf äußere Institutionen und Gruppen projizieren; dann verteidigen sie sich heftig gegen etwas, was ihrer Vorstellung nach in der äußeren Welt liegt. Natürlich kann das zu großen Schwierigkeiten zum Beispiel mit Autoritäten führen.

Wir sprachen schon von Hitler, der Uranus im zwölften Haus hatte. Ich glaube, daß diese Konstellation die Empfänglichkeit für kollektive Bewußtseinsströmungen erhöht. Man nimmt alles auf, was in der Luft liegt, als hätte man eine Radioantenne, die auch die fernsten Sender empfängt. Und mir ist aufgefallen, daß ein Uranus im zwölften Haus oft voller politischer Ideen und Intuitionen ist, daß er ein Gespür hat für das, was in der Welt vorgeht. Sehr oft sind diese Intuitionen ganz richtig. Es kann eine Gabe sein, doch wie bei allen Einflüssen äußerer Planeten muß ein starkes Bewußtsein für die eigene Individualität und eine realistische Erkenntnis über die reale Weltsituation hinzukommen. Sonst ist man wie ein schwankendes Rohr im Wind, und jede neue Strömung reißt einen wieder in eine andere Richtung mit. Dann wird es ziemlich unwichtig, ob man mit seinen politischen Ansichten recht hatte oder nicht.

FRAGE: Was bewirkt Pluto im zwölften Haus?

LIZ GREENE: Ich glaube, diese Konstellation hat etwas mit der Sensibilität für den Schatten des Kollektiven zu tun. Sie ist etwas paranoid. Planeten im zwölften Haus neigen dazu, sehr unbewußt zu wirken. Die meiste Zeit ist man sich über ihre Anwesenheit nicht klar. Ein Pluto im zwölften Haus ist sehr offen für die primitiven kollektiven Strömungen, die, wie man sich vorstellen kann, nicht immer von der edelsten Sorte sind. Oft jedoch spürt man nur ein vages Gefühl des Unbehagens in Menschenmengen oder hat Angst vor Gruppen. Pluto hat aber diese Neigung zum plötzlichen Ausbruch und kann dann sehr beunruhigend wirken, weil man vielleicht plötzlich einen Anfall von Agoraphobie oder Klaustrophobie hat oder weil einem mehr als drei Menschen in einem Raum plötzlich bedrohlich erscheinen; vielleicht wird das Ich auch von dem dunklen Element überflutet, und der Betreffende verhält sich plötzlich sehr diktatorisch und aufbrausend. Wenn sich jemand, bei dem Pluto im zwölften Haus steht, viel in Gruppen bewegt, neigt er dazu, von einem unterbewußten Sog erfaßt zu werden, vor allem, wenn starke unterdrückte Aggressionen oder Groll in der Luft liegen. Dann kommt es bei dem Betreffenden wirklich zu einem Ausbruch, er benimmt sich schlecht, weil er das unterschwellig Emotionale, das die anderen mit sich herumschleppen, auslebt. Natürlich schiebt man ihm den schwarzen Peter zu, und er hat ein schlechtes Gewissen, weil es einfach so über ihn gekommen ist. Mir ist es vor allem bei Gruppen aufgefallen, die aus sehr anständigen, netten, wohlerzogenen Menschen bestanden. Planeten im zwölften Haus haben ein Gespür für alles, was in einer Gruppe unausgesprochen arbeitet, und besonders Pluto führt genau an den wundesten Punkt, zur primitivsten Ebene.

Im Zusammenhang mit den äußeren Planeten steht noch ein anderes interessantes Gebiet, über das ich jetzt sprechen möchte. Es hat mit den von ihnen verkörperten männlichen und weiblichen Qualitäten zu tun. Die äußeren Planeten haben, wenn sie als Bilder in Träumen und Phantasien erscheinen, eine sehr mystische Aura. Venus beispielsweise erscheint als warmherzige, menschliche, zugängliche Frau und trägt oft das Gesicht eines Menschen, den man liebt. Neptun und Pluto hingegen sind nicht menschlich und zugänglich. Sie sind kollektiv, und ihre Bilder sind unpersönlich und archetypisch. Sie können als Jungfrau Maria oder als böser Drache erscheinen. Diese Bilder sind allen Menschen gemeinsam und tragen nicht die Prägung eigener individueller Erfahrungen und Gefühle.

Ich glaube, daß die Bilder, die wir vom Männlichen und Weiblichen haben, sehr stark von den Eltern beeinflußt sind. Die erste Begegnung einer Frau mit dem Mann ist natürlich der Vater, und ihr sich langsam entwickelndes Bild des Männlichen ist teilweise gefärbt von dem Vater, den sie hatte. Das bezieht sich nicht nur auf sein Verhalten, sondern auch darauf, was er unter der Oberfläche war, auf sein unbewußtes Leben. Die erste Frau, die ein Mann kennenlernt, ist seine Mutter, und das Bild des Weiblichen ist von der Erfahrung mit dem Mütterlichen tief beeinflußt. Man könnte auch sagen, daß eine Frau ihre Weiblichkeit anfangs nach dem Vorbild der Mutter ausbildet und der Mann seine Männlichkeit nach dem des Vaters. Es ist ein unbewußter Prozeß, der in früher Jugend stattfindet. Im Bild des Männlichen und Weiblichen ist jedoch auch eine stark individuelle Komponente, die von Umgebung oder Elternhaus unabhängig ist. Dies ist im Radixhoroskop als Anlage vorhanden. Sonne und Mond, Venus und Mars beschreiben weitgehend unsere individuellen Erfahrungen des Männlichen und Weiblichen im inneren und äußeren.

Diese beiden Komponenten überlagern sich. Das ist sehr geheimnisvoll, denn das Geburtshoroskop drückt das Ureigenste aus, und dennoch werden auch die Eltern sehr detailliert beschrieben, als fielen die inneren und äußeren Bilder zusammen. Und so ist die Muttererfahrung durch Mond, Venus und das zehnte Haus nicht nur die eigene, sondern auch die der leiblichen Mutter. Die Vatererfahrung durch Sonne, Mars und das vierte Haus ist nicht nur der eigene, reale Vater, sondern das Vaterprinzip in einem selbst und das Bild des Vaters in der Welt. Die Frauen und Männer, die einem im Leben begegnen, seien es nun Eltern, Geschwister, Kindermädchen, Geliebte oder Ehepartner, sind geprägt von den von Anfang an im Horoskop liegenden Eigenschaften.

Außer dem persönlichen gibt es auch einen kollektiven Aspekt des Bildes vom Männlichen und Weiblichen. Unterhalb der fest umrissenen individuellen Erfahrung liegt eine Ebene des universell Männlichen und Weiblichen. Wir haben alle ganz persönlich gefärbte Vorlieben und Abneigungen. Ein Mann mag mir gefallen, während ein anderer mich abstößt. Niemand von uns kann sich in jeden verlieben. Es gibt eine Grenzlinie, wie ich sie am Anfang auf der Zeichnung von den Bergen gezogen habe. Unterhalb dieser Linie beginnen die charakteristischen Unterschiede, und es gibt grundlegende archetypische männliche und weibliche Attribute, die der menschlichen Erfahrung innewohnen.

Ich glaube, daß die äußeren Planeten mit diesen archetypischen Bildern, die sehr stark, tief und oft beängstigend sind, in Beziehung stehen. Man kann ihnen in vielen Träumen begegnen; sie sind viel numinoser und beunruhigender als die Traumgestalten, die zu unserem persönlichen Leben gehören. Manchmal ist ein Mensch ganz besessen von solch einem Bild, und dann kann er keine Beziehung mit einem anderen Individuum eingehen, da er immer auf der Suche nach der archetypischen Gestalt ist. Kein Mensch ist vollkommen. Ich habe vor kurzem einen ziemlich beunruhigenden Film mit dem Titel *Bad Timing* gesehen; die in dem Film porträtierte Frau ist ein klassischer Anima-Typus, wie ihn Jung beschrieben haben könnte. Sie ist ungreifbar, unberechenbar, niemand kann sie besitzen. Ihre Ausstrahlung ist erotisch und destruktiv. Sie zieht an und stößt ab. Sie ist keine individuelle Frau, sondern das Bild des Weiblichen in seiner verlockendsten und in seiner gefährlichsten Form. Sie ist die Art hysterischer, gespaltener Anima, die John Fowles in *The French Lieutenant's Woman* beschreibt. Gelingt es einem Regisseur, diese Art kollektiven Bildes erfolgreich zu porträtieren, dann werden viele Menschen von solch einem Film stark berührt. Ein Autor, dem es gelingt, in seinem Buch derartiges einzufangen, wird wahrscheinlich einen sehr großen Leserkreis ansprechen, denn eine solche Gestalt ist im kollektiven Unbewußten universell gegenwärtig. Für die Männer ist sie das *ewig Weibliche*, und viele Frauen versuchen in diese Rolle zu schlüpfen und verlieren dabei ihre individuellen Seeleneigenschaften.

Beziehen wir das Wissen von solchen Urbildern in unsere Lebenserfahrung ein, werden wir bemerken, daß Gespräche darüber in einer sich stets wiederholenden Weise ablaufen. Nachdem man einige hundert Menschen genau die gleiche Situation hat beschreiben hören, beginnt man sich zu fragen, ob da nicht wirklich vorfabrizierte Verhaltensmuster am Werk sind. Die vorhin beschriebene Frau mit den hysterischen Zügen ist sehr neptunisch. Sie ist zwar nicht das einzige Gesicht Neptuns, aber ein sehr charakteristisches. Die mitleidvolle, spirituell-erlösende Frau ist ein anderes Gesicht Neptuns; in der Marienverehrung haben die Menschen dafür den umfassenden Ausdruck gefunden.

Es gibt auch sehr charakteristische männliche Archetypen, auch sie sind die Substanz vieler Filme und Romane. Der aktuelle Antiheld ist meiner Ansicht nach eine typische Uranusgestalt. Uranus ist eine Art Verkörperung des Logos-Prinzips. Er herrscht mit der Kraft seines Geistes und nicht mit der seiner Muskeln, und er ist so abstrakt, daß er zu einer Maschine, zu einem unsichtbaren Gott wird. Er verkörpert das Willensprinzip, kalt, klar entschlossen und unpersönlich. Er ist auch der geflügelte Gott, der schöpferische, inspirierende Geist, den man weder fassen noch besitzen kann, der Erleuchtung bringt und sich dann wieder verflüchtigt.

Sie werden sehen, daß bei Menschen, bei denen die Venus stark von Uranus, Neptun oder Pluto aspektiert ist, die Erfahrung von Liebe und Freundschaft von diesen eher mythischen Bildern gefärbt ist. Die unsere Gesellschaft so prägende, sogenannte glückliche Ehe ist oft nicht genug für solch einen Menschen, da er in der Liebe eine überpersönliche oder mythische Erfahrung sucht. Archetypische Bilder haben immer mehr Glanz als wirkliche Menschen. Natürlich verursacht die Tatsache, daß sie nicht greifbar existieren, einige Schwierigkeiten, aber die Jagd danach geht weiter. Sehr oft begegnet man diesem Problem bei einem Mann, der einen Mond-Neptun oder einen Venus-Neptun-Aspekt in seinem Geburtshoroskop hat. Er neigt dazu, ein sehr idealisiertes Bild der Frau zu suchen, eine Art Kreuzung zwischen Sirene und Jungfrau, die ihn vor lästigen menschlichen Schwächen wie Kopfschmerzen, Periodenkrämpfen und emotionalen Bedürfnissen verschont. Das mystische Bild der Frau ist für ihn viel anziehender als das wirkliche, auch weil man es nicht besitzen kann, und weil es einen deshalb nicht täuscht oder nie durch Verantwortlichkeiten oder Gefühle ins rauhe Leben stößt. Solche Aspekte in den Geburtshoroskopen sowohl bei Männern als auch bei Frauen erklären einen Großteil von Partnerproblemen, die trotz bester Absichten auftreten. Die Erfahrung des kollektiven Bildes ist wichtig und wahr, aber es ist nicht sehr produktiv, wenn jemand verlangt, es solle sich in einem einzelnen Individuum verkörpern. Dominiert diese Erfahrung in jungen Jahren, so ist das im allgemeinen unbedenklich, im späteren Leben jedoch kann sie zu Unzufriedenheit, Enttäuschung, ja Verzweiflung führen. Manchmal muß das Bild nur schöpferisch verwandelt werden, und so sind Film und Roman eine kreative Möglichkeit für den Künstler wie für sein Publikum, eine kollektive Erfahrung zu leben, ohne daß das Leben vieler einzelner sinnlos belastet wird. Und schließlich kann die Einsicht, daß solche Planeten innere Zustände beschreiben und nicht Menschen, die Schwierigkeiten, die man durch sie in menschlichen Beziehungen hat, erhellen. Es ist hochinteressant, in welcher Weise schöpferische Menschen diesen Bildern der äußeren Planeten Ausdruck verliehen haben. Ein gutes Beispiel ist Goethe mit seinem Faust. Goethe hatte in seinem Geburtshoroskop einen Quadrataspekt zwischen Sonne und Pluto. Auch er hatte einen Skorpion-Aszendenten, und das plutonische Element ist in seinem Horoskop stark betont. Ich sprach früher von Jimmy Carter, der dasselbe Quadrat hatte, ebenso wie Margret Thatcher. Die beiden letzteren fanden eine politische Ebene, auf der sie Pluto ausdrücken konnten. Goethe hingegen schuf ein wahrhaft plutonisches Kunstwerk. Faust verkörpert das ganze Spektrum der Macht und Dunkelheit und Zerstückelung und Errettung, das Pluto umfaßt. Ich fand immer, daß plutonische Menschen nie sehr gute Christen sein können, da die für Pluto typische Nähe von Gott und Teufel näher beim Gnostizismus und Dualismus liegen als beim Christentum. Wieviel Goethe durch seine Kunst sublimieren konnte und wie sehr er von Pluto gequält wurde, weiß ich nicht. Aber er hat uns eine geniale Schöpfung hinterlassen, in der die Quintessenz dessen enthalten ist, was ich unter der Gespaltenheit dieses Planeten verstehe.

Ein anderes bezeichnendes Beispiel ist Chopin. Er hatte die Sonne in Fische im Quadrat zu Neptun. Chopins Musik ist für mich eine Verkörperung von Pathos, Melancholie, Sehnsucht und Empfindsamkeit, die für Neptun typisch sind. Auch Wagner ist ein interessantes Beispiel. Er hat die Sonne in Opposition zu Uranus. Die Mythologie des Ringes drückt eine kaum verhüllte politische Ideologie aus – die Götter sind degeneriert und zum Sterben verurteilt, und die Menschen müssen Götter werden, damit die neue Gesellschaft geboren werden kann. Madame Blavatsky, die Gründerin der theosophischen Gesellschaft, hat ebenfalls die Sonne in Opposition zu Uranus. Ihr bis ins Detail ausgearbeiteter Kosmos ist für Uranus charakteristisch. Obwohl die Theosophie nicht mehr sehr populär ist und die Leute, die einen Hang dazu haben, sich einer psychologisch ausgefeilteren Terminologie bedienen, verdanken wir Astrologen Madame Blavatsky doch eine ganze Menge. Die Theosophen waren es, die die Astrologie wieder ans Licht brachten und vom Staub der Vergangenheit befreiten.

Es gibt eine große Zahl ausgezeichneter Beispiele von berühmten Menschen, denen es gelungen ist, ihrem Dilemma mit einem äußeren Planeten durch künstlerische, politische oder psychologische Arbeit Ausdruck zu verleihen. Ich sprach bereits von Jung und Freud. Man könnte noch zahllose andere Namen nennen. Ich hoffe damit deutlich gemacht zu haben, in welcher Weise die äußeren Planeten Menschen beeinflussen und in ihren Sog bringen können, sei es nun kreativ oder zerstörerisch, und sie in einen größeren Zusammenhang stellen. Ich glaube nicht, daß jemandem diese Möglichkeit verwehrt ist, wenn er keinen starken Aspekt zwischen der Sonne, Uranus, Neptun oder Pluto hat. Es gibt kein Horoskop ohne diese Planeten, und sie werden sich bei jedem auf irgendeinem Lebensgebiet äußern. Die Gefahr besteht darin, nicht zu wissen, was sie wollen, oder den Versuch zu machen, sie auszuschalten, weil man dann eher riskiert, ihr Opfer zu werden, anstatt ihre Energie sinnvoll zu nutzen.

Jemand bat mich, etwas über die Jupiter-Saturn-Konjunktion zu sagen und darüber, ob sie sich auf das Verhältnis zwischen Amerika und dem Iran auswirke. Jupiter und Saturn gehen im Dezember dieses Jahres* eine Konjunktion bei etwa sieben oder acht Grad Waage ein. Die Konjunktion beginnt im Januar und bleibt mit einer Vorwärts- und Rückwärtsbewegung während des ganzen Jahres 1981 bestehen. Jupiter und Saturn sind natürlich keine äußeren Planeten und deshalb eigentlich nicht Gegenstand dieses Vortrages; da die Konjunktion aber alle ein wenig zu beunruhigen scheint, möchte ich versuchen, etwas Vernünftiges darüber zu sagen. Eine Sache, die andere Astrologen in Zusammenhang mit den Jupiter-Saturn-Zyklen festgestellt haben, ist ihr Zusammenfallen mit bedeutenden ökonomischen Schwankungen, plötzlichen Aufschwüngen und Depressionen an der Börse. Es ist auch das seltsame Phänomen aufgetreten, daß amerikanische Präsidenten im Amt sterben, die unter Jupiter-Saturn-Konjunktionen gewählt worden sind, wenn sie im Erdzeichen auftraten. Ich glaube, daß es im Zusammenhang dieses Kurses interessanter und sinnvoller wäre, die Konjunktion in Beziehung zu Horoskopen bestimmter Länder zu besprechen. Gewöhnlich wird ein von Jupiter und Saturn beeinflußtes Horoskop eines Landes Auswirkungen auf die Wirtschaft haben. Oder die Regierung wechselt – eine im Mittelalter gängige Interpretation von Jupiter-Saturn-Konjunktionen. Etwas Altes und Überholtes wird entthront, eine neue Kraft bricht sich ihre Bahn und daraus entsteht Chaos, bevor etwas ganz Neues zutage tritt.

Die drei Horoskope, die wir uns betrachten sollten, sind die der Länder Amerika, Iran und Israel. Ich bin keine Expertin für Mundanastrologie, und ich neige eher dazu, das Horoskop eines Landes psychologisch zu betrachten, ebenso wie ich es beim Horoskop eines einzelnen Menschen täte. So kann ich auch keine konkreten Voraussagen machen, die einen Hinweis darauf geben könnten, wann die richtige Zeit ist, Geld zu investieren. Ich denke, es gibt andere Astrologen, die sich auf

---

* 1980

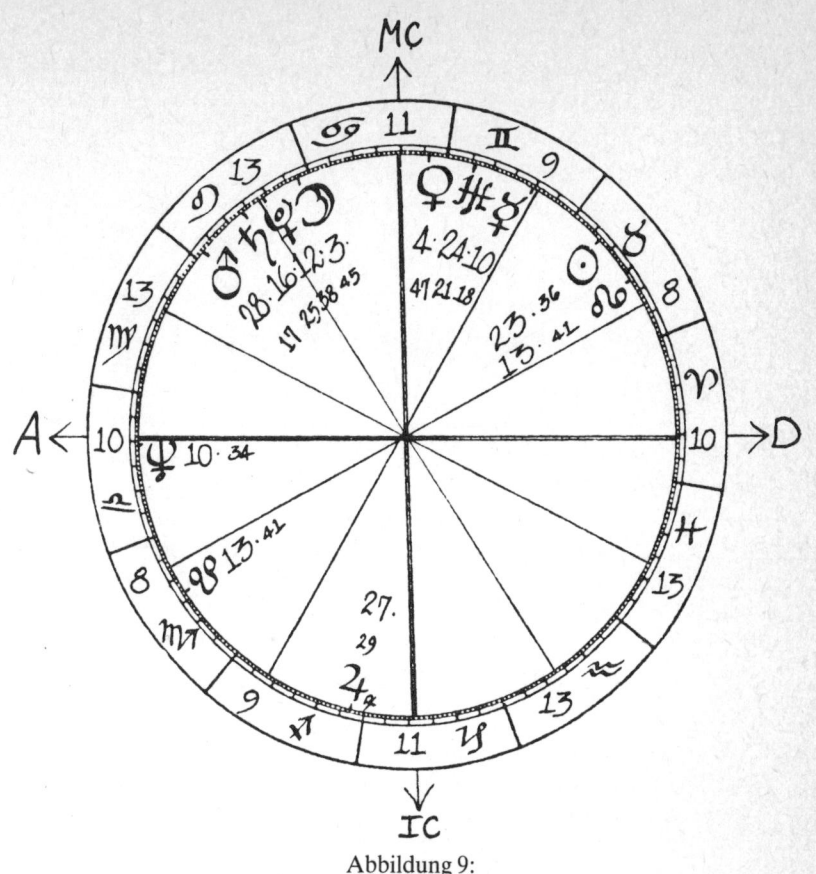

Abbildung 9:
Geburtshoroskop ISRAEL
14. Mai 1948, 16⁰⁰ Uhr, Tel Aviv
Quelle: Carter, *Introduction to Political Astrology*

dieses Gebiet spezialisiert haben, ein Gebiet, das sicher einer näheren Untersuchung wert ist. Ein Problem ist auch die Genauigkeit dieser Länderhoroskope. Israel beispielsweise hat, den mir verfügbaren Quellen zufolge, zwei verschiedene Radixhoroskope. Bei dem einen, das ich benutzen würde, steht der Aszendent auf zehn Grad Waage; es basiert auf den in der *Times* angegebenen Daten bei der Proklamation des Staates im Jahre 1948. Dieses Horoskop ist in Charles Carters Buch über politische Astrologie erschienen. Ein weiteres Horoskop, das von der American Federation of Astrologers errechnet wurde, gibt einen Aszendenten auf ein Grad Skorpion an. Ich weiß

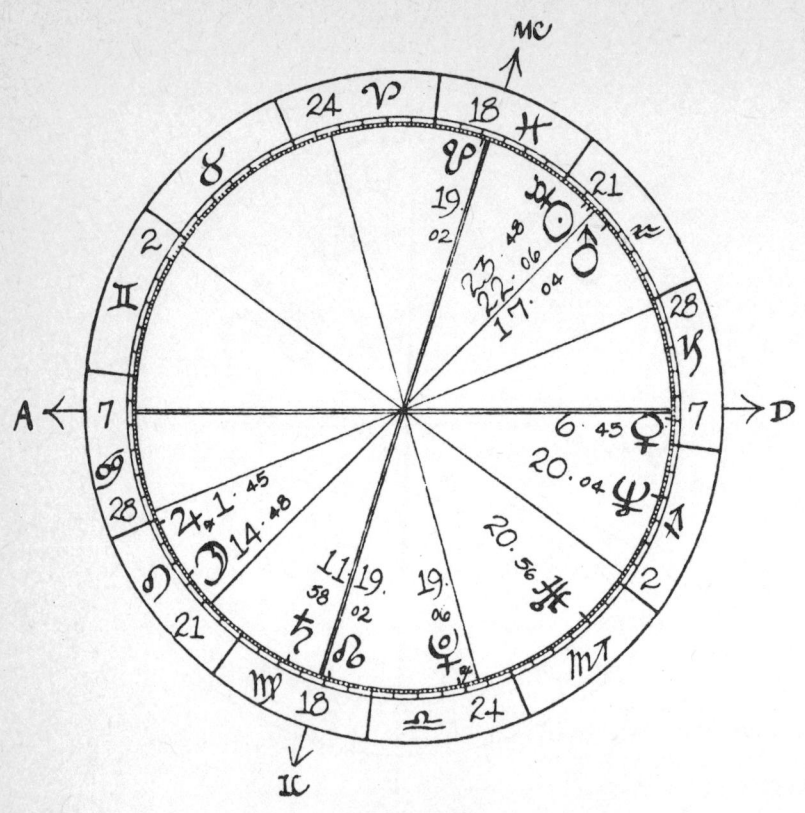

Abbildung 10:
Geburtshoroskop ISLAMISCHE REPUBLIK IRAN (Khomeini)
11. Februar 1979, 14⁰⁰ Uhr, Teheran, Iran
Quelle: Moore, *The Book of World Horoscopes*

nicht, welches von beiden richtig ist. Das gleiche Problem tritt beim Horoskop von Amerika auf, da man sich über den Zeitpunkt der Unabhängigkeitserklärung nicht ganz einig ist. Ich habe das von Dane Rudhyar in seinem Buch über amerikanische Astrologie angegebene Horoskop verwendet. Mit dem Horoskop des Iran ist es ebenfalls kompliziert, denn wenn die Verhältnisse in einem Land sich so drastisch verändern wie im Iran, wird es in gewissem Sinn neu geboren. Aber auf welchen Augenblick sollte man die Geburt von Khomeinis Iran festlegen? Auf den Augenblick, in dem er seinen Fuß auf iranischen Boden setzte? Oder auf die Stunde, in der die Schah-Regie-

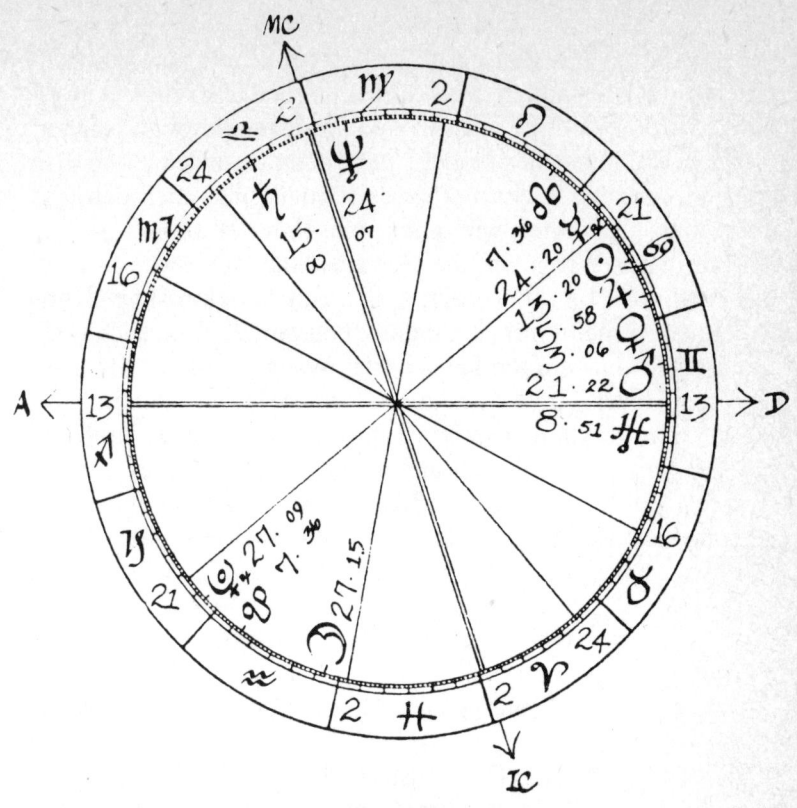

Abbildung 11:
Geburtshoroskop USA
4. Juli 1776, 17⁰⁰ Uhr, Philadelphia, Pennsylvania
Quelle: Rudhyar, *The Astrology of America's Destiny*

rung zusammenbrach? Sie sehen, welches Problem Länderhoroskope stellen. Dennoch lohnt es sich darüber zu sprechen, selbst wenn man damit nur Spekulationen anstellt und ein Beispiel dafür gibt, inwieweit eine Nation ein kollektives Ganzes mit einer eigenen Seele ist. Eine Nation wird in einem bestimmten Augenblick geboren, auch wenn es schwierig ist zu erfahren, welcher Augenblick das genau war, und sie verkörpert, ebenso wie ein Individuum, ein bestimmtes Entwicklungsmuster. Sie hat ein Schicksal, eine Temperamentslage, Konflikte, Unsicherheiten, Gaben und Möglichkeiten, und die psychischen Mechanismen wie Kompensation sind in Nationen ebenso wirksam wie beim Individuum. Nationen neigen ebenso wie einzelne Menschen dazu, Teile ihrer Horoskope zu projizieren und eine andere Nation als Träger des Kräfteschwerpunktes am anderen Ende eines Geburtsquadrates zu wählen.

Ich werde mit Amerika beginnen, denn trotz der Unklarheit über die genaue Geburtsstunde ist man sich über den Tag einig, und so können wir sehen, wie sich der Jupiter-Saturn-Transit in der Waage auf die Geburtsplaneten auswirken wird. Ich persönlich bin überzeugt, daß Rudhyars Horoskop richtig ist, denn es scheint mir genau das zu beschreiben, was ich sehe. Saturn steht im zehnten Haus in der Waage, und das MC trifft auf etwa zwei Grad Waage. Saturn steht im Quadrat zur Geburtskonjunktion zwischen Jupiter und Sonne im Krebs im siebten Haus, was mit den anderen zu tun hat, ob es nun ein anderer Mensch oder ein anderes Land ist. Das zehnte Haus bezieht sich bei Mundanhoroskopen immer auf den Regierungsstil, den Staatschef, so wie es sich bei einem individuellen Horoskop auf das Image oder die Persona eines Menschen in den Augen der Welt bezieht, auf das, was ihn nach äußeren Verhaltensmaßstäben beherrscht.

Nun trifft die Jupiter-Saturn-Konjunktion auf den Mittelpunkt zwischen Saturn und MC und hält sich eine Weile in der Nähe des Saturn auf. Das weist auf Unruhen nicht nur in der gegenwärtigen Regierung hin – sie wird nach einem solchen Transit wahrscheinlich sowieso keinen Bestand mehr haben –, sondern es wird wohl auch die Autorität und die Herrschaft Amerikas in der Welt ein wenig erschüttern. Saturn in der Waage neigt dazu, sich selbst zum gerechten Richter und Führer aufzuspielen. Diese Rolle hat Amerika ja eine lange Zeit zumindest nach außen hin den anderen Nationen gegenüber gespielt. Dieser Transit besteht natürlich ebenso in einer Rückkehr des Saturn wie in einer Konjunktion zwischen Jupiter und Saturn, und so könnte ein Reifeprozeß eintreten, ein Wachsen durch Beschränkungen, Schwierigkeiten oder sogar Demütigungen, die das Land dazu bringen, sich selbst und seine Stellung realistischer zu betrachten.

Die Tatsache, daß der Transit das Geburtsquadrat wieder betont, könnte ein Hinweis darauf sein, daß der Konflikt durch den Zusammenschluß mit einem anderen Land ausbricht. Das muß nicht unbedingt Krieg bedeuten, sicher aber eine heftige

Auseinandersetzung. Saturn im Quadrat zur Sonne im Horoskop eines Menschen bedeutet ein tiefes Gefühl des Ungenügens und der Unsicherheit und das Bedürfnis, sich anderen gegenüber immer wieder zu beweisen. Ich glaube, daß sich dieser Aspekt in der Psyche eines Landes ebenso auswirkt. Es ist ein defensiver Aspekt, und wenn Jupiter auch noch ins Spiel kommt, kann er zu einer prahlerischen und selbstherrlichen Reaktion führen, mit der die eigenen Zweifel überspielt werden sollen. Natürlich hat eine solche Konstellation auch ihre schöpferische Seite, da sie Wachstum und eine gewisse Entschlossenheit fördert. Nur kann das Wachstum etwas Zwanghaftes haben. Dies ist also das grundlegende psychische Verhaltensmuster, das von der transitierenden Jupiter-Saturn-Konjunktion aufgerührt wird. Es kann zu einer Überschätzung der eigenen Fähigkeiten im Verhältnis zu einem anderen Land kommen, zu einer Schwächung des Nationalstolzes, einer daraus resultierenden Wiederaufwertung von Grundwerten und Zielen.

In Israels Radixhoroskop fällt die Jupiter-Saturn-Konjunktion auf den Aszendenten. Ebenso steht sie in Konjunktion zum Geburts-Neptun, der sowohl in dem von Carter als auch in dem der American Federation of Astrologers angegebenen Horoskop auf zehn Grad Waage steht. Wichtig ist auch, daß Saturn noch eine ganze Weile, nachdem sich Jupiter weiterbewegt hat, in der ersten Hälfte der Waage verweilt, was die Wirkung dieses Transits mindestens noch das erste Halbjahr 1982 andauern läßt. Wenn sich Jupiter und Saturn über den Aszendenten bewegen, so weist das auf eine Störung der persönlichen Identität der Nation hin. Der Aszendent ist das, was wir anstreben, der Mythos, den wir zu leben versuchen. Vielleicht haben wir nicht das nötige Rüstzeug, ihn wirklich ins Leben umzusetzen, da die übrigen Gegebenheiten des Horoskops sich dem widersetzen, aber dennoch wird man den Versuch nicht aufgeben. Der Schütze-Aszendent im Horoskop von Amerika zeigt mir viel mehr als der Zwillinge-Aszendent, der normalerweise angegeben wird, den Traum des Amerikaners, das Leben des freien Individuums, das viel Spielraum und eine große Autonomie in seinem Lebensstil braucht. Der Schütze ist in seinem Herzen ein Cowboy, während die Zwillinge ein kultivierter Intellektueller sind – und das ist nicht gerade ein Bild, das ich mit dem typischen Amerikaner, wie ihn die Welt sieht, in Verbindung bringen würde*.

Israel sieht sich also selbst als Waage oder Skorpion, je nachdem welches Horoskop man vorzieht. Da ich nie in diesem Land gelebt und keine unmittelbaren Erfahrungen mit dem Volk habe, kann ich nichts Definitives sagen. Waage ist ein idealistisches Zeichen, und trotz der vielen Auseinandersetzungen, die Israel in den Jahren seit seiner Gründung mit seinen Nachbarn hatte, glaube ich, daß es immer versuchte, ein Land darzustellen, in dem früher verfolgte Menschen in Frieden und Sicherheit leben können. Israels Ideal ist ein großer Traum, und ich glaube, es spricht einiges für den Waage-Aszendenten mit seiner Hoffnung auf ein geordnetes, schönes, harmonisches Leben. Der Transit Saturns über diesen Punkt, also auch über Neptun, weist auf eine Enttäuschung hin, ein Erkennen der Tatsache, daß die Welt nicht ganz so ideal ist. Wenn im Horoskop eines einzelnen Saturn über Neptun transitiert, so hat das eine sehr desillusionierende Wirkung; ein großer Traum, eine gehätschelte Phantasievorstellung kann durch die materielle Wirklichkeit eine heftige Ernüchterung erfahren. Lag in der Wunschvorstellung ein Kern von Wahrheit, so wird sie nun einfach etwas realistischer; war sie weltfremd, so bricht sie völlig zusammen. Jupiter möchte, daß die Dinge sich entfalten können, aber Saturn setzt der Entfaltung durch die harte Wirklichkeit Grenzen.

Die Wirkung dieser Konjunktion auf ein Land ist ähnlich wie die auf ein Individuum. Liegt der Aszendent innerhalb eines Orbis von sieben oder acht Grad beiderseits der Konjunktion, dann wird Jupiter das Bedürfnis zu einer Öffnung des Lebens bewirken, zu einer persönlichen Weiterentwicklung durch Beziehungen oder durch das Lösen bestehender Beziehungen. Saturn jedoch öffnet einem die Augen dafür, daß man durch die Umstände und die eigenen Ängste und Blockierungen begrenzt ist. Saturn erzwingt eine Konfrontation mit der Ver-

---

* Anmerkung des amerikanischen Herausgebers: Barry Lynes weist in seinen Büchern *The Next 20 Years* und *Astroeconomics* durch ausführliche Forschungen nach, daß im Horoskop der USA der Aszendent im Schützen steht. Das eindrucksvolle Werk von Lynes kommt zu dem Schluß, daß ein Aszendent von sieben Grad Schütze eine genaue Übereinstimmung von Transiten und historischen Ereignissen zeigt.

antwortung, die man bisher vermieden hat. Die Vision einer freien Zukunft erfüllt einen in einem Augenblick, in dem man sich höchst unfähig fühlt, dieses Ideal zu verwirklichen. Natürlich kann die Reaktion darauf sehr verschieden sein. Man kann versuchen, beides in Einklang zu bringen und die Zukunftsvision als ein Ziel anzusehen, das man sich durch innere und äußere Anstrengungen erarbeitet. Das wäre eine sehr schöpferische Art, mit dem Problem umzugehen. Oder man neigt zu einer Überkompensierung und wird durch das Gefühl des Eingeschränktseins sehr ruhelos; dann neigt man dazu, alles und jeden dafür verantwortlich zu machen, daß man das wunderbare Ziel, das einem plötzlich vor Augen schwebt, nicht erreichen kann.

Natürlich hat ein Individuum Möglichkeiten, die einem Land verwehrt sind, da der einzelne mit seinem Bewußtsein an die Probleme herangehen kann. Eine Nation muß reagieren, denn die Masse der Menschen ist ein sehr unbewußter Organismus, und je weniger die Individualitäten in einem Volk entwickelt sind, desto vorhersehbarer wird es auf starke Einflüsse von Planeten reagieren. Wenn ich die Quadrate zwischen Saturn und Jupiter in Konjunktion zur Sonne, die wir in Amerikas Horoskop haben, und die Verbindung zwischen dem siebten und dem zehnten Haus in einem persönlichen Horoskop sähe, würde ich hoffen, daß derjenige eine Selbstprüfung vornimmt, um die Wurzel der Unsicherheit aufzudecken, die ihn zu so unberechenbaren Handlungen treibt. Ein Land kann sich jedoch leider nicht selbst analysieren. Je blinder und je mehr ideologisch beeinflußt die Menschen eines Landes sind, desto hysterischer werden sie reagieren, wenn irgendein empfindlicher Punkt angetastet wird. Ein Volk kann nur bewußter werden, wenn jeder einzelne sich über seine eigenen Probleme klarer wird. Das ist sehr schwierig, und die meisten Menschen neigen dazu, dem auszuweichen. Es ist viel einfacher, den Dingen ihren Lauf zu lassen und sich dann zu empören, wenn sich ein Land wie der Iran schlecht benimmt, oder, wenn man im Iran lebt, über Amerikas falsches Verhalten zu urteilen.

Das Horoskop des Irans, das ich an der Tafel befestigt habe, beruht auf dem Zeitpunkt des Zusammenbruchs der Schah-Regierung und der Errichtung der islamischen Republik unter Khomeini. Ich weiß nicht, ob dieses Horoskop stimmt. Bei vielen dieser Länderhoroskope stimmen die Quellen nicht überein. Dieses Horoskop gibt einen Aszendenten von sieben Grad Krebs an, mit Venus auf sieben Grad Steinbock am Deszendenten. Die Jupiter-Saturn-Konjunktion würde also sowohl zum Aszendenten als auch zur Geburts-Venus im Quadrat stehen. Ein Quadrat zum Aszendenten ist fast gleichwertig mit einer Konjunktion, aber aggressiver und unberechenbarer. Deshalb gälte das, was ich über die Jupiter-Saturn-Konjunktion über den israelischen Aszendenten gesagt habe, auch hier: Das Bedürfnis nach plötzlicher Expansion und eher übertriebene Vorstellungen über die Bedeutung des eigenen Landes, die einhergehen mit einer scharfen Zurückweisung äußerer Feinde in Form von Nachbarländern oder einem durch innere Spannungen verursachten Rückschlag. Wenn ich den Mythos des Krebsaszendenten in ein Bild fassen wollte, so würde ich von Tradition und Rückkehr zu den Ursprüngen sprechen und an ein stammesbewußtes, introvertiertes, selbstzufriedenes Gebilde denken, das eine auf die Vorstellungen von glorreicher Vergangenheit gegründete Kultur zu schaffen versuchte. Ich würde eine Empfindlichkeit gegenüber Kritik und ein starkes nationales Empfinden, eher eine Familie als ein politisches Gebilde zu sein, vermuten. Ich glaube, daß all diese Dinge auf den neuen Iran zutreffen. Das Quadrat zur Venus am Deszendenten, das die Planeten Jupiter und Saturn bilden, begünstigt sicher Schwierigkeiten mit ehemals freundlich gesonnenen Ländern und eine Desillusionierung über Freunde und Feinde, die für Saturn-Venus typisch ist.

Ich spekuliere zwar gerne über die Wirkungen der Transite in den Länderhoroskopen, scheue mich jedoch, genauere allgemeine Aussagen zu machen, da ich Zweifel hinsichtlich des Aszendenten hege. Auf konkreter Ebene würde ich für die amerikanische Regierung eine gewisse Beeinträchtigung oder Demütigung erwarten, da der Saturn im zehnten Haus steht, und ich könnte mir vorstellen, daß der Iran mit einem Nachbarland in Auseinandersetzungen gerät, vielleicht mit Israel, obwohl es andere islamische Länder gibt, die Khomeini ebenfalls ablehnen. Sehr viel weiter möchte ich in meinen Aussagen nicht gehen. Ich muß auch sagen, daß mich die Jupiter-Saturn-Konjunktion nicht übermäßig ängstigt, da keiner von beiden ein äußerer Planet ist und die im Kollektiven entfesselten

Kräfte nicht so beängstigend oder überwältigend sein werden, wie das bei den äußeren Planeten der Fall wäre. Wenn die Jupiter-Saturn-Verbindung Ihr eigenes Horoskop betrifft, dann müssen Sie selbst eine Lösung finden für das Problem, daß plötzliche Hoffnung, Begeisterung und eine Ahnung neuer Möglichkeiten aufkeimen, die mit einer Einschränkung oder einer Problematik einhergehen, durch die eine konkrete Verwirklichung dieser Hoffnung sehr erschwert werden kann.

FRAGE: Können Sie etwas über das Horoskop von Großbritannien sagen?

LIZ GREENE: Ja, aber ich möchte es vermeiden, mich jetzt zu lange mit diesen Länderhoroskopen aufzuhalten. Auch hier haben wir wieder die Frage, welches Horoskop korrekt ist. Es gibt ein Horoskop von England, das auf der Krönung Wilhelms des Eroberers beruht; dort steht die Sonne in Steinbock am MC und der Aszendent in Widder. Der Tradition gemäß wurden die Könige am Mittag, wenn die Sonne am höchsten stand, gekrönt, so daß diese Zeitangabe wahrscheinlich stimmt. Es gibt auch ein Horoskop für das Vereinigte Königreich, also der Vereinigung von Schottland, Wales und Nordirland; interessanterweise steht auch hier die Sonne in Steinbock und der Aszendent in der Waage, und zwar auf sieben Grad, so daß die Jupiter-Saturn-Konjunktion sich genauso darüber bewegt wie über den Aszendenten von Israel. Es gibt ein drittes Horoskop, das auf der Vereinigung Englands und Schottlands zu Großbritannien im Jahre 1707 basiert; hier steht die Sonne in Stier und der Aszendent auf sechzehn Grad Steinbock. Auffallend ist die Betonung des Steinbocks in allen drei Horoskopen.

Ich bin mir natürlich darüber klar, wie schwierig es ist, etwas Allgemeingültiges über ein Land zu sagen, denn es wird immer Leute geben, die behaupten, in ihrem Dorf sei das ganz anders. Da ich nicht in England geboren bin, kann ich an diese Frage vielleicht ein klein wenig unvoreingenommener herangehen, und ich sehe die Steinbock-Eigenschaften Englands sehr deutlich. Obwohl die Engländer immer darauf bestehen, keine Klassengesellschaft mehr zu sein, sind sie natürlich genau das, und jeder Amerikaner, der in einem von Grund auf klassenlosen Land geboren wurde, ist erstaunt über die Klassenunterschiede in England, auch wenn sich die Menschen noch so sehr gegen sie auflehnen. Dieses System ist in der britischen Psyche tief verwurzelt. Steinbock ist ein hierarchisches Zeichen, fest überzeugt davon, daß alles an einen bestimmten Platz gehört. Es ist ein zutiefst konservatives Zeichen, wobei ich das Wort konservativ im allgemeinen und nicht im speziell politischen Sinn gebrauche. Kürzlich wurde in der *Times* die Antwort eines Taxifahrers auf die Frage, was die britische Grundhaltung dem Leben gegenüber sei, zitiert. Er sagte: »Wenn sich's bewegt, schlag's tot.« Mit einigem Wohlwollen kann man das als eine gewisse Vorsicht gegenüber neuen, progressiven Elementen deuten. Ideen und Produkte, die in Amerika, Deutschland und Holland schnell Aufnahme finden, kommen in England vielleicht zwanzig Jahre später zum Durchbruch. Das ist typisch für den Steinbock, ebenso wie die unglaubliche Solidität, Entschlossenheit und Hartnäckigkeit, die dann in Erscheinung tritt, wenn ein Krieg oder ein anderes Unglück die Menschen aus ihrer Alltagsgleichgültigkeit reißt. Dann erweist es sich, daß der Steinbock ein eisernes Rückgrat hat.

FRAGE: Ich nehme an, daß die Dinge ein wenig in Bewegung kommen, wenn Uranus und Neptun in den Steinbock wandern.

LIZ GREENE: Ich wollte später auch noch über diesen Transit sprechen. Natürlich, auch ich nehme an, daß diese Transite Erschütterungen verursachen werden. Ich glaube, daß die ausgeprägte Steinbockatmosphäre hier in England für viele feurige Typen eher schwierig ist, die sich von ihr eingeschränkt oder bedrückt fühlen. Andere Menschen, die feuerbetont sind oder denen es an Erdhaftigkeit mangelt, empfinden dieses Land als sehr stabilisierend, weil man hier einfach nicht über eine bestimmte Grenze hinaus expandieren kann. Wenn es nichts anderes ist, so schränkt einen zumindest das Wetter ein. Physisches und psychisches Klima begünstigen die Introversion. In einem Land wie Kalifornien oder Australien lockt das angenehme Klima und die Weite des Landes die Menschen aus sich heraus und begünstigt eine physischere und extrovertiertere Existenz. Ein englischer Winter jedoch wirft einen ganz auf sich selbst zurück, was manche Menschen erschreckt und andere sehr schöpferisch werden läßt. Die Dinge müssen in England tief verwurzelt sein, sonst sterben sie ab. Hier kann man nicht, wie in vielen amerikanischen Städten, von Möglichkeiten und Hoffnungen leben. So beeinflussen die Bedingungen eines Landes den einzelnen, ebenso wie der einzelne die Atmosphäre in einem Land beeinflußt.

Sie können durch einen Vergleich zwischen Ihrem Horoskop und dem Horoskop Ihres Landes, sofern Sie es zur Verfügung haben, nachprüfen, inwieweit Ihre eigenen Werte etwa mit dem Regierungsstil oder der mythischen Vision dieses Landes übereinstimmen oder in Widerspruch stehen. Man kann diese Horoskope mit der Zeit als bedeutsam empfinden und feststellen, daß die ganze Welt ein Gebilde eng vernetzter, psychischer Formationen ist, von denen manche mehr und manche weniger Einfluß haben, von denen aber keine unabhängig oder von den anderen unbeeinflußt ist. Ein Land hat seinen Geburtstag entsprechend der Geburt seiner Verfassung, die seine Gestalt und seine Gesetze festlegt. Manche Länder haben verschiedene Horoskope. Frankreich beispielsweise hat viele Wandlungen erlebt. Anfangs war es ein Königreich, das aber viel kleiner war als das moderne Frankreich und von unabhängigen Herzogtümern und Lehen des Heiligen Römischen Reiches umgeben war. Es bestand aus einer Reihe von Republiken, es hatte einen Kaiser. Das politische Gebilde, das wir jetzt als Frankreich kennen, müßte man mit dem Horoskop für die fünfte oder gaullistische Republik in Verbindung bringen, da an diesem Punkt die konstitutionelle Basis des modernen Frankreich geschaffen wurde. Das iranische Horoskop an der Tafel ist das Iran des Khomeini, das sich vom Iran des Schah wesentlich unterscheidet. Aber jeder Staat ist eine lebende Einheit, der seine eigenen psychischen Gesetze hat.

Mit der Zeit bekommt man auch eine Ahnung davon, warum eine Nation gerade mit einer bestimmten anderen gar nicht zurecht kommt. Nationen werden zueinander hingezogen und voneinander abgestoßen wie einzelne Menschen. Auch die Horoskope der Staatsoberhäupter stehen miteinander in Beziehung, was einen nicht überrascht; und so kann sich Jimmy Carter mit Margret Thatcher verständigen, nicht aber mit Khomeini. Es überrascht nicht, daß ein Transit, der eine Nation betrifft, auch ihr Staatoberhaupt betrifft, wenn man die Bezüge zwischen den Horoskopen in Betracht zieht. Länderhoroskope sind ebenso psychologisch deutbar wie individuelle Horoskope. Das amerikanische Sonne-Saturn-Quadrat weist ebenso auf seelische Probleme hin, wie wenn es in einem Einzelhoroskop auftauchte, und ist wie dort ein Hinweis auf ein tiefes Gefühl des Ungenügens und den tief verwurzelten Drang nach kompensatorischem Erfolg.

Bei Uranus, Neptun und Pluto gilt im Horoskop eines Landes ähnliches. Sie stehen für tief unbewußte kollektive Vorgänge, die sich in den entsprechenden Häusern ausdrükken, ebenso wie die inneren Planeten die bewußteren Werte und Ziele einer Nation wie einer einzelnen Person verkörpern. Israel hat eine Saturn-Pluto-Konjunktion, die die gleiche Art inneren Konfliktes mit der Schattenseite des Lebens in sich birgt, wie ich sie bei derselben Konjunktion in einem individuellen Horoskop vermuten würde. Länder haben weniger Freiheit, weil sie der Psyche von Millionen einzelnen Ausdruck geben durch den sehr generellen Rahmen der Konstellation im Landeshoroskop; und von diesen Millionen von einzelnen sind es nur sehr wenige, die sich die Mühe machen, über ihre Handlungen, Gefühle und Verhaltensweisen nachzudenken.

FRAGE: Wie ist es mit den Zeitpunkten, zu denen Menschen wie Hitler auftreten und das Schicksal eines Landes verändern? Zeigt sich das in den Transiten und Progressionen des Horoskops eines Landes?

LIZ GREENE: Ich glaube, das ist etwa so, wie wenn im Leben eines Menschen eine große Veränderung vor sich geht und eine wichtige Gestalt entweder im Traumleben oder in der Wirklichkeit auftritt. Transite und Progressionen spiegeln Veränderungen des Bewußtseins wider und kündigen Neues an. Diese Veränderungen werden in einem bestimmten Bild oder einer Gestalt personifiziert, oder, um Freuds Ausdruck zu gebrauchen, kondensiert, einer Gestalt, die ein Symbol für die neue Energie oder Veränderung ist. Ich glaube, daß eine wichtige Gestalt des politischen, religiösen oder künstlerischen Lebens in der Geschichte eines Landes in genau der gleichen Weise auftritt, indem sie das widerspiegelt oder verkörpert, was sich im Kollektiven zu regen beginnt. Wenn man sich mit dem Traumleben beschäftigt, kann man diesen Prozeß sehr deutlich wahrnehmen. Eine bestimmte Gestalt beginnt in den Träumen zu erscheinen, während im äußeren Leben alles noch seinen gewohnten Gang zu gehen scheint. Ein Dieb stiehlt etwas, ein schwarzer Mann steigt durchs Fenster, oder eine mysteriöse Frau gibt dem Träumer ein Zeichen. Dann wird ein paar Nächte später das gleiche Motiv wiederholt, vielleicht in leicht veränderter Form. Wiederholt sich ein Traumbild auf diese Weise, so deutet das darauf hin, daß ein neuer psychischer Inhalt dabei ist, ins Bewußtsein dieses Menschen und in sein Leben aufzusteigen. Das kann sich als innere Veränderung manifestieren, oder es fällt zusammen mit der Begegnung mit einem wirklichen Menschen, der als Katalysator für sich vorbereitende seelische Veränderungen wirkt. Ich glaube, daß eine Person, die in das Schicksal einer Nation tritt, genau die gleiche Rolle spielt. Hitler war ein Katalysator, die Verkörperung einer Kraft, die in den Tiefen der deutschen Seele schon am Werk war. Diese Kraft fand das ihr entsprechende Sprachrohr, ein Vorgang, der offensichtlich unvermeidbar ist. Wenn Jimmy Carter in seiner Rolle als Präsident der Vereinigten Staaten einen Schnitzer macht und sein Land in eine unangenehme oder gefährliche politische Situation manövriert, so wird das mit Transiten des Horoskopes des Landes zusammenfallen, die derartige Erfahrungen notwendigerweise zur Folge haben. Dann wählen die Menschen genau den richtigen Führer, um diese Notwendigkeit zu erfüllen. Das Horoskop des Oberhauptes ist gewöhnlich mit dem des Landes eng verknüpft, und ein Transit trifft beide gleichermaßen.

FRAGE: Die meisten Quellen geben Zwillinge als Aszendenten-Zeichen von Amerika an. Warum meinen Sie, es hätte einen Schütze-Aszendenten?

LIZ GREENE: Nicht ich habe das behauptet, sondern Dane Rudhyar. Sie müssen das als eine rein subjektive und intuitive Aussage werten, wenn ich sage, daß mir Schütze passender erscheint. Ich glaube, der Aszendent bezieht sich mehr auf das Bild einer Person oder eines Landes, auch auf das Bild, dem die Person oder dieses Land in Zukunft entsprechen möchte. Das begegnet einem immer wieder. Zwillinge habe ich immer mit intellektuellen Gaben in Verbindung gebracht, denn es ist ein Luftzeichen. Typische Zwillinge haben eine Vorliebe für Lernen und Wissen, für Sprachen und den kunstvollen Umgang damit, ein subtiles Denken und manchmal fast hochgestochene Kultiviertheit. Ich fürchte, daß dies dem Bild des typischen Amerikaners nicht gerade entspricht. Natürlich gibt es den typischen Amerikaner eigentlich gar nicht, denn Amerika ist ein riesiges Land mit vielen verschiedenen Prägungen und kulturellen Einflüssen. Aber es gibt den Mythos des typischen Amerikaners, den man in jeder Fernsehwerbung sehen kann. Dieses mythische Bild durchdringt alles. Der Schütze ist ein viel aktiveres, vitaleres Zeichen als die Zwillinge. Bei ihm wird immer der Ruf nach Freiheit und Individualität laut. Der Schütze ist ein Privatphilosoph, der das Leben einfach betrachtet, kein Gelehrter, der ständig Voltaire und Heraklit zitiert. Er ist immer ein bißchen der Cowboy. Er liebt die räumliche Unbegrenztheit und ist körperlich kräftig und vital. Es ist in jeder Beziehung ein großes Zeichen, und es versucht, immer noch größer zu werden. Der Schütze ist von einer unbefangenen Religiosität, die manchmal fast bigott ist, er hat ein großes Herz, er legt nicht alles auf die Goldwaage. Ich glaube, daß all diese Eigenschaften für den Mythos des Amerikaners typisch sind. Ich kenne kein Land auf der Welt, das so viele verschiedene Religionen beherbergt und dennoch so engstirnig und fanatisch auf religiöser Ebene sein kann.

FRAGE: Sogar Kalifornien?

LIZ GREENE: Besonders Kalifornien. Jeder der hunderttausend Kulte und Sekten in Kalifornien hat eine Existenzberechtigung, und sie alle hassen die anderen neunhundertneunzigtausendneunundneunzig anderen. Dabei ist der Schütze geprägt von großem Optimismus und religiösem Geist. Alles geschieht im Namen Gottes und des Vaterlandes, wobei selbstverständlich Gott auf jeden Fall auf der Seite des eigenen Landes steht. Der amerikanische Mythos ist im Cowboy verkörpert. Das paßt nicht zum Bild der Zwillinge. Einen geistig anspruchsvollen Zwilling kann man auch mit noch soviel Phantasie nicht in einen Cowboy verwandeln, außer bei einem Kostümfest, wo er die Rolle wunderbar spielen könnte – aber nicht länger als zwanzig Minuten lang.

Aber ich habe Sie schon gewarnt: Ich bin keine Expertin auf dem Gebiet der Mundanastrologie. Astrologie interessiert mich vor allem vom Gesichtspunkt der Psychologie, die hinter politischen Bewegungen steht. Bis in unser Jahrhundert jedoch wurde der Mundanastrologie in der Astrologiegeschichte immer ein wichtiger Platz eingeräumt. Die moderne Astrologie ist keine Einheit mehr, die sich mit allen Zweigen gleichermaßen beschäftigt. Sie hat sich in viele Bereiche aufgesplittert, und so gibt es eine Sparte, in der vor allem statistische Entsprechungen gewertet werden, und eine andere, in der die Psychologie wichtiger ist usw. Das ist vielleicht heute wichtig. Wir sind viel spezialisierter und differenzierter als vor fünfhundert Jahren. Früher waren die Horoskope ganzer Länder ebenso wichtig wie die Horoskope einzelner Menschen; immer hat für beide die gleiche Dynamik gegolten. Wenn Jupiter in Konjunktion mit Saturn auf Ihrem Geburts-Saturn im zehnten Haus landet und Sie sich bei den Arbeitskollegen in die Nesseln setzen und größte Mühe haben, Ihr Selbstbewußtsein wieder aufzupolieren, so ist das im Grunde kein anderer Zustand als der, in dem sich Amerika unter dem gleichen Transit befindet. Der einzige Unterschied ist die Größenordnung des Problems und vielleicht die verhängnisvolle oder potentielle konstruktive Wirkung der Reaktionen auf einer weit größeren Ebene. Und wenn Sie selbst keinen Jupiter-Saturn-Transit haben, aber Ihr Land unter seinen Einfluß gerät und hysterisch zu reagieren beginnt, so könnte man sich vielleicht um die Einsicht bemühen, daß man selbst nicht auch hysterisch zu reagieren braucht.

Fünfter Vortrag

Ich möchte heute ein wenig über das Horoskop von Rußland sprechen und dann die in den nächsten zwei Jahrzehnten zu erwartenden Konjunktionen der äußeren Planeten behandeln, die jedermann so sehr zu ängstigen scheinen. Dieses Horoskop wird von der American Federation of Astrologers für den Zeitpunkt der bolschewistischen Revolution und der Machtübernahme durch Lenin angegeben. Auch hier kann ich natürlich für die Genauigkeit des Aszendenten keine Garantie übernehmen, denn ich zweifle, daß irgend jemand mit der Stoppuhr dabeistand; die Plazierungen der Planeten sind jedoch sehr genau und außerordentlich interessant*. Ich glaube, ich muß noch einmal betonen, daß dieses Horoskop eher eine politische Einheit als eine *Volksseele* – wie manche Menschen es nennen – beschreibt. Die Dinge, die wir gefühlsmäßig verschiedenen Völkern als Grundeigenschaften zuschreiben, haben mit dieser Art von Horoskop wenig zu tun. Die psychologischen Eigenschaften eines Volkes können nicht in ein System gebracht werden, da man die Geburtsstunde dieses Volkes nicht kennt. Wenn Sie es mehr in esoterische Begriffe fassen wollen, so ist es ein wenig wie die Dichotomie zwischen dem Geburtshoroskop eines Menschen und einer Seele oder seinem Selbst, einem großen Mysterium, das durch ein Geburtshoroskop sicherlich nicht greifbar ist. Ich stelle mir vor, daß die Seele eines Volkes eine Reihe von Inkarnationen erlebt, die durch die verschiedenen Regierungen und Geburtshoroskope der Nationen Ausdruck finden. So betrachten wir uns jetzt also nicht Mütterchen Rußland, wie das eigene Volk es sieht, sondern eine politische Einheit, die am 7. November 1917 in einem gewissen ideologischen Rahmen geboren wurde. Vielleicht ist dies eine der Inkarnationen der Seele von Mütterchen Rußland. Wahrscheinlich ist es nicht ihre letzte. Auch Natio-

---

* Die detaillierten Forschungen von Barry Lynes über das Geburtshoroskop der UdSSR stellen einen Aszendenten auf 26° 50′ Jungfrau für den 8. November 1917 in Petrograd fest. Den chaotischen Zuständen zur damaligen Zeit ist zuzuschreiben, daß es so viele unterschiedliche Horoskope für die UdSSR gibt.

nen haben eine begrenzte Lebenszeit. Keine Nation bleibt immer in der gleichen Form bestehen, obwohl manche wesentlich langlebiger sind als andere. Ich glaube, daß das Horoskop eines Landes auch die Tiefe und Hartnäckigkeit seiner Konflikte ausdrückt. Immer wenn ich in einem individuellen Horoskop Konfigurationen der festen Zeichen wie ein T-Kreuz oder ein großes Kreuz sehe, habe ich den Eindruck, daß diese spezielle Problematik sehr tief im Charakter des betreffenden Menschen verwurzelt ist. Vielleicht sind es Eigenarten, die schon generationenlang in der Familienpsyche lagen. Der Charakter und seine Probleme neigen zu Fixiertheit, und jede charakterliche Veränderung dauert sehr lang und geht sehr schwerfällig vor sich. Konstellationen jedoch, die aus kardinalen und beweglichen Zeichen bestehen, können sich durch große Sprunghaftigkeit ausdrücken.

Am bemerkenswertesten im russischen Horoskop ist die Konjunktion zwischen Saturn und Neptun im Löwen und die Opposition von Saturn zu Uranus im Wassermann. Ich sprach schon davon, daß die Kontakte zwischen Saturn und den äußeren Planeten starken Druck ausüben können, da durch sie mächtige Unterströmungen aus der Kollektivpsyche das Ich bedrohen und den Menschen zwingen können, sich aktiv gegen den Druck zu wehren. Saturn-Neptun hat eine Neigung zu Mystizismus, zu religiöser Sehnsucht. Im Löwen kommt ein besonders selbstherrlicher Zug hinzu. Saturn-Neptun im Löwen würde etwa sagen: »Ich bin von Gott auf die Erde gesandt, um euch die eine Wahrheit zu bringen, die alles Böse besiegt und durch die das vollkommene Königreich Gottes auf Erden errichtet werden wird.« Mit dieser Konjunktion im Löwen ist man vollkommen von der eigenen Göttlichkeit überzeugt, was bei einem Individuum sehr schöpferisch wirken kann, wenn es geeignete Betätigungsfelder für diese Überzeugung findet. Mit einem Land ist es schon komplizierter, weil man mit ihm nicht darüber diskutieren kann wie mit einer Einzelperson, die davon überzeugt ist, immer recht zu haben. Es ist interessant, daß diese Konjunktion bei Rußland ins zwölfte Haus fällt, also in den Tiefen des Unbewußten verborgen liegt. Es ist eine Art Überrest des Erbes aus der Zeit der Zaren. Saturn in Opposition zu Uranus wiederum weist einen starken Drang nach Freiheit, individuellem Recht und Demokratie hin. Wenn ich

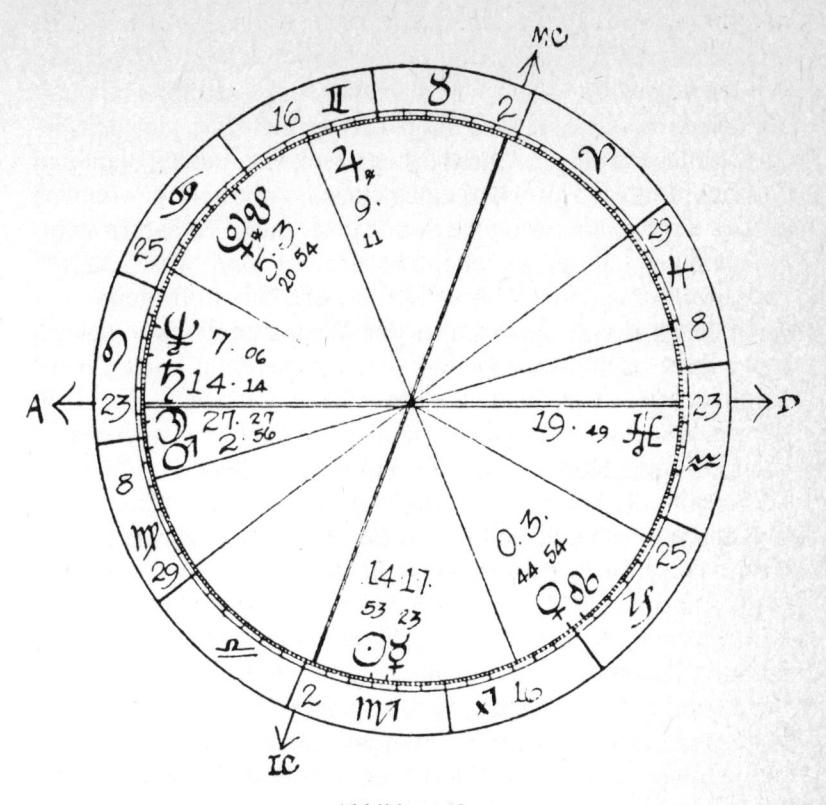

Abbildung 12:
Geburtshoroskop SOWJETUNION
7. November 1917, 20 Uhr 52, Leningrad
Quelle: Moore, *The Book of World Horoscopes*

Uranus im sechsten Haus sehe, kann ich mir die Sehnsucht des Arbeiters nach dem wunderbar organisierten Utopia sehr gut vorstellen. Saturn-Uranus wird eine Gesellschaft zu schaffen versuchen, die nach tadellos organisierten, wohldurchdachten Gesetzen von Gleichheit und Gerechtigkeit funktioniert. Zumindest wird man so tun als ob; die Saturn-Neptun-Konjunktion im zwölften Haus läßt dem unter der Oberfläche eine Kraft entgegenwirken, die nicht im mindesten nach Gleichheit und Gerechtigkeit verlangt.

Und als wären diese beiden Saturn-Konstellationen nicht schwierig genug, so stehen auch noch die Sonne im Skorpion und Merkur im Quadrat zu allen dreien. Wir haben in diesem Horoskop also die Wirkung eines fixen T-Kreuzes. Über das Sonne-Saturn-Quadrat habe ich schon in Zusammenhang mit dem amerikanischen Horoskop gesprochen. Die gleichen tiefen, unterschwelligen Unsicherheiten machen beiden Nationen zu schaffen. Im Horoskop eines einzelnen besteht gewöhnlich ein Vaterproblem, wenn die Sonne im Quadrat zu Saturn steht. Oft ist kein Vater da oder das Gefühl einer gescheiterten Beziehung zum Vater dominiert, so daß der Betreffende immer gegen die Autoritäten in der Welt kämpft und zugleich Sehnsucht nach Autorität hat. Ich glaube, man kann getrost behaupten, daß das Fehlen eines starken Vaterbildes für Rußland wie für Amerika gleichermaßen ein Problem ist. Amerika hatte nie eine Herrscherfamilie, einen König, der die Vaterstelle vertreten konnte, und Rußland ermordete seine Königsfamilie, tötete den Vater und sein Erbe. Wenn die Verbindung mit dem Vater verlorengeht, entsteht ein quälendes Gefühl der Verfremdung. Viele politisch links orientierte Menschen in England pfeifen auf die Königsfamilie, und dennoch bleibt sie ein sehr mächtiges, archetypisches Symbol der Stabilität und Kontinuität. Das Lebensgefühl ist ganz anders in einem Land, wo es keine solche Repräsentationsfigur gibt, die das Objekt unbewußter Projektion väterlicher Autorität und Kraft ist.

Ein anderes Charakteristikum des Sonne-Saturn-Quadrates ist eine leicht paranoide Tendenz, die teilweise eben aus dem Problem eines mangelnden Kontinuitätsgefühles herrührt. Diese Menschen haben das Gefühl, daß ihnen niemand hilft, daß sie alles alleine schaffen müssen. Das verleiht ihnen zwar ein Gefühl großer Unabhängigkeit, macht aber auch Beziehungen mit anderen sehr schwierig, da diese Menschen nie etwas annehmen können, ohne Abhängigkeit zu wittern. Oft wird das überkompensiert, und es entsteht eine Überempfindlichkeit gegenüber Hilfeleistungen oder Geschenken jeder Art. Diese Verhaltensmuster finden sich mehr oder weniger in jedem individuellen Horoskop, bei dem diese Konstellation zwischen Sonne und Saturn eine Rolle spielt. Dasselbe gilt wohl für ein Land. Sie verstehen nun vielleicht ein wenig, warum es so schwer für Amerika und Rußland ist, einander zu vertrauen, wenn man über die Reduzierung von Atomwaffen spricht. In beiden Länderhoroskopen steht die Sonne zu Saturn im Quadrat, und keines der beiden Länder ist fähig, überhaupt jemandem zu vertrauen.

Ich hoffe, Sie können nun allmählich aus dieser Konstellation von Sonne, Saturn, Neptun, Uranus und Merkur eine Idee von der Psyche einer solchen Nation bekommen. Übergroßer Idealismus paart sich mit einem von der politischen Ideologie geleugneten religiösen Eifer, und das Bedürfnis nach absoluter Kontrolle und Autokratie liegt im Widerstreit mit dem ursprünglichen Glauben an eine individuelle Freiheit. Ginge es hier um einen einzelnen Menschen, ich würde ihm raten, schnellstens zum Psychoanalytiker zu gehen. Rußland leidet unter schrecklicher Spannung und Druck, weil es andere Länder besetzt und unter dem Deckmantel einer freien Gesellschaft einen Polizeistaat praktiziert, dem die Menschen zu entfliehen versuchen, indem sie plötzlich verschwinden, und der es nötig hat, jede Form von Kommunikation zu zensieren, die die Wahrheit enthüllen könnte. Das ist sehr traurig, denn der Uranus- und Neptun-Traum ist wahrscheinlich in der nationalen Psyche sehr gegenwärtig. Das autokratische Selbstgefühl des Saturn im Löwen führt einen inneren Krieg gegen die liberale Ideologie des Uranus, und beide unterminieren das durch die Sonne repräsentierte stabile Identitätsgefühl.

Die Transite über dieser Geburtskonstellation zeigen, wie lebendig Länderhoroskope sein können. Jedesmal, wenn Saturn über die Geburtssonne wanderte, starb das russische Staatsoberhaupt oder wurde seines Amtes enthoben. Das war so, als Stalin Lenin ablöste, als Chruschtschow Stalin ablöste und als Breschnew Chruschtschow ablöste. Natürlich wird auch Breschnew bald seinen Posten verlassen müssen, weil in ein paar Jahren Saturn in den Skorpion wandert. Diese Voraussage wird niemanden überraschen, denn man merkt ihm sein Alter schon an. Wenn ein transitierender Saturn sich der Sonne in einem Einzelhoroskop nähert, ist das Jahr vor dem exakten Transit meist von inneren Auseinandersetzungen und dem Tod alter, bisher vorherrschender Verhaltensweisen und Werte erfüllt. Im übertragenen Sinn stirbt der alte König, und es folgt eine Periode der Verwirrung und manchmal auch der Niedergeschlagenheit, bevor neue Werte tragfähig werden. In Rußland war es, wie gesagt, immer so, daß kurz vor dem Transit das alte Staatsoberhaupt starb oder abgesetzt wurde und daß dann eine Zeit der Machtkämpfe folgte, bevor ein neuer Führer an die Spitze trat. Natürlich kann sich das Land sein Oberhaupt nicht wählen wie in einem demokratischen System und hat deshalb nicht die Möglichkeit, einen Selbstfindungs- und Erkenntnisprozeß zu erleben.

Was Rußland noch nicht erlebt hat, ist die Zeit vor dem Transit des Pluto durch den Skorpion. Das augenblickliche politische Gebilde ist zu jung, um diesen Transit schon einmal erlebt zu haben. Ich bin sehr neugierig darauf, wie er sich auswirkt. Wenn Saturn schon den Regierungschef stürzt, was wird dann erst Pluto bewirken? Vielleicht wird sich die gesamte Struktur des Staatsgebildes verändern? Pluto bringt immer tiefgreifende Veränderungen mit sich und befreit einen Menschen von den Dingen, über die er hinausgewachsen ist. Er hat etwas Schicksalhaftes. Wenn der einzelne der Herausforderung zu einer Veränderung nicht gewachsen ist, bricht er völlig zusammen. Das könnte in Rußland leicht geschehen, da dort keinerlei Neigung zu einer Veränderung des Systems außer einer weiteren Festigung vorhanden ist. Die Konjunktion von Saturn, Uranus und Neptun im Steinbock, die am Ende dieses Jahrzehnts auftreten wird, geht mit der Geburts-Venus Rußlands im Steinbock im fünften Haus eine Konjunktion ein und wird in Opposition zum Geburts-Pluto im elften Haus stehen. Das geschieht etwa zur gleichen Zeit, zu der Pluto auf die Geburts-Sonne auftrifft. Im Horoskop eines Individuums hat Venus mit Beziehungen und Partnerschaften zu tun, und ein solcher Transit würde auf dieses Lebensgebiet starken Druck ausüben. Man erlebt sehr oft, daß Ehen zerbrechen, wenn die äußeren Planeten über Venus transitieren. Rußland ist ein Konglomerat vieler verschiedener Nationen, die mit ihnen nicht alle ganz freiwillig in die Ehe getreten sind. Polen, die Tschechoslowakei und Ungarn könnten einer Scheidung nicht abgeneigt sein. Diese Transite scheinen mir auch auf eine Ablösung einzelner, die Sowjetunion bildender Länder hinzudeuten, was natürlich nur durch einen Zusammenbruch der Zentralregierung geschehen könnte. Sonst würden Trennungsversuche nur wieder unterdrückt werden wie es bisher immer geschah. Vereinfachend würde ich sagen, daß ein heftiger kollektiver Ausbruch zu erwarten ist, vielleicht die Anfänge einer inneren Revolution, und das zu einer Zeit, zu der die

Zentralgewalt nicht in der Lage ist, dagegen vorzugehen. Es könnte eine Periode der Auflösung folgen, in der die Möglichkeit zu einer Wiedergeburt liegt.

Erlebte ein einzelner Mensch diese Veränderungen, so könnte er auf verschiedene Weise Hilfe zur Stützung seines Ichs suchen, um die nötige Kraft für alle Veränderungen aufzubringen. Aber ein Land kann diese Art von Hilfe nicht bekommen. Und ein Land, in dem die Sonne zu Saturn im Quadrat steht, würde auch schon gar nicht darum bitten. So könnte es also sein, daß Pluto im wörtlichen Sinne Tod bedeutet und daß die Union der Sozialistischen Sowjetrepubliken zerfällt.

Dieses Landeshoroskop ist besonders schwierig, wohl das schwierigste, das wir bisher betrachtet haben. Die Aspekte und die Häuser, in denen die Planeten stehen, tragen schon von Anfang an die Wahrscheinlichkeit eines Zusammenbruchs in irgendeiner Form in sich. Die Spannung ist zu groß. Ein einzelner könnte damit umgehen und sie kreativ umformen. Länder können ihrem Verhängnis oft nicht entgehen.

FRAGE: Rußland versuchte sich mit Stalin eine Vaterfigur zu schaffen, die jedoch ihre Wirksamkeit schließlich verlor.

LIZ GREENE: Ja, ich glaube, deshalb ließ man ihn sehr weit gehen. Das Bedürfnis nach einer starken Vaterfigur war sehr groß. Interessant ist übrigens auch, daß man die Zaren »Väterchen« nannte. Stalin hatte die Sonne im Steinbock, was ihn zu einem geeigneten Ziel der kollektiven Vaterprojektion machte. In gewissem Sinn haben wir es hier mit einer Art mythischem Grundthema der russischen Geschichte zu tun. Es beherrscht die Psyche des Volkes, zumindest seit der Gründung des heutigen Rußland. Die Vaterkonflikte, die sich in diesem Sonne-Saturn-Aspekt ausdrücken, sind ein mythisches Thema. Das Leben eines Individuums ist von solchen mythischen Grundthemen durchzogen, von denen manche in der Betonung der Zeichen und Aspekte ihren Ausdruck finden. Der Streit zwischen dem alten König und seinem Sohn wird teilweise durch den Streit zwischen Sonne und Saturn symbolisiert. Hier sehen wir eine Nation, die die mythische Beziehung zwischen dem alten König und seinem Sohn ebenfalls verkörpert.

Man kann sich natürlich nicht ein Horoskop vornehmen und schlichtweg behaupten, daß der *Mythos* eines Menschen im Jungschen Sinne in einer ganz bestimmten Weise im Horoskop verankert sei. Man kann lediglich Folgerungen aus bestimmten Dramen ziehen, die sich wahrscheinlich während eines Lebens auf vielen verschiedenen Ebenen immer wiederholen. Eines der Dramen oder Grundthemen, die ich mit Sonne und Saturn in Verbindung bringe, ist der Verlust des Vaters, die Suche nach dem Vater in irgendeiner Form und die Unzufriedenheit und Wut, die sich dessen bemächtigt, der ihn gefunden hat. Der Vater muß überwunden werden und wird zugleich gesucht. Ich glaube, daß Rußland ununterbrochen nach diesen Vaterfiguren sucht, doch wenn sie eine Weile regiert haben, werden sie als unerträglich repressiv erfahren und müssen verworfen werden, um der Suche nach einem neuen Vater Platz zu machen. Mit dieser Sonne-Saturn-Konstellation ist das Scheitern des Vaters unvermeidlich, da im Grunde jeder *äußere Vater* gar nicht das Ziel der Suche ist. Es ist ein inneres Ordnungsprinzip, nach dem man im Grunde sucht. Es mag Ihnen seltsam erscheinen, aber ich glaube, daß es in gewisser Weise für Sowjetrußland besser wäre, wenn es seine alte Zarenherrschaft wieder einführen würde. Natürlich kann es das nicht, aber Sonne-Saturn ist sehr ähnlich wie die Sonne im Steinbock mit ihrer Liebe zur Hierarchie und zur Tradition. Das Quadrat zwischen diesen beiden Planeten fordert zu einem heftigen Kampf heraus und erschwert die Selbsterkenntnis ungeheuer.

Wenn ein einzelner eine Konstellation wie dieses T-Kreuz im russischen Horoskop hat, kann man als Astrologe durch den Versuch helfen, den Betreffenden mit den mythischen Themen, die den Hintergrund seiner Erfahrungen bilden, in Berührung zu bringen. Diese Berührung hielt Jung für sehr wichtig, da sie, wenn sie nicht nur als intellektuelle Theorie, sondern als tiefe Wahrheit erfahren wird, uns wirkliche Einsicht in die eigentliche Bedeutung einer Lebensproblematik verleiht. Ein Mythos spiegelt ein archetypisches Muster wider, und die Erkenntnis darüber kann einem Menschen helfen, zu verstehen, daß in seiner Seele und in seinem Leben Dinge am Werk sind, die über seine persönlichen Leiden und Schwierigkeiten hinausgehen. Es müßte möglich sein, auch eine Nation zu solchen Erkenntnissen zu führen, dazu bräuchte man aber einen sehr weisen Landesvater. In gewissem Sinn ist die Herstellung dieser Verbindung zwischen alltäglichem Leben und Mythos eine religiöse Funktion. Im Grunde ist es die Aufgabe des Priesters, dem einzelnen einen Weg zu seinen Göttern zu weisen. Mit gründlichen tiefenpsychologischen Kenntnissen müßte es möglich sein, einem Volk seine verlorenen Mythen wieder zuzuführen.

Interessant ist, das russische Horoskop von dem Standpunkt aus zu betrachten, welche Mythen darin lebendig sind und wofür die Menschen vor diesem Hintergrund empfänglich sind. In Rußland interessierte man sich lange Zeit sehr für Parapsychologie und die unbekannten Aspekte des geistigen Lebens, jedoch vor allem in wissenschaftlicher und nicht in mythischer Betrachtungsweise. Die Beschäftigung mit dem Unsichtbaren ist für den Skorpion sehr charakteristisch, im Gegensatz zu einer rein materialistischen Betrachtungsweise. Vielleicht drückt sich darin das Sonne-Uranus-Quadrat aus; das Quadrat zwischen Sonne und Neptun jedoch verlangt nach mehr Mystizismus, vielleicht nach mehr Freiheit für die orthodoxen Rituale innerhalb der Kirche. Im russischen Volk liegt immer ein tiefes mystisches Empfinden, dem jedoch heute seine Ausdrucksform verwehrt wird.

Ich denke, wir sollten uns jetzt die Konjunktion näher betrachten, die zu Ende des Jahrzehnts auf uns zukommt, da das russische Horoskop von allen betrachteten Länderhoroskopen am stärksten davon betroffen sein wird. Das Land wird wahrscheinlich sehr heftig auf diese Konjunktion reagieren. Zunächst bilden Saturn und Uranus die Konjunktion Ende 1986 im Schützen. Sie setzt sich 1987 fort, und schließlich wandern Saturn und Uranus im Februar 1988 in den Steinbock und treten in Konjunktion zu Neptun. Im Juni dieses Jahres wandern Saturn und Uranus für eine Weile in den Schützen zurück, um dann am Ende des Jahres mit Neptun zusammen wieder im Steinbock zu stehen. Diese Konjunktion setzt sich bis zum Februar 1990 fort. Dann entfernt sich Saturn aus dem Orbis der Uranus-Neptun-Konjunktion, die ihrerseits bis in den Winter 1997 weiterbesteht.

Wenn Saturn zu den äußeren Planeten in Beziehung tritt, äußert sich das unter anderem darin, daß sich die Dinge konkreter sichtbar manifestieren. Deshalb sind meines Erachtens reale Veränderungen in Rußland zu erwarten, obwohl die Konjunktion natürlich auf tieferer Ebene noch vieles andere bewirken kann. Im Augenblick besteht bei vielen Astrologen und Parapsychologen die Tendenz, sich die Veränderung in Form von Katastrophen, Überschwemmungen, atomarer Zerstörung und einem Polsprung vorzustellen. Das Wesen einer Konjunktion der äußeren Planeten ist jedoch, wie wir es bei der Uranus-Neptun-Konjunktion zur Zeit der Geburt von Marx sahen, eine Veränderung der gesellschaftlichen Werte und Bedürfnisse. Eine solche Konjunktion muß nicht unbedingt eine Katastrophe bedeuten. Die Menschen, die zu ihrer Zeit geboren werden, treten im neuen Jahrtausend ins Erwachsenenalter und werden zweifellos in ihrem Leben die Werte und Ziele zu verwirklichen suchen, die für die Konjunktion charakteristisch sind. Ich behaupte damit nicht, daß es keine politischen oder wirtschaftlichen Probleme geben wird. Aber es würde mich sehr überraschen, wenn die Welt unterginge. Es ist sehr wahrscheinlich, daß die russische Regierung ins Wanken gerät, aber das kann je nach dem Standpunkt, den man einnimmt, auch als Beginn einer neuen Welt und nicht als der Untergang der alten gesehen werden. Sicherlich werden Länder wie Ungarn, die Tschechoslowakei und Polen es so empfinden.

Ich möchte mich nun mit einer Analyse dieser Konjunktion beschäftigen. Ihren Komponenten, Uranus und Neptun, sind wir schon begegnet. Kurz gesagt deutet sie auf ein aus dem Kollektiven aufsteigendes neues soziales oder politisches Weltbild hin, das sich mit einer mystischen oder religiösen Sehnsucht verbindet. Die zu erwartende Konjunktion fällt jedoch in den Steinbock, während sie zur Zeit der Geburt von Marx im Schützen stand. Der Lebensbereich, in dem sich diese neuen Vorstellungen auswirken, ist also ein anderer. Wir müssen zunächst danach fragen, welchen Lebensbereich der Steinbock versinnbildlicht. Man verbindet den Steinbock mit dem Prinzip des Herrschens und der sozialen Hierarchie. Ich glaube jedoch, daß das Zeichen tiefere, subtilere Ebenen hat, die sich in der alten Renaissancevorstellung widerspiegeln, nach der Saturn die Welt des Okkulten ebenso wie die substantielle Welt beherrschte. Der Steinbock ist auch ein Symbol für die Gefangenschaft der Seele in der physischen Wirklichkeit, und die typische Steinbockdepression hat sehr viel zu tun mit der Empfindung, daß die Welt ein Ort der Bindungen ist, der Bindungen an den Körper, an Verantwortung, Gesetze, an das Gewissen, an Gott. Für den Steinbock ist oft die Stimmung der Isolation und des Auf-sich-selbst-Gestelltseins charakteristisch. Der Steinbock kristallisiert, strukturiert und konkretisiert. Auch die Wertschätzung der Tradition und der Formen der Vergangenheit gehört zu diesem Zeichen. Ich bin sicher, daß man darüber noch vieles sagen könnte; ich habe hier nur einige Grundzüge skizziert. Als Quintessenz würde ich formulieren, daß es dem Steinbock um die Beherrschung der Welt durch das Ich geht, ebenso wie der Schütze erfüllt ist von dem Streben nach Güte und Weisheit, um die göttlichen Absichten zu erfüllen.

Marx und seine Generation erschütterten das religiöse Fundament, auf dem die ethischen Werte der Menschen begründet waren, durch das Postulat, daß nicht Gott, sondern das Eigentum das Leben regiere. In Zusammenhang mit dem Einfluß des Steinbocks haben wir nun eine ähnliche Art von Veränderung oder Umsturz zu erwarten. Natürlich können wir nur Spekulationen anstellen, und zwar sehr dürftige Spekulationen, denn jede tiefgreifende Verwandlung durch äußere Planeten ist nicht vorhersehbar, sonst wäre es nicht eine wirkliche Verwandlung, sondern nur eine Veränderung oder Erweiterung. Man kann nur erkennen, was im Bereich des Ich-Bewußtseins liegt, und wenn dieses Bewußtsein eine Wandlung erlebt, dann betritt man völliges Neuland. Aber wir können wenigstens versuchen, unsere Intuition sprechen zu lassen.

Ich glaube, daß die Überzeugung, die materielle Wirklichkeit sei die einzige Wirklichkeit, für den Steinbock typisch ist, und daß die Ziele, die ethischen Normen und die Verhaltensmuster des Steinbocks von dieser Einstellung zur Wirklichkeit geprägt sind. Es ist möglich, daß sich diese Grundhaltung, in der wir alle geboren wurden und die unsere Entwicklung beeinflußt hat, verändern wird. Aber es ist fast unmöglich, sich vorzustellen, wie sich das auswirken würde, da wir die Dinge während unseres Lebens nie wirklich anders betrachtet haben. Sicherlich basieren unsere Vorstellungen über Regierungsformen und die richtigen Führer auf der gleichen Weltanschauung. Das war nicht immer so, und vielleicht ist es auch deshalb so schwierig für uns, das mittelalterliche Bewußtsein oder das Bewußtsein der alten Griechen zu verstehen, deren Welt von Göttern erfüllt war. Die Isolation, die Abwehrhaltung des Steinbocks, rührt von dieser Identifikation nicht nur mit der materiellen Wirklichkeit, sondern mit der Macht und Wirksamkeit des Ego her. Ich glaube nicht, daß ich zu weit gehe, wenn ich mir Veränderungen vorstelle, bei denen uns durch Wissenschaft und Forschung eine völlig neue Sicht nicht nur der physischen Welt des Universums, sondern auch der Natur des Menschen eröffnet wird.

Nun transitiert diese Konjunktion über die russische Geburtsvenus und tritt in Opposition mit dem Pluto des Geburtshoroskops, und zwar zur gleichen Zeit, während der sich der transitierende Pluto über die Sonne des russischen Geburtshoroskops bewegt. Da Venus etwas mit partnerschaftlichen Beziehungen zu tun hat, was im Fall von Ländern die Beziehung zu Verbündeten und Satellitenstaaten bedeutet, würde ich eine Lockerung der Union der Sozialistischen Sowjetrepubliken erwarten. Venus-Pluto hat die Neigung, Zwang auf den Partner auszuüben, da ein Machtfaktor in der Beziehung eine Rolle spielt – also genau das, was Rußland getan hat. Diese erzwungenen Verbindungen können zerbrechen. Wenn die Zentralregierung durch den Transit von Pluto in einen Zustand der Auflösung und Umwälzungen kommt und ein neues Wirklichkeitsbild im Kollektiv wirksam wird, das die gegenwärtige materielle Ethik unterminiert, so wäre der Ausbruch einer Revolution im Lande nicht überraschend. Das dem russischen Volk angeborene religiöse Gefühl, das man geknechtet und unterdrückt hat, würde wahrscheinlich bei erster Gelegenheit hervorbrechen. Erlebte ein einzelner eine solche Herausforderung, so würde er eine sehr turbulente Zeit, ja vielleicht sogar einen Zusammenbruch erfahren, der ihn aus seiner egozentrischen Weltsicht aufrütteln und ihn beweglicher und offener machen würde. Das könnte mit dem Zerbrechen einer Ehe und einer Zeit der Depression, der Isolation und der allmählichen Neuorientierung zusammenfallen. Aber die russische Regierung hat nicht die Beweglichkeit einer individuellen Psyche. Wenn Rußland zusammenbricht, wird eine völlig neue Herrschaftsform notwendig. Innerhalb des Systems dieses Landes ist kein Raum für Veränderungen, wie es zum Beispiel in England möglich wäre, wo eine Vielfalt politischer Parteien gleichzeitig am Werk ist. Deshalb ist ein Zusammenbruch unvermeidlich.

FRAGE: Vielleicht wird es eine Rückkehr zum Feudalismus geben?

LIZ GREENE: Ich glaube nicht, daß ein Schritt nach rückwärts möglich ist, wenn das Kollektiv einmal eine bestimmte Entwicklungsphase hinter sich gebracht hat. Ein Land kann zusammenbrechen, chaotische Zustände können sich breit machen, aber es wird immer etwas Neues daraus entstehen. Das Feudalsystem gründete sich auf eine Gesellschaft, in der es weder eine Vorstellung noch Erfahrung von Individualität gab. Man war König, Prinz, Ritter, Händler, Priester oder Leibeigener. Aber in einer Welt, in der sich das individuelle Bewußtsein, die Erfahrung vom Wert eines Individuums so weit entwickelt hat wie in der heutigen, könnte ein feudalistisches System nie mehr bestehen. Vielleicht wäre das in sehr unterentwickelten Nationen noch möglich, aber in Rußland ist das bestimmt nicht der Fall.

Vielleicht wäre ein Wiederaufleben des Königtums in neuer Form nicht unmöglich. Die mystische Vorstellung vom König besteht darin, daß er herrscht, aber nicht regiert. Er ist ein Symbol Gottes auf Erden, aber kein Tyrann oder Diktator. Die psychologische Bedeutung der Königsfamilie besteht darin, daß sie die kollektiven Projektionen des Selbstbildes, der Dauerhaftigkeit, der Unveränderlichkeit, getragen vom mächtigen Symbol des Königsgeschlechtes, in sich vereint. Natürlich steht man in der modernen Welt diesen Dingen skeptisch gegenüber. Aber Könige und Königinnen gehören zu den häufigsten Traummotiven und haben immer noch eine tiefe Bedeutung für uns, auch wenn unser Bewußtsein ihnen eher spöttisch gegenübersteht.

Bis jetzt hat meine Analyse der zu erwartenden Konjunktion keine Schreckensvisionen ergeben. Ich bin sicher, daß große Veränderungen kommen werden, doch sie müssen sich nicht zerstörerisch auswirken. Steinbock ist ein gutes, solides Zeichen, und ich glaube, daß die Vorstellung vom Ende der Welt unbewußte Übertreibungen der zu erwartenden Veränderungen sind. Wir sollten einmal betrachten, was geschah, als Saturn, Uranus und Neptun das letzte Mal in Konjunktion traten. Als Marx geboren wurde, war Saturn nicht Teil der Konjunktion; sie trat das letzte Mal um das Jahr 1307 auf. Ich bin sicher, daß Sie die Erwähnung dieses Datums nicht umwerfen wird, denn es ist vom historischen Standpunkt aus kein besonders bedeutendes Datum. Die Konjunktion traf damals auf den Skorpion. Es geschahen um 1307 zwar einige weitreichende Dinge, die jedoch zunächst nicht als bedeutende Ereignisse ins Auge fallen. Der damalige König von Frankreich, Philippe le Bel, brauchte Geld. Er beschloß, sich einen Teil des Vermögens der Templer-Ritter anzueignen, die ein kriegerischer Orden mit halb unabhängigem politischen Status und nur der Autorität des Papstes unterstellt waren. Doch ohne die Einwilligung des Papstes konnte Philippe IV. den Templerorden nicht auflösen, und der Papst verweigerte die Einwilligung. Raffiniert wie er war, ließ der König den Papst ermorden und erzwang die Wahl seines eigenen Kandidaten, des Papstes Clemens des Fünften. Da auch der neue Papst dem König nicht zu Willen war, ließ ihn Philippe gefangennehmen und in den Papstpalast von Avignon bringen. Man sprach damals von der babylonischen Gefangenschaft des Papstes.

Diese historischen Vorgänge hatten weitreichende Folgen. Das mittelalterliche Europa sah in der Kirche das unfehlbare, unerschütterliche Fundament eines Lebens, das von Seuchen, Gesetzlosigkeit und Hungersnöten überschattet war. Der Papst wurde als Stellvertreter Gottes auf Erden gesehen, ein unantastbarer Halbgott, wie das heute für uns unvorstellbar ist. Philippe le Bel stürzte die Kirche in ein Chaos, von dem sie sich nie mehr ganz erholte. Eine Zeitlang gab es nun zwei konkurrierende Päpste, einen in Rom und einen in Avignon. Jeder hielt den anderen für den Antichristen. Man sagte, daß während der Zeit der babylonischen Gefangenschaft niemand Erlösung finden konnte. Der unumstößliche Glaube an die Kirche war tief erschüttert und erhielt erst zur Reformationszeit wieder neue Impulse.

Das Jahr 1307 war also ein Markstein für die beginnende Auflösung der absoluten Macht der Kirche, jener Stimme, die den Sinn und Zusammenhang der damals bekannten Welt unumstößlich erklärt hatte.

Dieser kleine historische Rückblick kann uns viel sagen, da ich diese Konjunktion für den Beginn einer Erschütterung des Weltbildes halte, das uns lange Zeit bestimmte und das wir für absolut gültig hielten. Ich weiß natürlich nicht, auf welche Weise das geschehen wird. Man kann nur Spekulationen anstellen. Die erwähnte Konjunktion von 1307 fiel in den Skorpion, für den der Konflikt zwischen Gut und Böse, die Problematik der Dualität des Menschen zwischen Animalischem und Spirituellem, das Wesen der Macht wichtige Fragen sind. In der mittelalterlichen Kirche herrschte die Vorstellung vom Menschen als einem Geschöpf der Sünde, das durch die Erbsünde der Gnade verlustig ging und nun den fleischlichen Lüsten verfallen ist. Nur die eine wahre Kirche konnte ihn aus der ewigen Verdammnis erretten. Die Gewalt, mit der dieser Glaube aufgezwungen wurde, war ebenfalls für den Skorpion typisch. Wieder muß ich auf die Steinbock-Problematik zurückkommen, die mir immer wieder vor allem in der materiellen Sicht der Wirklichkeit zu liegen scheint. Damit meine ich nicht Materialismus vom finanziellen oder ökonomischen Standpunkt. Ein Marxist würde wahrscheinlich hoffen, daß es darum geht, doch glaube ich offengestanden nicht, daß Geld dem Steinbock so wichtig ist. Sein Problem liegt in der bloß sinnlichen Wahrnehmung der materiellen Welt, und mein subjektiver Eindruck von den Folgen dieser Konjunktion ist der, daß sie unsere Vorstellungen über die Natur der physischen Welt und des menschlichen Körpers verändern wird. Aus Gründen, die ich bereits dargelegt habe, vermute ich dahinter keine Jahrtausend-Erschütterung. Ich zweifle nicht daran, daß sich vieles verändern wird, daß vieles im materiellen Sinn sehr schwierig wird, da die Welt sich mit der Erschöpfung der Energiereserven und mit den Problemen der Geldverteilung herumschlagen muß. Ich bin aber längst nicht davon überzeugt, daß diese Konjunktion einen dritten Weltkrieg ankündigt. Die EWG könnte sich in die Vereinigten Staaten von Europa verwandeln, und vielleicht fahren unsere Autos eines Tages nur noch mit Hühnermist, aber ich bin eigentlich sicher, daß die Welt im Jahre 2000 noch besteht. Ich kann mir vorstellen, in welche Richtung die Entwicklung gehen wird, wenn ich an all die neuen Entdeckungen denke, die im Gange sind, über die Intelligenz und Vernetzung dessen, was wir bisher für unbelebte Materie hielten. Aber wie wir alle kann ich nichts anderes tun als abwarten und mich überraschen lassen.

FRAGE: Könnten wir das Ende des Glaubens erleben, daß die Qualität des Lebens von der Technologie, der Industrie, den materialistischen Werten abhängt?

LIZ GREENE: Ich weiß es nicht. Diese Hoffnungen und Fragen entspringen wohl dem eigenen politischen Standpunkt, aber die äußeren Planeten bringen Veränderungen mit sich, die man nicht vorhersehen kann, weil wir nie zuvor etwas Vergleichbares erfahren haben. Die Frage, die Sie stellen, ist nicht neu. Die Menschen haben sich darüber beklagt, seit die Kreter eine Toilette mit Wasserspülung erfunden haben. Ich glaube, es geht um etwas Tieferes. Ich empfehle Ihnen, das Buch von Norman Cohn, *The Pursuit of the Millenium,* zu lesen. Es ist eine archetypische Vorstellung, daß die Zerstörung der bösen Technologie und der Maschinen zum goldenen Zeitalter zurückführen wird, in dem sich niemand um Eigentum streitet. Im Mittelalter lebte man sehr stark in dieser Vorstellung. Sie besagt nichts anderes, als daß wir das Böse in unserem Inneren auf die Maschinen projizieren. Damit kommen wir nicht weit. Die Technologie hat unser Leben sehr bereichert und uns eine Chance gegeben, uns auch innerlich weiterzuentwickeln. Die Technologie ist nichts anderes als das äußere Spiegelbild eines differenzierteren Ich-Bewußtseins. Wenn ein Mensch all seine Werte in seine technischen Kinkerlitzchen projiziert, so ist es sein Problem und nicht das innewohnende Böse der Technik. Die chiliastischen Kulte im Mittelalter hatten die gleiche Vorstellung über die mittelalterliche Technologie. Der Teufel wurde in die materiellen Dinge projiziert, denn es ist viel schwerer, ihn in sich selbst zu erkennen. Übrigens glaube ich nicht, daß der Steinbock viel mit Technologie zu tun hat. Das ist viel typischer für den Wassermann und seine Vorstellung vom menschlichen Intellekt, der Herrschaft über die Natur erlangt, indem er ihr ihre Geheimnisse entreißt. Während sich diese Konjunktion durch den Steinbock bewegt, transitiert Pluto durch den Skorpion. Ich habe früher von Pluto und Skorpion gesprochen und wie dieser Transit des Planeten durch sein eigenes Zeichen alte, scheinbar längst tote Vorstellungen wieder zu beleben scheint, die mit dem Wesen der Seele, mit Unsterblichkeit und Wiedergeburt zu tun haben. Ich finde diese Verbindung von Transiten eher aufregend als erschrekkend. Ich bin sicher, daß Rußland im äußeren Sinn stark erschüttert werden wird, aber das ängstigt mich nicht, da ich keine große Sympathie für die Einschränkung der menschlichen Freiheit empfinde, die in diesem politischen System praktiziert wird. Man weiß nicht, wie sich die weltweiten Veränderungen auswirken werden. Ich glaube, man kann unter dem Einfluß der Spannung, die durch tiefe kollektive Veränderung hervorgerufen wird, den Fehler begehen, das eine oder andere politische System für die Probleme auf der Welt verantwortlich zu machen. Aber ich halte es für vernünftiger, pragmatisch zu sein und zu warten, denn die äußeren Planeten überraschen einen immer. Da die Konjunktion in ein Erdzeichen fällt, vermute ich sogar eher, daß wir schließlich zu einem besseren Verständnis der physischen Welt, in der wir leben, gelangen werden, anstatt sie zu zerstören. Aber man kann mir natürlich vorwerfen, zu optimistisch zu sein.

Die Konjunktion betrifft natürlich auch die Horoskope anderer Länder, von denen England eines ist. Ob man nun das Horoskop für den Zeitpunkt der Krönung Wilhelms des Eroberers oder das für die Gründung des Vereinigten Königreiches nimmt: Die Sonne steht in beiden Fällen im Steinbock und wird von der Konjunktion betroffen. Ebenso wird Amerika betroffen, da die Konjunktion in Opposition zur Sonne, zur Venus und zu Jupiter im Krebs im amerikanischen Horoskop stehen wird. Diesmal überlasse ich es Ihnen, Spekulationen darüber anzustellen, was das für Auswirkungen haben könnte.

Vielleicht wird auch die religiöse Sphäre von der bevorstehenden Konjunktion berührt, denn der Steinbock legt nicht nur Gewicht auf die formale Seite des Lebens im allgemeinen, sondern auch auf die formale Seite der Religion im besonderen. Saturn spiegelt zwar nicht notwendigerweise den Geist der Religiosität wider, aber ihr Dogma, da es die Form, das Gefäß ist, das die mystische Vision enthält. Das religiöse Dogma ist die Bemühung, das vergangene Mysterium zu erhalten, ob es nun in der Gestalt des Moses erschien, der die Gesetzestafeln empfing, in der Geburt Jesu, der Offenbarung des Mohammed oder der Erleuchtung des Buddha. Die dogmatische Form ist in diesem Sinn die Bemühung, etwas, das seiner Natur nach vergänglich und geheimnisvoll ist, Dauer zu verleihen. Es scheint mir, daß vielen Steinbock-Geborenen die formale Seite der Religion sehr wichtig ist und daß ihr Leben oft bestimmt ist vom Verlust des Glaubens, von Hoffnungslosigkeit, von der Suche nach Glauben und Demut. Der Körperteil, den wir mit dem Steinbock assoziieren, sind die Knie; die Geste des Niederkniens gehört zum Gebet.

Mir ist in Zusammenhang mit Saturn im neunten Haus eine Besonderheit aufgefallen. Das neunte Haus hat natürlich mit der religiösen Haltung und dem Gottesbild des betreffenden Menschen zu tun. Saturn im neunten Haus ist ein alttestamentarischer Gott, der vor allem Prinzipien wie Gerechtigkeit, Gesetz, Demut, Korrektheit, Gewissen und gute Werke vertritt. Saturn im neunten Haus ist für die formale Seite der Religion mit ihren Verhaltensregeln sehr empfänglich, was in bestimmten Fällen zu einer antireligiösen Haltung führt, da der Betroffene mit den verinnerlichten Forderungen seines Gottes nicht leben kann. Dann verwirft er die Religion in der Hoffnung, damit sein Gewissen besänftigen zu können, das meistens besonders stark entwickelt ist, um zu entdecken, daß Gott im Unbewußten ebenso zürnen kann. Der alttestamentarische Jahve ist ein stolzer und eifersüchtiger Gott, und er liebt Hiob wahrscheinlich deshalb, weil er ein Steinbock wie er selbst ist – ausdauernd, langmütig, ergeben und unglaublich dickköpfig. Ich habe das Gefühl, daß bestimmte Bereiche der religiösen Weltanschauung durch die Konjunktion stark beeinflußt werden, Bereiche, die eher mit den formalen und dogmatischen Aspekten der Religion als mit den Glaubensinhalten zu tun haben.

FRAGE: Könnte die Konjunktion für England bedeuten, daß es seine Souveränität verliert und beispielsweise ein Teil Europas wird?

LIZ GREENE: Ich weiß es nicht. Ihre Spekulationen sind ebenso gut wie meine. Sicher wäre das eine Möglichkeit. Es gibt sehr viele Möglichkeiten. Die monarchistische Staatsform des Landes könnte sich verändern, die Struktur der englischen Regierung mit seinem House of Lords und dem House of Commons könnte sich verändern. Es könnte aber auch all diese Dinge beibehalten und ein Staat in einem Vereinigten Europa werden. Ich weiß es wirklich nicht. Das einzige, was mir ziemlich sicher erscheint, ist, daß völlige Zerstörung eher mit Pluto zu tun hat, und Pluto ist an dieser Konjunktion nicht beteiligt. Es wird also eine Veränderung ohne völlige Zerstörung stattfinden.

FRAGE: Ich weiß, daß Sie uns das Spekulieren selbst überlassen wollen, aber könnten Sie trotzdem etwas darüber sagen, wie sich Ihrer Meinung nach die Konjunktion auf das amerikanische Horoskop auswirken wird? Meine Spekulationen sind sehr beunruhigend, denn das siebte Haus ist das Haus der Feinde.

LIZ GREENE: Nun, diese Möglichkeit besteht natürlich auch. Ich interpretiere das siebte Haus lieber als das Haus der Beziehungen, in dem Freundschaften ebenso wie Konflikte erfahren werden können. Ich betrachte es einmal so, als ginge es um einen Menschen, bei dem Sonne, Venus und Jupiter im siebten Haus stehen und die Konjunktion von Saturn, Uranus und Neptun in Opposition zu diesen Krebsplaneten einen Transit durch das erste Haus machte. Wäre Pluto beteiligt, würde ich Machtkämpfe, eine schwierige Trennung mit vielem Hin und Her und Komplikationen, den Tod des Partners oder die Erkenntnis, daß derjenige den Partner in seinem Leben nicht länger tolerieren kann, vermuten. Doch Pluto ist hier nicht im Spiel. Saturn bringt normalerweise Selbstfindungsprozesse, die Annahme von Begrenzungen und Einsamkeit mit sich. Neptun bewirkt oft eine Desillusionierung und die Erkenntnis, daß sich ein Traum nicht wie erhofft verwirklichen läßt. Und Uranus weist auf Trennungen, auf ein Auseinandergehen der Wege hin. All diese Planeten bewegen sich durch das erste Haus, was bedeutet, daß der Mensch oder das Land selbst die Ursache für diese Suche nach dem Selbst und die damit verbundenen Veränderungen ist und nicht jemand von außen diese Vorgänge bewirkt.

Ich glaube, ich sprach schon davon, daß Menschen mit der Sonne im siebten Haus nicht übermäßig selbstbewußt sind. Um sich zu entwickeln, brauchen sie Beziehungen; sie sind nicht gerne lang allein. Sie haben eine Tendenz, sich mit den Angelegenheiten anderer zu befassen und als oft sehr schöpferischer

Vermittler zu wirken. Zum Beispiel bei Jung und Freud findet man diese Konstellation im Horoskop. Sie neigen immer dazu, sich mit der Lösung von Konflikten zu befassen, und entwickeln sich selbst während dieses Prozesses. Ich glaube, das ist für Amerika typisch. Amerika mischt sich in die Angelegenheiten aller Länder ein. Es bemüht sich immer, die Rolle des Vermittlers zu spielen, und kontrolliert die Welt, um ihr die Freiheit zu bewahren. Obwohl Amerika in kultureller Beziehung eher borniert ist und viele Amerikaner stolz darauf sind, ihre Heimatstadt nie verlassen zu haben, ist es auf dem Gebiet politischer und ökonomischer Verflechtungen mit anderen Ländern nicht im geringsten selbstgenügsam. Diese Neigung, den Vermittler zu spielen, ist einerseits bewundernswert, andererseits aber auch oft ungeschickt, da andere Länder manchmal diese Einmischung als höchst überflüssig ansehen. Da nun Amerikas Sonne im Quadrat zu Saturn im zehnten Haus steht, muß Amerika sich mit der unangenehmen, harten Realität auseinandersetzen, daß seine eigene Regierung manchmal den Ansprüchen, die es an andere Länder stellt, selbst nicht gerecht wird. Kurz gesagt kann das Sonne-Saturn-Quadrat nahezu selbstzerstörerisch wirken. Die sehr noblen Ideale des siebten Hauses geraten in Konflikt mit den Schwierigkeiten der Innenpolitik.

Ich glaube, daß gerade das Problem der Verwicklungen Amerikas mit anderen Ländern durch den Transit akut wird. Ob es nun beispielsweise die Araber sind, die den Ölhahn zudrehen, oder was auch immer – es scheint mir eine Zeit zu kommen, in der man sich in Amerika selbst in Frage stellen wird und den Gürtel enger schnallen muß. Ich glaube, es werden bestimmte Abhängigkeiten offenkundig werden, was die Menschen schockieren wird, da sie in der Illusion lebten, auf niemanden angewiesen zu sein. Es gibt zwar Ressourcen, die sie unabhängig machen könnten, aber sie sind nicht in der richtigen Weise genutzt worden. In einem individuellen Horoskop würde diese Art von Transit bedeuten, daß das Identitätsgefühl in Frage gestellt wird. Die Identität Amerikas hängt viel zu sehr davon ab, wie der Rest der Welt das Land sieht. Venus und Jupiter zusammen im siebten Haus weisen auf eine gewisse Extravaganz hin, nicht nur im materiellen Sinn, sondern auch hinsichtlich einer Einschätzung der eigenen Bedeutung. Ich glaube, daß dieser Transit sich sehr schöpferisch auswirken kann, denn er hat etwas mit Reifung zu tun. Ich möchte die Amerikaner unter meinen Zuhörern nicht kränken; dies ist alles nicht negativ gemeint. Aber Amerika ist anders als die europäischen Länder, es ist eine sehr junge Nation voll ungebrochener Vitalität; sie wurde nie überfallen, erobert oder zur Unterwerfung gezwungen und ihr blieben die Jahrhunderte voller harter Kämpfe und quälender Armut erspart, die Europa durchgemacht hat. Die Depression von 1929 war für Amerika ein fürchterlicher Schock, so etwas hatte man noch nie zuvor erlebt. In Europa hat jedes Land eine lange Geschichte voller Entbehrungen, Krieg, Invasionen und Chaos hinter sich. Wenn ich das sage, so meine ich, daß der Transit eine Zeit der Weiterentwicklung bedeutet; das soll keine Kränkung sein, sondern eine Feststellung sehr realer Möglichkeiten.

Wenn dann die Konjunktion im letzten Teil von Widder steht, löst sich der schneller laufende Saturn heraus. Uranus und Neptun ziehen dann durch den Pluto im zweiten Haus des amerikanischen Horoskops. Dieses Haus hat mit den Mitteln und dem Reichtum eines Landes wie eines Individuums zu tun. Da Saturn nicht beteiligt ist, würde ich auf eine Verlagerung der Werte tippen. Die Überbewertung der Amerikaner von materiellem Besitz und Expansion wird sich vielleicht stark verändern. Pluto im zweiten Haus deutet auf eine sehr habgierige Position. Er ist auf seinen Besitz ganz versessen, neigt aber auch dazu, innerhalb langer Zeiträume radikale Veränderungen durchzumachen. In der Mundanastrologie sagt man, Pluto herrsche über Monopole und riesige Firmenzusammenschlüsse, da bei ihm das Machtelement auch eine Rolle spielt. Ich meine also, daß große Veränderungen auf diesem Gebiet möglich sind. Sie können diese Einzelheiten sicher zu einem Bild zusammensetzen. Vielleicht ist es aber auch nicht das richtige Bild. Doch ich neige eher zu einer solchen Vorstellung, als einen Krieg mit Rußland für möglich zu halten.

Ich glaube, es ist letztlich genauso sinnvoll, die Konjunktion hinsichtlich ihrer Wirkung auf das eigene Horoskop zu betrachten. Vielleicht lernt man sogar noch mehr dabei, weil man über Länder nur sehr Allgemeines sagen kann, während ein einzelner die Gesetzmäßigkeiten seines eigenen Lebens viel genauer kennt. Außerdem kann er eher darauf Einfluß nehmen, was ihm individuell widerfährt, als auf das, was in seinem Land geschieht. Ich weiß, wie leicht es ist, sich von den Transiten äußerer Planeten in Panik versetzen zu lassen, da ihr Einfluß über den Horizont des einzelnen weit hinausgeht. Aber wenn sie schwierige oder unangenehme Veränderungen mit sich bringen, so haben wir es alle einigermaßen in der Hand, wie wir auf diese Veränderungen reagieren. Ich glaube, es ist sehr wichtig, was Jung sagte – daß das Leben eines Menschen sehr viel über ihn selbst aussagt. Was in Ihrem Leben geschieht, ist notwendig und birgt eine Möglichkeit in sich. Ich glaube, daß das teilweise auch für den Einfluß der äußeren Planeten gilt, die das Ego erschrecken, aber es aufbrechen, so daß der Betroffene mehr von dem leben kann, was in den ihm innewohnenden Möglichkeiten und Notwendigkeiten liegt.

FRAGE: Können Sie etwas über Erdbeben sagen? Eine Reihe von Astrologen glauben, daß die Konjunktion ein schweres Erdbeben in Kalifornien auslösen wird.

LIZ GREENE: Ich kann darüber nichts sagen. Schon seit langem werden schwere Erdbeben erwartet. Ich denke, man müßte sich das Horoskop von Kalifornien ansehen, das ich nicht vorliegen habe. Ein Staat hat ebenso ein Horoskop wie eine Nation. Wenn ein ganzer Staat im pazifischen Ozean versinken sollte, so müßte sich das in einer extremen Konstellation des Horoskopes ausdrücken. Über Erdbeben kann ich wirklich keine Spekulationen anstellen. Es gibt eine Reihe von Prophezeiungen darüber, aber ich bin solchen hellseherischen Visionen gegenüber immer sehr mißtrauisch, weil sie wie Träume sind und oft eher auf symbolische Inhalte als auf Tatsachen hinweisen. Dafür spricht zum Beispiel auch, daß das kalifornische Öl für die amerikanische Ökonomie von großer Bedeutung ist; gäbe es eine große Katastrophe, so würde das den amerikanischen Geldbeutel sehr hart treffen; dafür spräche die über dem Pluto im zweiten Haus transitierende Konjunktion. Aber ich weiß es wirklich nicht. Persönlich habe ich ein großes Erdbeben in Kalifornien immer sehr gefürchtet, aber das hat mehr mit meinen eigenen Alpträumen als mit einer astrologischen Prognose zu tun. Ein Erdbeben ist ein Ursymbol der Zerstörung. Es ist ein Akt höherer Gewalt, wie es die Versicherungspolicen nennen. Sicher wäre das ein Gebiet, über das man Forschungen anstellen könnte. Aber ich möchte erst das kalifornische Horoskop sehen, bevor ich irgendwelche Spekulationen anstelle.

FRAGE: Auf welchen Teil des Horoskopes würden Sie besonders achten?

LIZ GREENE: Auf den Aszendenten, weil er das Wesen selbst, die physische Gestalt ist. Der Aszendent in einem individuellen Horoskop ist der Punkt seiner Inkarnation. Deshalb beherrscht er traditionsgemäß den physischen Körper und die grundsätzliche Lebenseinstellung. Ich glaube, daß dasselbe für den Aszendenten eines Staates, einer Stadt oder eines Landes gilt. Das zehnte Haus repräsentiert die Regierungsform ebenso wie das zehnte Haus im Horoskop des einzelnen seine bewußten sozialen Werte und seine Verhaltensmuster repräsentiert. Wir möchten gesehen werden wie unser MC, aber unser wahres Wesen liegt viel mehr im Aszendenten und in der Sonne. Das zweite Haus sind die materiellen Möglichkeiten usw. Wenn jemand einen starken Transit durch das zehnte Haus hat, wird er seinen Beruf oder seine beruflichen Ziele oft wechseln und sich der Welt in völlig verschiedener Weise präsentieren. Ein starker Transit über dem Aszendenten jedoch verändert den Grundcharakter. Oder vielleicht sollte ich sagen, daß er mehr vom Grundcharakter enthüllt, als man bisher wahrnahm.

Ich sage noch ein drittes Mal, daß ich keine Expertin auf dem Gebiet der Mundanastrologie bin. Sie können Charles Carters Buch über politische Astrologie lesen, das sehr gut ist; es gibt jedoch sehr wenige im Augenblick erhältliche Bücher, die auf dieses Gebiet der Astrologie wirklich neues Licht werfen. Früher hielt man es für sehr wichtig, die Horoskope von Ländern und Städten zu studieren. Ich fand kürzlich in der Bibliothek des British Museum ein Buch aus dem sechzehnten Jahrhundert, das eine Art Renaissance-Version von Margaret Hone ist. Es ist ein umfangreiches, dreibändiges Werk für den Studenten der Astrologie, leider ist es auf lateinisch geschrieben. Die meisten Erläuterungen beziehen sich auf die Interpretation von Gerichtshoroskopen und Horoskopen von Städten und Ländern. Es werden auch eine Handvoll Geburtshoroskope von Standespersonen der damaligen Zeit, von verschiedenen Königen, Prinzen und Herzögen besprochen. Aber das

Hauptgewicht liegt auf Mundanastrologie. Der Autor ist ein Mann namens Luc Gauricus, der Hausastrologe verschiedener italienischer Patrizierfamilien war. Es wäre ihm nicht im Traum eingefallen, eine Arbeit ohne Hinzuziehung der Städtehoroskope von Florenz, Venedig, Mantua usw. zu beginnen. Wie hätte er sonst seinen Herren sagen können, was das Schicksal für sie vorsah? All das ist uns verlorengegangen. Ich kenne die wirklich subtilen Regeln der Mundanastrologie nicht, und ich glaube, daß irgend jemand einmal das Werk von Luc Gauricus ins Englische übersetzen muß, damit wir wieder lernen können, was einst ein ehrenwertes Gebiet astrologischer Studien war.

Natürlich interpretierte man ein Horoskop im sechzehnten Jahrhundert nicht nach psychologischen Gesichtspunkten, denn man hatte keine Vorstellung von der Psyche. Plato und andere griechische Philosophen hatten zwar viel über die Psyche geschrieben, aber die Hauptströmung der Astrologie hatte sich einige Zeit vor Luc Gauricus von Plato losgesagt. So sind alle Einzelpersonen und Länder, über die Gauricus schreibt, vom Schicksal heimgesucht. Es gibt keinen persönlichen Entscheidungsspielraum. König Heinrich der Zweite von Frankreich sollte laut Gauricus in seinem einundvierzigsten Lebensjahr bei einem Turnier am Auge tödlich verletzt werden. Es erwies sich, daß Gauricus tatsächlich recht hatte. König Heinrich starb genau zum vorhergesagten Zeitpunkt. Es wäre weder Gauricus noch König Heinrich, der von der Prophezeiung wußte, je in den Sinn gekommen, nach einem Ausweg zu suchen. Es lag ganz außerhalb der Vorstellungsmöglichkeiten, daß es sich auch um ein inneres Problem hätte handeln können. Aber die Prinzipien der Mundanastrologie haben sich vielleicht nicht so sehr verändert. Ich glaube zwar, daß die Länder vielleicht heute ein bißchen weniger dem Schicksal unterworfen sind als früher, da die Menschen im allgemeinen etwas mehr Bewußtsein haben und ein Teil der Welt freier geworden ist und wenigstens Regierungen wählen und absetzen kann. Vielleicht ist das ein unangemessener Optimismus, denn es ist immerhin erst vierzig Jahre her, daß in Deutschland die Nazis regierten, und der Iran des Khomeini unterscheidet sich nicht allzusehr von einem italienischen Stadtstaat im vierzehnten Jahrhundert mit seinem tyrannischen Herrscher.

Frage: Wie würden Sie das Horoskop für ein Land ohne bestimmtes Gründungsdatum, wie zum Beispiel Wales, aufstellen?

Liz Greene: Das kann man nicht. Man müßte das Horoskop für das Vereinigte Königreich benutzen, aber wie einem jeder Waliser sagen würde, hat Wales natürlich seine eigene Identität. Es gibt Nationen, die als psychisch unabhängige Gebilde existieren und dennoch im politischen Sinn keine eigenen Staaten sind. Bei Wales ist das der Fall. Ob das richtig oder falsch ist, sollen die Waliser unter sich ausmachen.

Frage: Vielleicht könnte man das Horoskop eines Nationalhelden wie Owen Glendower verwenden?

Liz Greene: Das wäre sicher eine Möglichkeit, wenn man Owen Glendowers Horoskop zur Verfügung hätte. Ich fürchte nur, daß das ebenso schwierig ist, wie das von Jesus Christus zu bekommen. Owen Glendower ist ebenso ein Mythos wie eine geschichtliche Gestalt; sicher verkörpert er den freien Geist von Wales. Aber es gibt keine Geburtsdaten. Das Beste, was man in diesem Fall tun könnte, wäre es, mit einzelnen walisischen Städten zu arbeiten, die für sich jede ein eigenes Geburtshoroskop haben müßte. Ich fürchte, daß man nicht viel andere Möglichkeiten hat.

Das gleiche Problem besteht bei Schottland, ebenso wie bei vielen anderen Ländern, die Teile moderner Staatsgebilde geworden sind und deren Geburtsdaten unmöglich zu errechnen sind. Es gibt Völker wie die Basken, die heftig um ihre Autonomie kämpfen. Das Herzogtum Lothringen wehrte sich immer dagegen, ein Teil von Frankreich zu sein. Der Bürgerkrieg im amerikanischen Süden brach aus, weil man die eigene Autonomie erlangen wollte. All die Satellitenstaaten der Sowjetunion wie Lettland, Litauen usw. haben ihre eigene Identität. Aber wir können keine Horoskope für sie erstellen, zumindest jetzt noch nicht.

Für einen walisischen, schottischen oder litauischen Patrioten mag das sehr ungerecht klingen. Aber wie ich schon sagte: Diese Mundanhoroskope sind politische Gebilde und sagen nichts über die Volksseele aus. Auch mit Deutschland haben wir dieses Problem. Das moderne Westdeutschland repräsentiert nicht das deutsche Volk in historischem Sinn. Vor Bismarck war Deutschland nie eine Einheit. Bayern war ein eigenes Königreich wie Preußen. Es gab einzelne Herzogtümer und Staaten, die lose unter der Herrschaft der alten habsburgischen Monarchie und des Heiligen Römischen Reiches zusammengefaßt waren. Es bleibt einem also nichts übrig, als sich mit dem Horoskop des nach dem Zweiten Weltkrieg entstandenen Westdeutschland zu begnügen.

Es gibt eine mystische Tradition, daß verschiedene Nationen auf seelischer Ebene von bestimmten Zeichen beherrscht werden. Man dachte, daß der wahre Volkscharakter durch ein bestimmtes Zeichen symbolisiert wird, unabhängig davon, welches politische Gebilde man dieser Volksseele zu irgendeiner Zeit der Geschichte aufzwang. Das ist eine reizvolle Idee, aber man kann natürlich nicht praktisch mit ihr arbeiten. Ich könnte mir vorstellen, daß Rußland Skorpion wäre und Deutschland beispielsweise Widder, aber ich könnte nie sicher sein, ob das nicht nur meine eigene Projektion auf das Land ist. Deshalb werden wir diesen Aspekt fallenlassen. Es ist so ähnlich, als wollte man ein Horoskop für das individuelle Selbst erstellen. Es ist ein wunderbares, äußerst anregendes Thema, aber man kann praktisch nichts damit anfangen. Es mag ja ganz schön sein zu glauben, daß man wie Alice Bailey für den siebten Strahl empfänglich ist und daß man eine Jungfrau-Seele hat. Aber schließlich muß man doch auf sein Geburtshoroskop zurückgreifen, denn das ist das Leben, mit dem man umgehen muß. Ich hoffe, daß ich keinen Waliser betrübt habe. Ich glaube jedoch nicht, denn ich habe den Eindruck, daß die Waliser eine ziemlich klare Vorstellung von der Seele haben.

Sechster Vortrag

Verschiedene Zuhörer haben mich über individuelle Konstellationen mit äußeren Planeten in ihren eigenen Horoskopen befragt, und ich möchte jetzt gerne über einige dieser Punkte sprechen. Eine Frage bezog sich auf die Auswirkung der Jupiter-Saturn-Konjunktion über einer Sonne im fünften Haus und über Neptun. Kurz gefaßt würde ich dazu sagen, daß es sich hier wahrscheinlich um die Eröffnung kreativer Möglichkeiten handelt. Die Sonne im fünften Haus ermöglicht nicht notwendigerweise Selbstausdruck, Spontaneität und Kreativität. Es besteht ein dauernder Kampf mit der Sonne, und erst in den Dreißigern kommt etwas in Bewegung. Neptun, der für die mystische, imaginative Welt steht, ist ein Hinweis dafür, daß Sie, um Ihren eigenen Individualitätssinn zu entwickeln, sich erst einmal eine Weile geöffnet haben müssen, um mit dem nicht rationalen Bereich in Berührung zu kommen. Ich habe den Eindruck, daß Sie jemand sind, der dringend eine Öffnung des Bewußtseins für die Welt der Träume, der Phantasien, Stimmungen und irrationalen Gefühle nötig hat, um sich wirklich als Individuum fühlen zu können. Ich glaube, daß Jupiter eine Öffnung für diese Welt möglich machen könnte, während Saturn eine andere Äußerungsmöglichkeit dafür fordert als emotionale Hysterie oder wilde Wunschvorstellungen über das, was Sie eines Tages tun könnten.

FRAGE: Das ist sehr interessant, da die Konjunktion die Sonne schon einmal berührt hat und ich damals eine Zeit der Auflösung erlebte. Es war eine sehr wichtige Erfahrung; ich bin jedoch besorgt, was geschehen würde, wenn die Konjunktion das zweite Mal über meine Sonne wandern würde.

LIZ GREENE: Es wird nichts geschehen, das sich sehr unterscheidet von dem, was schon in Bewegung gesetzt wurde. Sie werden vielleicht nur verschiedene Facetten des gleichen Grundproblems sehen. Wenn ein Planet eine rückläufige Bewegung über einem bestimmten Punkt im Horoskop macht, so ist das ein wenig wie eine Folge von Kapiteln im gleichen Buch. Es geschehen verschiedene Dinge, aber der rote Faden bleibt derselbe. Auch wenn sehr unterschiedliche

Ereignisse eintreten, die grundlegende Bedeutung ist die allmähliche Bewußtmachung dessen, was der Geburtsplanet repräsentiert. Ich habe beobachtet, daß der erste Transit oft einen neuen Bereich eröffnet – man entdeckt etwas Neues, entweder in der Außenwelt oder im Inneren. Der rückläufige Transit im zweiten Zyklus ist eine Art Konsolidierung und die Bemühung um Verständnis des Geschehenen. Oft ist darin aber eine Blockierung, etwas Ungelöstes enthalten. Man kann noch nichts mit den neuen Einsichten anfangen. Wenn der Planet sich wieder in der ursprünglichen Richtung bewegt, folgt das dritte Kapitel; jetzt geschieht meistens ein Durchbruch oder eine äußere Veränderung, die einem erlaubt, aus dem Gelernten Nutzen zu ziehen. Die Ereignisse mögen einen überraschen, aber das zugrundeliegende Motiv ist das gleiche.

FRAGE: Ich habe Sonne, Mond und Jupiter in Stier und Merkur in Zwillinge. Ich weiß nicht sehr viel darüber. Ich weiß auch nicht, ob Sie etwas dazu sagen möchten.

LIZ GREENE: Nicht gerne. Das gehört zu einer grundlegenden Interpretation, mit der ich mich jetzt nicht beschäftigen möchte, da es mir um das große Thema des Kollektiven geht. Vielleicht will jemand anders etwas dazu sagen.

PUBLIKUM: Ich habe Merkur in den Zwillingen wie diese Dame, das läßt mich zur Gesprächigkeit neigen.

LIZ GREENE: Vielleicht können Sie miteinander sprechen. Wenn Merkur in einem anderen Zeichen als die Sonne ist, so glaube ich, daß das, was der einzelne sagt und was seine wirklichen Motive sind, oft sehr verschieden ist. Vielleicht gilt das für Sie. Merkur in den Zwillingen ist sehr schnell, beweglich und vielseitig. Er ist sehr schlagfertig und überschaut die Dinge rasch. Stier ist ein sehr viel langsameres Zeichen, seine Werte sind viel erdhafter. Ich glaube, daß Ihr Kopf schneller ist als das übrige. Es kann eine ganze Weile dauern, bis Sie das zustande bringen, was Sie wirklich wollen.

FRAGE: Können Sie mir etwas über meine Venus-Pluto-Konjunktion im zehnten Haus sagen?

LIZ GREENE: Ich glaube, ich habe schon vorher etwas über Venus und Pluto gesagt. Venus beherrscht die Ideale und

Werte, die man im Bereich der menschlichen Beziehungen hat. Wenn Venus sich mit Pluto verbindet, so deutet das meiner Meinung nach darauf hin, daß Sie diese Werte auf einer höheren Ebene entwickeln müssen als die gewöhnlichen sozialen Definitionen es zulassen. Pluto zwingt einen, sich mit der unbewußten Seite einer Beziehung auseinanderzusetzen, was zugleich bereichernd und erschreckend sein kann. Wenn Sie eine Beziehung auf diese Art von Aufrichtigkeit gründen, dann könnte sie lebbar sein. Wenn Sie aber an einer oberflächlicheren Interpretation der Liebe hängenbleiben, wird die Beziehung wahrscheinlich zerbrechen. Das soll nicht heißen, daß Venus in Konjunktion mit Pluto Unglück bringt. Aber sie reicht in Ebenen hinein, mit denen die meisten von uns nichts zu tun haben wollen: Zum Beispiel den unvermeidlichen Haß und Machtkampf, der mit einer starken Liebe einhergeht. Auch der unlösbare Konflikt zwischen Männlichem und Weiblichem wird dadurch sichtbar. Diese Dinge müssen in der Beziehung bewußt gemacht werden. Wenn Sie und Ihr Partner sich jeden Morgen hinter der Tageszeitung verstecken und so tun, als sei alles in bester Ordnung, so beschwören Sie auf jeden Fall Schwierigkeiten herauf, falls Sie eine Venus-Pluto-Konjunktion im Horoskop haben. Die Tatsache, daß diese Konjunktion in Ihr zehntes Haus fällt, scheint mir darauf hinzuweisen, daß Sie sowohl heftige Leidenschaften wie Machtgelüste mit Ihrer Mutter assoziieren. Deshalb wollen Sie vielleicht vermeiden, sich damit zu identifizieren, anstatt sie selbst auszuleben. Ich nehme an, daß Sie also auch Probleme mit Ihrer Mutter haben, die es Ihnen erschweren, die komplizierteren Ebenen in dieser Beziehung in Ihr Leben einzulassen. Damit müssen Sie sich wahrscheinlich auseinandersetzen.

FRAGE: Ich möchte eine Frage stellen, bei der es um Horoskopvergleich in Zusammenhang mit Pluto geht. Ich habe Saturn im zwölften Haus, und er steht mit dem Pluto meiner Partnerin ebenfalls im zwölften Haus in Konjunktion.

LIZ GREENE: Es ist gut, daß Sie das fragen, denn ich wollte ohnehin über die äußeren Planeten im Zusammenhang mit Synastrie sprechen. Erinnern Sie sich bitte an das Gebirge, das ich Ihnen zu Anfang an die Tafel gezeichnet habe. Aus der

Tiefe steigen starke Triebe und Bilder auf, die von Saturn an der Grenze des Ich aufgehalten werden. In Zusammenhang mit Pluto sind das unzivilisierte Urtriebe. In einem individuellen Horoskop, in dem Saturn und Pluto in Konjunktion stehen, erschrecken diese primitiven Wünsche und Emotionen das Individuum, das wahrscheinlich versuchen wird, sie unter Kontrolle zu halten. Irgendwann einmal werden sie die Grenze durchbrechen, und das um so heftiger, je stärker sie unterdrückt wurden. Saturn-Pluto-Menschen zwingen sich zu übertriebener Selbstkontrolle, wenn sie nicht bereit sind, sich der Herausforderung anzunehmen und diese wilde, leidenschaftliche, instinktgebundene Kreatur, die im Innersten ihres animalischen Selbst lebt, zu akzeptieren und zu integrieren. Dasselbe Prinzip gilt, wenn die Konjunktion durch den Vergleich zweier Horoskope auftritt.

Ich ahne, daß das einen Machtkampf bedeutet, daß es aber nicht unbedingt negativ sein muß, wenn Sie sich beide dessen bewußt sind. Pluto wird versuchen, die Abwehrmechanismen Saturns zu durchbrechen, meist durch emotionale oder sexuelle Kanäle. Saturn wiederum wird versuchen, Pluto unter Kontrolle zu halten, da er Angst vor der Intensität hat, die in die Partnerschaft einbrechen könnte. Pluto rächt sich an Saturn mit düsteren Stimmungen, Szenen und zähem Schweigen. In diesem Kampf siegt wahrscheinlich Pluto, wenn von Siegen die Rede sein kann, denn Pluto ist ein kollektiver Planet und repräsentiert ein vitales Bedürfnis aller Männer und Frauen, nicht nur die persönlichen Gefühle des Individuums. Saturn hat Angst vor der Macht des Pluto. Die typischen Abwehrmechanismen des Saturn bestehen in Hyperrationalität, Kälte, Kritikabwehr und einer Atmosphäre, in der man jederzeit auf eine kalte Dusche gefaßt sein muß und die es dem anderen schwer macht. Im Laufe der Zeit bricht Pluto etwas von der Starre des Saturn auf, und Saturn hilft, Pluto zivilisierter zu machen. Ich glaube, daß das keine schlechte Verbindung ist. Aber ich glaube auch, daß man dazu viel Aufrichtigkeit sich selbst und dem anderen gegenüber braucht. Pluto ist Träger der Projektion der dunklen Mutter, und da Sie dieses archetypische Bild wahrscheinlich mit dieser Frau verbinden, haben Sie wohl große Angst vor der Kraft Ihrer Sexualität und Ihrer Gefühle. Ich glaube, daß Sie versuchen müssen, das archetypische Bild von der wirklichen Frau zu trennen, die wahrscheinlich nicht die Hexe Ihrer Phantasien ist.

Was Aspekte wie diesen so schwierig macht, ist die Abwehr der Menschen dagegen, mit ihnen umzugehen. Ich glaube, in Beziehungen mit solchen Konstellationen braucht man eine gewisse Nacktheit, während das Abwehrverhalten falschen Stolz, Manipulationen und Tricks vorschiebt, um zu verhindern, daß der Partner unsere Angst und unsere Bedürfnisse sieht. Pluto bringt uns besonders in Verlegenheit, weil die meisten von uns mit dem Bild leben, freundliche, zivilisierte Menschen ohne all diese wilden, unerbittlichen Emotionen zu sein. Aber ich vermute, daß Vergleichsaspekte wie diese große Entwicklungsmöglichkeiten beinhalten, wenn man bereit ist, sich der Herausforderung zu stellen. Beziehungen wie diese zwingen uns zur Vertiefung und zum Wachstum. Wenn Sie es einfach und bequem haben möchten, wenn Sie fürchten, in Frage gestellt zu werden, dann sollten Sie die Finger von solch einer Beziehung lassen. Sie können mit einer solchen Beziehung nicht in konventioneller Weise umgehen und hoffen, daß alles seinen ruhigen Gang geht, während Sie sich vielleicht Wichtigerem zuwenden. Daß Sie sich darauf eingelassen haben, scheint mir jedoch zu zeigen, daß Sie eine Vertiefung nicht scheuen, und so ist die Beziehung vielleicht genau das, was Sie brauchen.

Ich glaube, daß Aspekte wie diese manchmal sehr schmerzhaft und schlimm sein können. Sie führen zuweilen auch zu einem traurigen Ausgang und zu Trennungen. Aber das Gegenteil ist ebenso wahr: Das tiefe Gefühl der Intimität und Zusammengehörigkeit ist größer und dauerhafter als der begrenztere Rahmen, in dem sich Beziehungen bei oberflächlicheren Menschen abspielen. Wenn Sie im Bereich der Beziehungen Ihre ureigenen Werte haben und sich nicht den gesellschaftlichen Vorstellungen beugen, werden Sie mit Aspekten wie diesen gut zurechtkommen. Aber Sie müssen sich von der konventionellen Vorstellung einer normalen Beziehung freimachen.

FRAGE: Könnten Sie etwas zu Pluto am MC sagen?

LIZ GREENE: Ja, ich sollte etwas über die äußeren Planeten im allgemeinen sagen, wenn sie am MC stehen. Betrachten wir uns zunächst die MC-IC-Achse selbst. Das MC oder medium coeli ist vor allem das Erbe der Mutter. Es ist das, was von der mütterlichen Linie auf einen herabgekommen ist, es muß in der Welt konkretisiert werden. Die Mutter ist unter anderem ein Symbol der Form, der Materie und der physischen Realität. Sie ist der Körper, durch den wir ins Leben kommen. Mutter und Welt haben miteinander zu tun, und das mütterliche Erbe hat mit der Berufung im Leben zu tun. Dieser Punkt im Horoskop betrifft nicht unseren Job. Er betrifft unsere Berufung oder die Bestimmung, die Ideale, die wir in der Welt zu verwirklichen versuchen. Etwas, das mir in Zusammenhang mit den äußeren Planeten am medium coeli auffiel, ist die Schwierigkeit, sich mit einem gewöhnlichen Beruf zufrieden zu geben. Der Betreffende muß das Gefühl haben, in irgendeiner Weise für die anderen und mit ihnen zu arbeiten. Es dauert oft lange, bis er eine Arbeit findet, die wirklich zu ihm paßt und die ihn erfüllt. Die äußeren Planeten sind ein sehr mächtiges psychisches Erbe der Mutter; sie wirkt oft sehr stark und bedrohlich, da ein unausgedrückter heftiger Drang, eine Dynamik in ihr liegt, die das Kind konkretisieren muß.

Man hat Pluto teilweise mit der dunklen Seite der menschlichen Natur, mit den Tiefen des unerlösten, unzivilisierten Schattens in Verbindung gebracht. Es ist das von der Gesellschaft abgelehnte Böse, das jedoch große Vitalität und Urkraft in sich birgt. Pluto am MC deutet also darauf hin, daß Sie eine Arbeit finden müssen, die Ihnen hilft, sich dieser dunklen Seite des Lebens zu stellen und sie zu gestalten. Pluto repräsentiert Macht, die Macht des Unbewußten und den Instinkt. Bei Pluto tritt immer das Problem auf, daß derjenige, der es lernen muß, mit der Macht umzugehen, eine Zeitlang ihr Opfer gewesen sein muß. Sonst kann er sie nicht verantwortlich nutzen. Es ist mir aufgefallen, daß Pluto am MC zu Berufen drängt, die sich mit dem Dunklen auseinandersetzen, wie Medizin und Psychologie, und auch zu Berufen, die mit der Schattenseite der Gesellschaft zu tun haben, was natürlich auch in den politischen Bereich hineinreicht. Carter und Nixon haben beide Pluto im zehnten Haus. Bei dieser Konstellation ist die Mutter ungeheuer mächtig, und das Individuum fühlt sich oft als ihr Opfer.

FRAGE: Mein Pluto im zehnten Haus hat keine wichtigen Aspekte mit anderen Planeten.

LIZ GREENE: Ich glaube, daß Sie sich in dem Fall der Tatsache, daß er überhaupt eine Rolle für Sie spielt, nicht sehr bewußt sind. Ein unaspektierter Planet verhält sich sehr autonom. Ich glaube, ich sprach bereits davon. Er projiziert sich selbst oft nach außen auf jemanden oder etwas anderes, da das übrige Horoskop nicht in natürlicher Beziehung zu ihm steht. In diesem Fall wird er wahrscheinlich eine mit der Mutter verbundene, schreckliche und eher dunkle Macht repräsentieren, die Sie vielleicht gar nicht als Teil Ihrer selbst wahrnehmen. Es könnte sein, daß Sie diese Macht in die Gesellschaft projizieren, in große Organisationen, in die Regierung, irgendwohin, wo Sie die Macht vermuten und sich von ihr überwältigt und bedroht fühlen. Aber letzten Endes müssen Sie doch versuchen, damit umzugehen. Ich glaube, daß Pluto sehr schicksalhaft wirken kann, weil er eine blinde, instinktgebundene Kraft ist. Man hat sie sich nicht selbst gewählt. Wenn Sie vielleicht ein Arbeitsgebiet fänden, das es Ihnen wirklich ermöglichte, sich mit dieser Dunkelheit auseinanderzusetzen, wären Sie fasziniert davon, hätten aber irgendwie immer das Gefühl, es sei nicht das, was Sie eigentlich tun wollten.

Äußere Planeten im zehnten Haus können viele Probleme im normalen Arbeitsleben schaffen, da das MC für die Seite steht, von der die Welt einen sieht. Wenn Pluto sehr unbewußt in einem wirkt, können sich die Menschen, mit denen man arbeitet, aus unersichtlichem Grund durch einen bedroht fühlen oder in Machtkämpfe mit einem geraten. Die anderen fühlen etwas Bedrohliches und wehren sich, während Sie selbst den Eindruck haben, angegriffen zu werden. Und dann hat man das sogenannte Autoritätsproblem, das Pluto im zehnten Haus oft bewirkt. Aber man muß es sich selbst bewußt machen. Es ist nicht wirklich die Mutter.

Ein ähnliches Problem entsteht mit Uranus und Neptun am MC. Der Versuch, sich in das gewöhnliche Arbeitsleben einzufügen, bringt immer Schwierigkeiten mit sich, denn unterschwellig ist immer eine gewisse Rastlosigkeit und Unzufriedenheit da, der Wunsch, sich in irgendeiner Weise mit dem Kollektiven auseinanderzusetzen. Ist einem das selbst sehr unbewußt, spüren es andere Menschen und reagieren darauf. Durch die Art, wie man Ihnen am Arbeitsplatz begegnet, können Sie viel über Ihr zehntes Haus erfahren. Ich glaube, daß das übliche Schlüsselwort aus den Lehrbüchern, *ungewöhnliche Berufe,* wirklich stimmt. Diese Planeten im zehnten Haus brauchen Betätigungen, die mit dem psychischen Leben der Gruppe zu tun haben. Deshalb findet man so viele dieser Menschen im Gebiet der Unterhaltung wie Film und Musik, auf der Bühne und in der politischen Arena sowie in Bereichen der Forschung, auf denen ein großer Durchbruch zu erwarten ist.

FRAGE: Gilt das auch für mich mit dem Mond in Konjunktion zu Uranus im Krebs am MC?

LIZ GREENE: Ja, im allgemeinen gilt hier das gleiche. Aber Uranus hat nichts zu tun mit der unerlösten Schattenseite des Lebens. Er steht in Verbindung mit der neuen Idee, die das Bewußtsein erweitert, und der neuen Entdeckung, die die Gesellschaft aufklärt oder weiterbringt. Uranus braucht eine geistig lebendige Atmosphäre, Einengungen und Begrenzungen verursachen natürlich Probleme für ihn. Der Mond steht für das Bedürfnis nach Sicherheit, und so brauchen Sie diesen Drang, anderen neue Dinge nahezubringen auch, um Ihre emotionale Stabilität zu sichern. Der Tradition nach kann ein Uranus im zehnten Haus nicht gut für andere Menschen arbeiten. Es ist der klassische Typ eines Menschen, der es nicht ertragen kann, daß jemand über ihm steht und ihm sagt, was er zu tun oder zu denken habe. Er muß frei sein, um sich mit seinen neuen Ideen beschäftigen zu können. Diese Art von Konstellation weist auf die verschiedensten Möglichkeiten hin, durch die man das Bewußtsein der Menschen, mit denen man zu tun hat, verändern kann, also Berufe im Bereich der Medien, im Bereich der Kommunikation, der Erziehung etc.

Der Mond ist der Anker des Horoskops. Es ist der Ort, an dem wir Sicherheit suchen. Wenn alles andere zu Bruch geht, so fliehen wir in das Haus, in dem der Mond plaziert ist. Sie würden sich also in Ihre Karriere flüchten, das Gefühl, für die Menschen nützlich zu sein. In gewissem Sinne flüchten Sie auch in die Arme Ihrer Mutter. Der Mond im zehnten Haus ist eine sehr starke emotionale Bindung an die Mutter. Man empfindet ähnlich wie sie, hat ähnliche Haltungen. Das eher Rebellische, Reizbare, Impulsive, Inspirierte von Mond-Uranus ist das mütterliche Erbe.

Es ist auch der schwierige Aspekt der Beziehung zur Mutter, die Ambivalenz, die sie selbst empfunden haben muß, überhaupt Mutter zu sein. Das Bedürfnis, Ideen in Bewegung zu setzen und mitzuteilen ist das der Mutter wie Ihres, obwohl sie wahrscheinlich nicht in der Lage war, es in ihrem Leben zu verwirklichen. Deshalb müssen Sie in gewissem Sinn ungelebtes Leben für ihre Mutter ausleben und etwas zu einer Welt beitragen, die außerhalb des unmittelbaren Familienumkreises liegt.

FRAGE: Darf ich Sie etwas anderes in diesem Zusammenhang fragen? Ich kann das, was Sie sagen, auf mein Horoskop anwenden, bei dem Uranus auch am MC steht. Aber bei mir bildet er ein Quadrat zu Venus. Ich habe das Gefühl, daß dadurch meine Ideen und Neuerungswünsche nie verwirklicht werden. Zumindest empfinde ich es so.

LIZ GREENE: In welchem Haus steht Ihre Venus?

ANTWORT: Am Aszendenten.

LIZ GREENE: Ich glaube, daß ein Quadrat zwischen Venus und Uranus im allgemeinen auf einen starken Konflikt hinweist zwischen dem Bedürfnis nach Gemeinschaft und dem Drang, seine eigenen Visionen und wunderbaren Ideen zu verfolgen, mit denen man die Welt verändern möchte. Ein Venus-Uranus-Quadrat kann Ihre Beziehungen zu anderen Menschen tatsächlich stören; vielleicht distanzieren Sie sich auch von Menschen, deren Hilfe Sie bräuchten, und können deshalb die Dinge nicht zu Ende bringen. Venus am Aszendenten verleiht der Persönlichkeit bestimmte Qualitäten, läßt sie angenehm, vernünftig und freundlich wirken. Sie wird immer versuchen zu vermitteln, den Frieden zu erhalten und anderen zu gefallen. Aber Uranus am medium coeli kümmert es natürlich keineswegs, ob er anderen paßt. Er bringt eine starke Instabilität mit sich, die zum Teil die Instabilität der ursprünglichen Mutterbeziehung widerspiegelt. Wenn Uranus die Mutter beschreibt, so habe ich immer das Gefühl, daß sie zunächst sehr unglücklich war, Mutter zu werden. Die Instabilität, die hier zum Ausdruck kommt, hängt zugleich mit dem Mangel an Engagement der Mutter und dem gleichen Mangel an Engagement bei Ihnen selbst zusammen.

Ich glaube, daß Sie leicht Angst haben, jemanden zu kränken mit Ihren Ideen. Quadrate bringen große Schwankungen mit sich. Sie können dem unabhängigen Geist nicht folgen, weil Sie Menschen brauchen, die wie Sie selbst sind; da Sie es jedoch nicht ertragen können, andere Menschen zu brauchen, laufen Sie im kritischen Augenblick davon. Venus-Uranus-Aspekte bringen große Unsicherheit mit sich. Man hat in seiner Jugend unter dem Zerbrechen oder der Auflösung von Beziehungen gelitten und neigt dazu, das gleiche später immer wieder zu erwarten. Ich glaube, Sie müßten eine Möglichkeit finden, beide Enden dieses Quadrats zu leben. Venus und Uranus sind nicht unversöhnbar miteinander. Es scheint nur oft so, vor allem wenn man sieht, wie Menschen mit diesem Aspekt sich anstellen, wenn es um dauerhafte Beziehungen geht. Ja, ich will. Nein, ich will nicht. Immer diese Angst davor, daß jemand einem die Freiheit nimmt, wo es doch in Wirklichkeit die eigene Sehnsucht nach einer Beziehung ist, die dem Verlangen nach vollkommener Freiheit widerspricht.

Venus-Uranus hat oft Angst vor Kompromissen, da Uranus beherrscht wird von dem Ideal vollkommener, notfalls auch brutaler Ehrlichkeit. Man hört Venus-Uranus-Menschen oft darüber sprechen, daß man einander nicht besitzen könne und daß eine von Eifersucht und Emotionalität beherrschte Beziehung unentwickelt sei. Das ist das uranische Ideal. Aber diese Menschen werden oft durch ihre eigenen unbewußten emotionalen Bedürfnisse in eine Krise gestürzt. Manchmal geschieht das durch die Probleme mit einem anderen Menschen, aber manchmal sind es auch die unterdrückten Gefühle, die sich als Apathie oder Depression oder die Unfähigkeit, irgend etwas zu Ende zu bringen, äußern. Ich glaube, daß Sie lernen müssen, beide Enden des Quadrats anzunehmen. Je ehrlicher Sie sich Ihr Bedürfnis nach der Nähe anderer Menschen eingestehen, desto leichter werden Sie es mit diesem schwierigen Aspekt haben. Wenn Sie sich aber ganz auf die Seite von Uranus schlagen, wird sich Venus rächen. Ebenso wird Uranus Ihre Beziehungen sabotieren, indem er unbewußte Feindschaft erzeugt, wenn Sie, von Venus beeinflußt, versuchen, bei allen beliebt zu sein. Mit einem Quadrat zwischen zwei Planeten ist es wie mit zwei Charakteren in einem Theaterstück. Sie müssen miteinander streiten, auch wenn sie nicht wollen, da das Stück es vorschreibt. Sie zanken sich immer mehr, und jede Seite wird immer kompromißloser. Uranus hat wirklich Angst, zu human zu sein, und Venus hat schreckliche Angst, allein und inhuman zu sein. Dieselbe Dynamik können Sie bei Venus im Quadrat zu Pluto oder Neptun sehen. Venus sehnt sich nach freundlichen, angenehmen, glücklichen Beziehungen, und Pluto besteht darauf, daß Liebe ohne Haß, Konflikte, Kämpfe und Versöhnungen nichts wert sei. Oder Venus möchte eine solide, sichere, physisch reale Beziehung, aber Neptun meint, nur die geistigen Dinge hätten Wert, und Sexualität sei sicher nicht der Weg zu Höherem. Man muß beiden Seiten Raum in seinem Leben geben.

FRAGE: Ich habe Venus im Quadrat zu Saturn und Uranus, die im zwölften Haus stehen. Venus steht in der Jungfrau im vierten Haus. Heißt das, daß bei mir nicht nur zwei, sondern drei Personen miteinander kämpfen?

LIZ GREENE: Ja, in gewissem Sinn bedeutet es das. Saturn geht es vor allem um Selbstschutz, nicht um Beziehungen. Saturn ist die Stimme, die uns davor warnt, anderen Menschen gegenüber zu verletzlich oder zu abhängig zu sein. Uranus wehrt sich gegen Bindungen, aber aus anderen Gründen. Das Ideal der Freiheit gerät in Widerstreit zu den Forderungen, die aus dem Umgang mit anderen entstehen. Und natürlich sind Saturn und Uranus einander in vieler Hinsicht feindlich gesinnt, da Saturn am Sicheren, Praktischen festhält, während Uranus im Namen eines Ideales alles wagt.

Diese Konstellation läßt mich vermuten, daß Sie große Schwierigkeiten haben, herauszufinden, ob Beziehungen für Sie überhaupt wichtig sind. Wenn Sie die Saturn-Uranus-Seite des Quadrates projizieren, werden oder wurden Sie wahrscheinlich von jemandem sehr verletzt, der ihnen nicht die ersehnte Zuwendung schenkt. Wenn Sie sich den Konflikt jedoch bewußt machen und erkennen, daß es Ihr eigenes Problem ist, werden Sie wahrscheinlich Schwierigkeiten haben, anderen Menschen zu vertrauen und Ihre Bedürfnisse zu zeigen. Manchmal habe ich erlebt, daß diese Konstellation eine kalte Ausstrahlung bewirkt, aber es ist nicht Kälte, sondern große Angst, verletzt zu werden und daran gehindert zu werden, ein unabhängiges Individuum zu sein. Man fürchtet, den anderen zu verlieren, und will das Risiko nicht auf sich nehmen. Vieles davon hat sicher mit Kindheitserfahrungen zu tun, da diese Konstellation oft den physischen oder psychologischen Verlust eines Elternteiles bedeutet und da die Angst vor Trennungen hier sehr tief geht.

Saturn im zwölften Haus hat etwas sehr Mißtrauisches, da er sich gegen alles wehrt, was die starke Position des Ego unterminieren könnte, und das zwölfte Haus setzt einen dem Chaos und der Grenzenlosigkeit des Unbewußten aus. Ich könnte mir deshalb denken, daß Sie nicht nur Angst vor Intimität haben, weil Sie Zurückweisungen und Verlassenwerden fürchten, sondern auch, weil Sie fürchten, sich selbst zu verlieren, wenn Sie einen anderen Menschen die Grenzen überschreiten lassen. Tiefe Beziehungen drohen ans Licht zu bringen, was man über sich selbst nicht weiß oder verbirgt. Was ich aus dem Horoskop nicht ablesen kann, ist, ob Sie dieses Mißtrauen und Ihre Verschlossenheit selbst ausagieren oder ob Sie andere Menschen finden, die das für Sie tun. Mit Venus in der Jungfrau ist es wahrscheinlich, daß Sie selbst sich anderen nicht öffnen können.

Ich glaube nicht, daß die unversöhnlichen Gegensätze des Quadrates bestehenbleiben müssen. Sie können eine lange Entwicklung hin zu einer Art Versöhnung machen. Zwar wird sie nie vollkommen sein, und es würde mich überraschen, wenn Sie je in einer Beziehung hundert Prozent sicher über Ihr eigenes Engagement oder das Ihres Partners wären. Ich glaube jedoch, daß die extremeren Reaktionen auf Aspekte wie diese nicht immer wieder auftreten müssen. Venus-Saturn hat die Tendenz, auf eine Verletzung oder Enttäuschung in der Liebe mit gespielter Überheblichkeit und Gleichgültigkeit zu reagieren. Venus-Saturn-Menschen können sehr schwarz sehen im Hinblick auf ihre zukünftigen Beziehungen, die doch alle scheitern werden. Sie erleben eine in der Kindheit erlittene Wunde als zukünftig und nicht als vergangen. Dann schaffen sie sich auch diese Zukunft, weil sie sich nie öffnen. Aber Einsamkeit und das Annehmen von Trennungen ist etwas, was Menschen mit diesem Aspekt unbedingt lernen müssen. Wenn solche Menschen die Begrenzungen anderer liebevoll akzeptieren können und nicht immer nach dem verlorenen Elternteil suchen und dann wütend werden, weil der Partner nicht perfekt ist, dann werden sie schließlich zu einer Überwindung des Problems durch Mitgefühl und Verständnis gelangen. Uranus kann so etwas nur sehr schwer akzeptieren, da er so starre Vorstellungen davon hat, wie alles zu sein habe. Ich glaube, Sie müssen lernen, daß andere Menschen ebenso Angst davor haben, verletzt zu werden, und daß Sie mit übertriebener Sensibilität Beziehungen vielleicht zerstören, die sehr erfüllend sein könnten, selbst wenn sie nicht alle Wunschträume erfüllen.

Eine der Hauptschwierigkeiten bei Konstellationen wie dieser, bei denen die äußeren Planeten eine Rolle spielen, ist die Unbrauchbarkeit kollektiver Werte und Maßstäbe hinsichtlich menschlicher Beziehungen. Wenn ich hier das Wort kollektiv gebrauche, so meine ich übrigens nicht das kollektive Unbewußte im Sinne unterschwelliger Strömungen, die in die Gesellschaft hereinbrechen, wie ich sie beschrieben habe. Ich meine soziale Gesetze, soziale Maßstäbe auf einer bewußten Ebene, die man uns anerzogen hat. In den Augen des Kollektiven in diesem Sinne, also der Gesellschaft, ist die Ehe etwas, das absolute Erfüllung bringen muß, und wenn es Probleme gibt, so müssen sie innerhalb des unerschütterlichen Rahmens dieser Ehe gelöst werden. Aber Uranus ist der Institution der Ehe wie sie praktiziert wird gegenüber sehr unduldsam, und der Idealismus dieses Planeten ist nicht nur Illusion. Er hat den starken Impuls, etwas zu verändern oder zu verbessern, das zu starr oder unlebendig geworden ist. Manchmal scheut sich Uranus nicht vor lächerlichen Extremen; er leugnet die psychologischen Unterschiede zwischen Mann und Frau und die archetypische Bedeutung der Ehe als Symbol. Aber wenn man einen Aspekt zwischen Venus und Uranus hat, muß man Beziehungen wieder mit neuen Augen sehen lernen. Kollektive Maßstäbe können da keine große Hilfe sein. Die Kunst bestünde, so glaube ich, darin, das Neue mit dem Alten in Einklang zu bringen, anstatt etwas Wertvolles im Namen einer theoretischen Freiheit zu stören.

Das gleiche Problem gibt es bei Neptun und Pluto. Sie treiben den Menschen in Erfahrungen, für die die Gesellschaft weder eine Erklärung noch Nachsicht hat. Pluto zeigt uns das Tier in uns selbst; wir lernen, daß es entweder ausgerottet oder unterdrückt werden muß. Tun wir das jedoch zu gewaltsam, dann wird unser Leben völlig leidenschaftslos. Und Neptun versucht die Überbetonung des Materiellen im Bewußtsein zu zerstören, damit in allen Lebensbereichen ein Hauch des Göttlichen erfahren werden kann. Die äußeren Planeten zwingen uns, ganz individuelle Wege zu gehen, da sie immer das Neue personifizieren, das noch nicht fester Bestandteil der sozialen Konditionierung ist. Mit Venus im Aspekt zu Uranus hat man nicht nur eine völlig ungewöhnliche Vorstellung von der Liebe, sondern ist auch der Anarchie und dem Chaos des Uranus ausgesetzt, der nur das sieht, was zerstört werden muß, ohne den Wert der Dinge zu erkennen, die in das Neue hinübergerettet werden müssen.

FRAGE: Ich bin nicht mit Ihrer Gleichsetzung von Anarchie und Chaos einverstanden.

LIZ GREENE: Nun gut, für mich sind sie jedenfalls Synonyme. Anarchie ist für mich ein chaotischer Zustand. Es ist die Rebellion gegen das Bestehende, ohne die schöpferischen Möglichkeiten, die vorhandenen Werte in das Neue zu integrieren. Es ist die Zerstörung von Idolen, die man für böse hält, ohne einen Sinn für ihren Wert zu haben. Uranus kümmert sich nicht um Gefühlswerte, die subtil und schwer faßbar sind und im Widerspruch zu Ideologien stehen. Das mag im Prinzip falsch sein; dennoch kann es für ein Individuum richtig sein, weil sein Herz dem auf ganz irrationale und unerklärliche Weise zuneigt. Uranus muß auf dem Herzen herumtrampeln, da es sonst seinen allgemeinen Prinzipien im Wege steht. Ich glaube, daß Anarchie das negative Gesicht des Uranus ist, ebenso wie Sadismus und Ausbeutung die Schattenseiten von Pluto, Falschheit und Regression zur Infantilität die Schattenseiten von Neptun sind.

Die französische Revolution ist ein gutes Beispiel dafür, wie Uranus Amok läuft. Man errichtete der Vernunft einen Altar, und dennoch war dies ein zutiefst unvernünftiges Ereignis der Geschichte. Anfangs war die Idee, auf der die Revolution fußte, sehr vernünftig; angesichts der Korruption der herrschenden französischen Monarchie war eine Veränderung auch wirklich dringend notwendig. Aber als die Sache einmal ins Rollen gekommen war, artete sie zu einem Blutbad aus, und jeder Sinn für das rechte Maß ging verloren. Das Gefühl gibt uns dieses Maß, da es auf individuelle Situationen antwortet. Die französische Revolution verfiel in Anarchie oder ins Chaos, wenn Sie so wollen. Das meine ich. Die Anarchie des Uranus auf der Ebene der Beziehungen liegt in seiner Tendenz, Dinge zu zerstören, weil sie den Prinzipien nicht vollständig entsprechen, ohne sich darum zu bemühen, das, was einem richtigen Gefühl entspricht, zu retten.

Vielleicht wäre es heute hilfreich, diese äußeren Planeten wie Götter zu sehen, so wie es den Griechen und den Astrologen der Renaissance natürlich war. Das gilt für alle Planeten. Wenn Sie irgendein altes Pantheon studieren, so werden Sie finden, daß jedem Gott eine ganz bestimmte Identität und ganz bestimmte Attribute eigen waren. Alle Götter haben zwei Gesichter, ein schöpferisches und ein zerstörerisches. Jede Gottheit ist ohne die anderen unvollständig, und jede hat ihre Einseitigkeiten. Die äußeren Planeten haben eine ungeheuer schöpferische Seite, aber auch eine sehr zerstörerische. Beides gehört zusammen. Sie sind im guten wie im schlechten Sinn viel extremer als die inneren Planeten. Uranus verkörpert die menschliche Fähigkeit, das Leben durch Sinn und Ziel zu verwandeln, durch die Klarheit des Geistes. Hier lösen wir uns von den anderen Naturreichen, denn kein Tier kann in die Zukunft schauen und Hoffnungen daran knüpfen. Aber Uranus verkörpert auch die menschliche Fähigkeit, Leben zu zerstören, wenn es nicht dem Ideal einer besseren Zukunft gerecht wird. In der Mythologie ist Uranus so gnadenlos, seine eigenen Kinder unter der Erde im Tartaros zu verbergen, da er sie zu häßlich und zu irdisch findet.

Pluto verkörpert meiner Ansicht nach die Überlebenskraft der Natur, die stärker ist als Tod und Zerstörung und die nie ihre schöpferische Potenz verliert. In der Natur kann nie etwas ganz vernichtet werden, denn selbst wenn eine Spezies ausgelöscht wird, bleibt ihre Lebenskraft erhalten, und eine besser angepaßte Spezies entwickelt sich. Diese Art von Todlosigkeit ist keine spirituelle Unsterblichkeit, sondern die bloße Unzerstörbarkeit des Lebens. Aber Pluto verkörpert auch das schwarze Herz der Natur, das jedem Versuch der Kultivierung und der Zivilisierung widersteht und sich für jede Kränkung rächt, die man ihm zufügt, selbst wenn das im Namen des Fortschritts und der Entwicklung geschieht. Pluto verkörpert das, was die Furien in der griechischen Mythologie waren, die Rachegeister des Instinktlebens, die den Widerstand des anmaßenden Ego nicht dulden. Werden sie losgelassen, dann zerstören wir wie unter einem Zwang uns selbst und andere – das ist die Rache der Natur.

Neptun verkörpert das tiefere innere Wissen, daß die menschliche Seele vom Göttlichen herstammt und daß alles Lebendige zusammenhängt und aus der unerschöpflichen Quelle kreativen Lebens entspringt. Das ist eine tiefe Erfahrung des Herzens, die natürlich nicht rational bewiesen werden kann. Doch von ihr werden höchste ethische Impulse und unser Mitleid für alles Lebendige genährt. Ich glaube aber, daß Neptun auch den Teil von uns verkörpert, der sich weigert, die Verantwortung für unser eigenes Leben zu übernehmen, denn Neptun würde sich lieber in der Quelle ewiger Gnade baden und jemand anders für uns arbeiten und leiden lassen, nur damit wir die Einsamkeit des menschlichen Daseins nicht akzeptieren müssen. Das negative Gesicht Neptuns ist das eines Menschenfressers, der jede Manipulation und jeden Diebstahl im Namen des Opfers und der sogenannten Liebe rechtfertigt.

Sie können also sehen, daß jeder starke Kontakt mit einem äußeren Planeten beide Aspekte auslösen kann. Man kann das eine nicht ohne das andere haben. Die äußeren Planeten haben immer etwas Trügerisches, deshalb amüsiert es mich, wenn Astrologen sie für spirituell halten. Wenn diese Planeten etwas mit Venus zu tun bekommen oder im siebten oder achten Haus ihr Unwesen treiben, dann werden diese extremen Erfahrungen sich in persönlichen Beziehungen äußern. Man sieht, warum sie oberflächlicheren Menschen, die meinen, das würde schon alles gut gehen, wenn man vernünftig sei und mit dem Partner über alle Dinge spricht, soviele Schwierigkeiten bereiten. Die äußeren Planeten können immer ebensoviel zerstören, wie sie aufbauen. Nur durch das menschliche Ich mit seinen Werten können wir auf sie einwirken, sonst werden wir überwältigt von ihnen. Sie sind in vieler Hinsicht Götter, die dem jüdisch-christlichen Westen gar nicht willkommen sind.

Uranus, Neptun und Pluto passen nicht in das religiöse Dogma über die göttliche Natur. Befolgt man ernsthaft die Gesetze einer orthodoxen Religion, so können die äußeren Planeten ein riesiges Problem werden, weil sie uns zu irrationalem Verhalten verleiten und die konventionelle Ethik herausfordern. Natürlich können sie auch außerordentlich schöpferisch wirken, wenn man sich mit Kunst befaßt oder tiefe Beziehungen zu anderen Menschen hat, denn starke Kontakte mit äußeren Planeten bringen uns an die Wurzeln der Kräfte, die die Menschheit bewegen. Doch es ist, als trüge man eine Wunde, wenn man sich dieser Dinge bewußt ist. Man kann sich nie ein völlig klares Bild machen, und es ist immer dieses potentiell Zerstörerische anwesend. Manchmal habe ich den Eindruck, daß die inneren Planeten auf seltsame Weise unschuldig sind, da sie nicht auf den tiefsten Grund der Dinge gehen. Sie sind nicht extrem.

FRAGE: Gilt für ein Halbquadrat Ihrer Meinung nach das gleiche?

LIZ GREENE: Ein Halbquadrat ist wie ein abgeschwächtes Quadrat. Es gilt das gleiche Prinzip der Spannung, jedoch weniger heftig. Ja, es hat fast den gleichen Geschmack, jedoch mit zwei Teilen Wasser verdünnt.

FRAGE: Und der Quincunx-Aspekt?

LIZ GREENE: Jeder Aspekt mit einem äußeren Planeten bringt einen mit dieser Energie in Berührung. Ein Quincunx-Aspekt ist sehr irritierend, da in gewisser Weise Anziehung herrscht; die Zeichen, die in diesem Aspekt miteinander stehen, haben jeweils das, was dem anderen fehlt. Aber plötzlich stoßen sie sich gegenseitig ab, und so ist es ein sehr unsteter und beunruhigender Aspekt. Er ist nicht so aggressiv wie die Aspekte aus der Quadrat-Familie und verfällt nie in offenen Konflikt. Ich glaube, es ist hier ein bißchen wie bei den Freundschaften, in denen man sich wirklich bemüht, nett miteinander zu sein, und auch manchmal miteinander auskommt, wo aber am Ende des Abends immer kleine boshafte Bemerkungen fallen und die Atmosphäre sich abkühlt. Ist in einen Quincunx-Aspekt jedoch ein äußerer Planet einbezogen, dann müssen Sie ihn wohl betrachten wie jeden anderen Aspekt. Ein Aspekt ist eine erzwungene Ehe zwischen zwei Prinzipien, die vielleicht miteinander auskommen, vielleicht aber auch nicht. Und eine Scheidung ist nicht möglich.

FRAGE: Ich habe Neptun am Deszendenten. Können Sie etwas dazu sagen?

LIZ GREENE: Jeder Planet am Deszendenten betrifft das Bild des anderen, die Erwartungen des Partners, der, so hofft man, fast vollkommen ist. Planeten an dieser Häuserspitze neigen dazu, auf andere projiziert zu werden. Ich glaube, daß sie zwar zu uns gehören, daß wir sie aber nie als wirklich ganz zu uns gehörig empfinden. Wir brauchen einen anderen Menschen, um ihnen Leben zu verleihen, um sie zu aktivieren. Ich glaube, daß Neptun dazu neigt, eine Sehnsucht nach dem Erlöser wachzuhalten. Man hofft, daß der andere dieses magische, zärtliche, nie faßbare göttliche Geschöpf sein wird, das einen aus dem Schlamassel holt und einem die Erfahrung des Einsseins vermittelt. Ich glaube, man kann es auch anders sagen: Man sucht die Erfahrung des Göttlichen im Partner, was immer sehr gefährlich ist. Es entstehen phantastische, romantische Idealvorstellungen über Beziehungen. Man sieht den anderen nie klar, sondern immer durch einen rosa Schleier.

Dadurch erlebt man natürlich Desillusionierungen und Enttäuschungen, und man muß oft etwas opfern, denn in dem Maß, wie Neptun es sucht, wird man nie Gott in einem Menschen verkörpert finden. Diese Plazierung Neptuns wird merkwürdigerweise in den Lehrbüchern mit Betrug in Verbindung gebracht. Ich glaube, daß der Betrug nur durch den übertriebenen Idealismus entsteht, also Selbstbetrug ist. Wenn man wirklich glaubt, man hätte den Erlöser geheiratet, dann kann der arme Partner unter der Last der Projektion ins Wanken geraten, denn er oder sie darf sich nie menschlich verhalten. Oft macht sich solch ein Partner still davon, denn manchmal ist es schon ganz schön, als ein Mensch von Fleisch und Blut angesehen zu werden. Desillusionierungen können jemanden mit Neptun im siebten Haus auch dazu bringen, immer Ausschau zu halten und die Hoffnung nicht aufzugeben, daß der Erlöser doch noch erscheint. Mit Erlöser meine ich jemanden, dessen Liebe ihn von den eigenen Sünden reinigt. Neptun hat diese Hoffnung häufig. Wenn mich nur jemand genug liebte, so würde ich mich nicht mehr selbst hassen. Ist man sich dessen nicht bewußt, so haben Beziehungen keine große Chance. Ich glaube jedoch, daß es die Empfindung von etwas Göttlichem oder Ekstatischem in der Liebe geben kann, wenn man genug weiß, um nicht immer vom Partner zu erwarten, er solle es verkörpern.

FRAGE: Neptun transitiert im Augenblick mein MC. Könnte das meine Arbeit oder meine Partnerschaften beeinflussen, da Neptun im Geburtshoroskop am Deszendenten steht?

LIZ GREENE: Ich glaube, daß er beides beeinflussen wird. Das Endergebnis des Transits könnte in Veränderungen oder Erkenntnissen hinsichtlich Ihrer Beziehungen mit anderen bestehen. Der Bereich, in dem das geschieht, wird jedoch der Ihrer Ziele sein, denn das zehnte Haus betrifft nicht nur die Arbeit, sondern auch die Lebensziele. Es ist der Punkt, an dem wir versuchen, etwas aktiv zu erreichen. Ein Neptun-Transit am MC weist auf viel Verwirrung und Orientierungslosigkeit hin, eine Veränderung der Ziele und ein Gefühl der Unklarheit. Ich könnte mir denken, daß Sie bisher sehr genau wußten, wohin Ihr Weg ging, daß Sie sich dessen aber jetzt nicht mehr so sicher sind. Neptun lockt Sehnsüchte aus uns heraus nach etwas, das wir nicht erreichen können, ja das wir nicht einmal benennen können. Es kann sein, daß diese Veränderung und der Verlust der klaren Richtung mit einer Beziehung zu tun hat, so als sei der andere in gewisser Weise ein Katalysator. Aber vielleicht ist es eine Chance für Sie, etwas zu konkretisieren, was Sie früher nur in anderen Menschen suchten.

FRAGE: Meine Frau ist Musikerin, und ich bin auch Musiker, aber ich arbeite nicht professionell. Ich hatte in der letzten Zeit das Gefühl, daß wir beide zusammen arbeiten sollten.

LIZ GREENE: Ich hoffe, daß Sie das tun werden. Vielleicht ahnen Sie schon etwas davon, was Neptun Ihnen bringen könnte; wenn Sie daran arbeiten, so wird es wahrscheinlich nicht so phantastisch sein, wie Sie sich das vorgestellt haben, aber vielleicht werden Sie gegenüber Ihrem jetzigen Zustand eine Bereicherung erfahren.

FRAGE: Ich habe eine Saturn-Uranus-Konjunktion im sechsten Haus, die sehr nah am siebten steht. Würden Sie sie als zum sechsten oder zum siebten gehörig betrachten? Muß ich uranisch beeinflußte Beziehungen haben?

LIZ GREENE: Wollen Sie, daß ich Ihnen sage, ja, das müssen Sie? Es ist nicht so einfach, wie wenn man eine Pille verschreibt. Wahrscheinlich ist es das, was Sie sich insgeheim wünschen. Wenn ein Planet sehr nahe an einem Punkt wie dem Deszendenten oder dem Medium Coeli steht, aber noch im Haus davor, so richtet er seinen Einfluß auf das nächste Haus; dort wirkt er auch am stärksten. Es ist ein wenig so, als stünde jemand im Türrahmen und sähe in das nächste Zimmer. Sein Einfluß ist zwar noch spürbar in dem Zimmer, das er verläßt, aber sein Interesse richtet sich auf das Zimmer, das er jetzt betritt. Natürlich wird Uranus Ihre Beziehungen beeinflussen. Wahrscheinlich muß ich Ihnen das nicht sagen, denn die meisten Leute spüren es sehr genau, wenn Uranus seine Hand im Spiel hat. Die Komplexität bei Ihnen scheint in der Kombination von Uranus und Saturn zu liegen. Saturn hat, wie ich schon sagte, stark selbstbewahrende Tendenzen und vermeidet in Beziehungen entweder jede tiefe und dauerhafte Bindung, indem er nur ungefährliche und kurze Begegnungen zuläßt, oder er braucht eine Überbetonung der Sicherheit, Stabilität und Geregeltheit innerhalb der Beziehung. Saturn fürchtet jede Veränderung, es sei denn, der Betreffende hat die Veränderung selbst unter Kontrolle. Ich weiß nicht, ob Sie eher dazu neigen, Saturn auf Ihren Partner zu projizieren, und ihm die Schuld geben, daß er Sie einengt oder ob Sie eher Uranus projizieren und ihm vorwerfen, er nähe es nicht ernst genug. Sie leben jedenfalls in einem ziemlichen Dilemma zwischen dem Bedürfnis nach sicheren traditionellen Strukturen und dem Bedürfnis nach aufregenden neuen Begegnungen.

Meist siegt Uranus schließlich über Saturn, so daß sich in Ihren Beziehungen etwas dahingehend ändert, daß Sie ein wenig gelöster werden und nicht mehr so viel Mißtrauen den anderen Menschen gegenüber haben. Uranus im siebten Haus läßt eine Beziehung zu dem Katalysator werden, durch den Sie Ihre Vorstellungen von sich selbst und vom Leben verändern und weiterentwickeln können. Ich habe Menschen mit Uranus im siebten Haus gesehen, die immer den anderen verlassen, aber mir ist auch das Gegenteil begegnet, daß nämlich diese Menschen immer die Verlassenen sind. Jedenfalls ist es, als ob Uranus sagte: »Es tut mir leid, aber nichts im Leben ist so dauerhaft, wie du es gerne hättest.« Das verletzt Saturn natürlich, der am liebsten alles zu Stein erstarren ließe, damit man nicht mehr vom Leben verletzt werden kann.

Anders betrachtet, könnte man auch sagen, daß Uranus die Sphäre der Beziehungen mit neuen Augen sehen lehrt. Was für alle anderen gegolten hat, muß nicht für den gelten, der Uranus im siebten Haus hat, da er immer rastlos nach neuen Wegen der Begegnung mit anderen sucht, die besser sind als die alten Institutionen und Haltungen. Ist man sich dessen unbewußt oder fühlt sich davon bedroht, wird man wahrscheinlich einen übereilten Bruch herbeiführen, der einen dann ohnehin zu einer Auseinandersetzung mit dem Problem zwingt. Wenn Sie davon wissen und versuchen, konstruktiv damit zu arbeiten, dann kann Ihnen diese Konstellation dazu verhelfen, eine individuelle Beziehung zu gestalten, die erfüllend und frei von allem Konventionellen ist. Daß sie nicht ganz so verrückt ist, wie Uranus es sich wünschen würde, dafür sorgt Saturn im siebten Haus.

Ich glaube, daß wir das, was wir in unserem eigenen Leben lösen oder es zumindest einigermaßen in den Griff bekommen, auch anderen zugute kommen lassen können. Deshalb möchte ich abschließend zu dieser Konstellation sagen, daß Sie wahrscheinlich viel Einsicht in die allgemeineren und universelleren Ehe- und Beziehungsprobleme gewinnen können, da Ihnen das Fehlverhalten der Menschen so überdeutlich ist. Das kann eine große Gabe sein, wenn Sie auf einem Gebiet arbeiten, in dem Sie mit anderen in Berührung kommen. Interessanterweise hatten sowohl Jung als auch Freud, wie Sie sich erinnern werden, Uranus im siebten Haus, und ihre Erkenntnisse über die Dynamik der menschlichen Beziehungen haben vielen Menschen ganz neue Lebensmöglichkeiten eröffnet.

FRAGE: Was geschieht, wenn die äußeren Planeten unaspektiert sind?

LIZ GREENE: Ich glaube, ich habe darüber schon etwas in Zusammenhang mit Hitlers Horoskop gesagt. Wenn ein Planet unaspektiert ist, wird es sehr schwierig, sich seiner Anwesenheit bewußt zu sein. Er verbirgt sich. Und früher oder später macht er sich plötzlich heftig bemerkbar. Sie haben nicht dauernd mit ihm zu tun, wie Menschen, bei denen er stark aspektiert ist, aber wenn er dann einmal in Aktion tritt, dann beherrscht er eine Zeitlang Ihr ganzes Leben. Es ist mir aufgefallen, daß jemand, bei dem ein Planet unaspektiert ist, eine Neigung dazu hat, Partner anzuziehen, die diesen Planeten verkörpern oder deren Geburtskonstellation den unaspektierten Planeten berührt. Es ist so, als wolle der unbekannte Untermieter im Keller in das Leben im Haus miteinbezogen werden, aber er kann sich nicht ausdrücken, und er weiß nicht, wie er nach oben gelangt, und beginnt deshalb eine Flaschenpost nach der anderen aus dem Fenster zu werfen. Andere Menschen heben die Flaschen auf und klopfen an die Haustüre. So wird man indirekt dazu gezwungen, die versteckte Post zu entdecken.

Natürlich sind die Gründe, aus denen Menschen sich zueinander hingezogen fühlen, außerordentlich komplex und sehr geheimnisvoll, und wahrscheinlich werden wir nie alle Fragen beantworten können. Plato nannte Eros einen großen *daimon*, und es ist auch tatsächlich sehr viel Irrationales im Spiel, wenn wir uns angezogen oder abgestoßen fühlen, das mit psychologischen oder analytischen Mitteln nie ganz erfaßt werden kann. Ich glaube jedoch, daß viele Beziehungen ihre Wurzeln im elterlichen Bereich, vor allem in den ersten Jahren des Lebens haben. Wir neigen dazu, unsere Mutter- und Vaterprobleme und unsere Unsicherheit über unsere sexuelle Identität durch unseren Partner zu verarbeiten; sehr selten sieht man schon zu Beginn der Beziehung den Partner wie er ist. Von beiden wird alles mögliche projiziert, denn wir brauchen Beziehungen, um uns selbst zu entdecken. Ich glaube nicht, daß es überhaupt so etwas wie eine normale Beziehung gibt, und wenn die äußeren Planeten noch im Spiel sind, dann muß man sich wirklich von allen Vorstellungen über *normal* und *unnormal* frei machen.

Die äußeren Planeten lassen jedoch vermuten, daß etwas Umfassenderes als nur persönliche Elternprobleme veranlagt sind. Andererseits werden unsere Eltern auch manchmal in Zusammenhang mit der archetypischen Kraft der äußeren Planeten erfahren, und so spielen sie auch aus dieser Perspektive vielleicht wieder eine Rolle. Vom Einfluß äußerer Planeten gefärbte Beziehungen haben etwas merkwürdig Fesselndes und Anregendes im guten wie im schlechten Sinn. Man hat den Eindruck von Schicksalhaftigkeit. Äußere Planeten bedeuten nicht unbedingt mehrere Ehen. Oft sind die von ihnen beeinflußten Menschen durchaus fähig, beim gleichen Partner zu bleiben. Die Beziehung selbst ist jedoch im allgemeinen in irgendeiner Weise ungewöhnlich oder sie macht viele Veränderungen durch, die das ganze Leben erschüttern. Für manche Menschen sind Partner wie Möbelstücke, auf die man sich setzt oder an denen man zu bestimmten Stunden ißt und die man im übrigen stehen läßt, bis sie Staub fangen. Das ist unmöglich, wenn äußere Planeten verbunden mit Venus oder im siebten Haus ihre Hand im Spiel haben.

Ich habe oft gehört, daß Menschen von etwas Schicksalhaftem in Zusammenhang mit einer Beziehung sprachen. Es ist so, als könne man nicht ausweichen. Uranus besonders hat die irritierende Gewohnheit, jemanden ins Zimmer treten zu sehen und mit großer Sicherheit zu wissen: »Das ist er.« Normalerweise geben wir den Glauben an eine Liebe auf den ersten Blick auf, wenn wir einige zerbrochene Beziehungen hinter uns haben und wissen, daß es lange dauert, bis man einen anderen Menschen wirklich kennt. Aber Uranus weiß sofort und ungeachtet aller Folgen, was das Schicksal bestimmt hat, auch wenn die Beziehung dann nicht lebbar ist. Mir ist nicht klar, was *vom Schicksal bestimmt* bedeutet, wenn nicht die Tatsache, daß der andere Mensch der notwendige Auslöser für das psychische Wachstum des Partners ist. Das Erschreckende daran ist das Gefühl, sich selbst nicht unter Kontrolle zu haben. Aber so ist es nun einmal: Wenn die äußeren Planeten im Spiel sind, haben wir uns nicht unter Kontrolle. Das Ich mag das Gefühl nicht, von einer Strömung mitgerissen zu werden, ohne ein Ruder in der Hand. So wunderbar und ekstatisch die Erfahrung sein mag, sie ist immer begleitet von dem unguten Gefühl, alles könne plötzlich umschlagen. Natürlich ist diese Angst um so größer, je stärker ihr Temperament saturn- oder erdbetont ist.

Man sollte auch nicht vergessen, daß die drei äußeren Planeten Verwandtschaft zu den Elementen haben und deshalb in bezug auf die allgemeine Geburtskonstellation unterschiedlich gut verträglich sind. Uranus ist ein luftiger Planet, und ich glaube, daß er von einem luftigen Temperament viel eher angenommen werden kann. Wäßrige Zeichen fürchten sich oft vor Uranus, da er so häufig Trennungen bewirkt. Für wasserbetonte Menschen ist selbst die innere Erfahrung der Trennung schrecklich, auch wenn der Partner im selben Zimmer sitzt und sich mit seinen eigenen Gedanken beschäftigt. Wäßrige Zeichen brauchen immer das Gefühl der Nähe, während Uranus dazu neigt, sich irgendwo in der Luft zu verflüchtigen. Zwillinge, Waage und Wassermann sind sehr leicht und idealistisch und klar; ihnen ist die Neigung Plutos, im trüben zu fischen, alles andere als angenehm. Neptun zerstört und erschreckt, weil es ihm an Klarheit mangelt; die luftigen Zeichen haben keine Neigung dazu, in der Welt des Magischen und der seltsamen Visionen zu leben. Sie möchten den Dingen auf den Grund gehen.

Ich glaube, daß das feurige Element mit Saturn auf Kriegsfuß steht, mit Pluto und Neptun aber weniger schlecht zurecht kommt. Uranus harmoniert mit dem Feuer, solange die Veränderungen, die er bewirkt, nicht hemmend oder einengend wirken. Das Feuer läßt sich von allen Elementen am wenigsten vom Unerwarteten schrecken, da es dazu neigt, geschäftig herumzueilen und herausfinden zu wollen, was die neue Situation bedeutet; zugleich sucht es nach zukünftigen Möglichkeiten, damit umzugehen. Erdzeichen haben im allgemeinen mit den äußeren Planeten die größten Schwierigkeiten, weil diese das Unbekannte repräsentieren, während die Erde sicher und wohlbekannt ist. Es ist mir öfters begegnet, daß sehr erdbetonte Astrologen von den Transiten äußerer Planeten stark beunruhigt sind, weil sie dazu neigen, ganz konkrete Voraussagen zu machen. Alles wird im konkret Faßbaren erfahren. Aber nicht jedes Ereignis ist so konkret. Es gibt sehr starke emotionale und geistige Vorgänge, die den Körper und die äußeren Umstände nicht berühren, aber die Seele stark verändern.

Das Feuer, das symbolisiert, was Jung mit Intuition meinte, scheitert oft im Alltagsleben, aber es hat einen großen Vorteil in bezug auf die äußeren Planeten, und das ist die Liebe zum Neuen. Ich habe viele Klienten mit Feuerzeichen über ihre Vorahnungen, über kommende große Veränderungen sprechen hören, wenn der Transit eines äußeren Planeten aus dem

Horoskop abzulesen war. Der Klient mag von Astrologie nichts wissen, aber er spürt etwas und bereitet sich darauf vor. Das ist eine große Hilfe, denn gegenüber den Einflüssen äußerer Planeten ist eine Haltung offener Erwartung wahrscheinlich die beste. Natürlich gibt es kein rein feuerbetontes Horoskop, und Ängste spielen bei jedem eine gewisse Rolle. Trotzdem glaube ich, daß wir alle vom typisch feurigen Verhalten etwas lernen können; auch wenn es den Alltagsdingen gegenüber manchmal etwas ungeschickt ist, den äußeren Planeten ist es angemessen.

FRAGE: Mit anderen Worten: Wenn der Transit eines äußeren Planeten bevorsteht, dann halte die Urteile deiner Luftzeichen und die Vorlieben und Abneigungen deiner Wasserzeichen zurück und schau dem, was kommt, erwartungsvoll entgegen.

LIZ GREENE: Richtig. Da sich alle drei äußeren Planeten langsam bewegen und über jeden Punkt des Horoskopes mehrmals vor- und zurückschwingen, hat man viel Zeit, sich damit vertraut zu machen, was der Transit bedeuten könnte. Manche älteren Autoren wie Alan Leo neigen dazu, Neptun und Uranus als bösartig zu bezeichnen. Alan Leo wußte noch nichts von Pluto, aber ich bin sicher, daß er Pluto für den allerbösartigsten Planeten gehalten haben würde. Manchmal gehen diese Planeten mit schwierigen Erfahrungen einher, manchmal sogar mit Tragödien. Aber *bösartig* impliziert, daß sie eine böse Absicht und eine böse Wirkung haben, und obwohl es natürlich leicht ist, das zu sagen, und schwer für jeden, es zu leben: selbst die Tragödien, die sich unter dem Einfluß der äußeren Planeten abspielen, haben ihren Sinn und können das Leben erweitern, wenn wir es zulassen. Es scheint mir ziemlich voreingenommen von seiten der Astrologie zu meinen, daß alles, was jenseits der sieben bekannten Planeten liegt, notwendigerweise böse sein müsse. Ich war immer davon überzeugt, daß Transite im Leben nur etwas auslösen können, was ohnehin schon veranlagt ist.

Ja, ich glaube also wirklich, daß es sehr wichtig ist, sich eines Urteils zu enthalten, wenn man die Auswirkungen dieser Planeten zu verstehen versucht. Dies gilt besonders dann, wenn sie plötzlich einer Beziehung zusetzen. Wenn Sie ein sehr intensives Erlebnis haben und ein äußerer Planet dabei eine

Rolle spielt, so hilft es Ihnen nicht sehr, wenn Sie sich fragen, ob es richtig ist, was Sie tun oder nicht. Sie werden wahrscheinlich keine Antwort darauf finden. Sinnvoll wäre es, wenn Sie sich fragten, was diese Erfahrung für Sie bedeutet, bevor Sie irgendwelche weitreichenden Entscheidungen oder Urteile fällen. Eine der Funktionen der äußeren Planeten ist es, die Schale der konventionellen Moral zu zerbrechen, um einer neueren und tieferen Moral den Weg zu ebnen. Man könnte es auch so sagen: Sie fordern den Menschen dazu heraus, zu entdecken, was seine wahre Moral ist, eine Moral, die sich sehr von dem unterscheidet, was er bisher dafür hielt.

Einer der interessantesten Zwischenaspekte, der mir beim Horoskopvergleich begegnet ist, besteht in einem Kontakt zwischen Saturn im Horoskop des einen Partners mit einem der äußeren Planeten in dem des anderen. Irgend jemand von Ihnen fragte nach solch einer Partnerkonstellation. Es ist eine faszinierende Situation, die man aber auch als verheerend empfinden kann, wenn man selbst darin steckt und nicht derjenige ist, der sie astrologisch analysiert. Die äußeren Planeten locken das Konservative aus Saturn heraus. Der Saturnbetonte mag früher liberal und frei gewesen sein, sobald er aber in Beziehung zu einem äußeren Planeten im Horoskop seines Partners tritt, wird er mit einem Mal sehr engstirnig. Er beginnt sich kritisch über die Exzentrizitäten des Partners auszulassen. Selbst wenn er genau das gleiche tut, wird er etwas zu kritisieren finden. Das bezieht sich manchmal auf die banalsten Dinge, die Kritik an Essensgewohnheiten, an der Kleidung oder an den seltsamen Freunden des anderen. Ich habe das selbst bei unkonventionellen Menschen erlebt, die man wirklich als letzte der saturnischen Strenge hätte bezichtigen können. Wird Saturn jedoch von einem äußeren Planeten bedroht, dann kehrt er diese konservativen Eigenschaften nach außen. Wir alle haben Saturn in unserem Horoskop und respektieren und brauchen deshalb auch alle soziales Wohlverhalten. Ob bewußt oder unbewußt, es ist in uns allen gegenwärtig. Das ist auch gut so, denn sonst hätten wir keinen Sinn für soziale Ordnung und Verantwortung. Aber äußere Planeten neigen dazu, diesen Sinn in übertriebener Weise anzustacheln. Saturn wird bedroht, und sofort reagiert er mit Tadel und Mißbilligung.

Der saturnbetonte Horoskopeigner wird dann vielleicht versuchen, den Partner zu unterdrücken. Vielleicht versucht er ganz unverhohlen, einen Teil des Selbstausdrucks seines Partners zu verhindern oder seine Mißachtung so klar auszudrücken, daß sich der Partner eingeschüchtert fühlt. Ich glaube, daß Saturn dazu neigt, sich Uranus, Neptun und Pluto gegenüber ziemlich unbedeutend zu fühlen. Natürlich bleibt das auch beim anderen nicht ohne Folgen. Er wird immer rebellischer, und eine ähnliche seltsame Veränderung findet statt. Ein normalerweise ruhiger, konventioneller, durchschnittlicher Mensch wird auf einmal immer uranischer, neptunischer oder plutonischer angesichts des von Saturn ausgeübten Drucks. Uranus zeigt möglicherweise offenen Widerstand oder macht sich einfach davon. Neptun beginnt immer mehr auszuweichen und wehrt sich mit schlechter Stimmung und emotionalen Manipulationen, die die versteckte Empörung darüber beinhalten, wie unmöglich sich der andere benimmt. Pluto reagiert vielleicht mit sexuellen Machtkämpfen oder mit Haß. Durch so eine Konfrontation mit dem äußeren Planeten kann man allen Sinn für den Wert einer Beziehung verlieren, da die zerstörerische Seite des Planeten entfesselt wird. Dann verliert man die Kontrolle und agiert den transsaturnischen Planeten für den anderen aus.

Sie sehen, es ist nicht einfach zu durchschauen, was für eine Art von Austausch stattfindet. Ich möchte noch einmal betonen, wie wichtig emotionale Ehrlichkeit ist, vor allem sich selbst gegenüber. Ich glaube, daß auf die Schultern des saturnbetonten Partners viel Verantwortung fällt, da seine persönlichen Ängste und Unsicherheiten die Problematik auslösen.

FRAGE: Es wäre interessant, sich die Horoskope der Leute, mit denen Hitler viel Kontakt hatte, daraufhin zu betrachten, ob sein unaspektierter Neptun und Pluto stark betroffen waren.

LIZ GREENE: Ja, das würde mich auch interessieren, aber ich habe keine Horoskope von Eva Braun, Himmler und den übrigen.

FRAGE: Welchen Orbis lassen Sie bei Partnervergleichen zu?

LIZ GREENE: Einen recht großen, nicht anders als beim Geburtshoroskop. Ich weiß, daß das gewöhnlich nicht so gehalten wird, aber mir scheint es zu funktionieren. Ich glaube, daß in der Praxis ein Orbis von acht Grad für eine Konjunktion zwischen zwei Horoskopen schon deutlich eine Reaktion hervorruft. Sie ist bei einem weiten Orbis vielleicht weniger intensiv, ebenso wie bei einem Geburtshoroskop, was aber nicht heißt, daß die Beziehung keine Auswirkung hätte. Ein enger Zwischenaspekt wird sofort spürbar. Wenn Sie jemanden zum erstenmal auf einer Party treffen und zwischen beiden Horoskopen so enge Aspekte zu finden sind, wird man unmittelbar sehr stark reagieren. Je besser man einen Menschen jedoch kennenlernt, desto stärker wird sich auch ein weiterer Orbis auswirken, vor allem wenn Sie mit jemandem zusammenleben oder wenn er ein Familienmitglied ist. Sie müssen also sehen, um was für eine Art von Beziehung es sich handelt. Manche Aspekte sind gar nicht von Bedeutung, wenn die Beziehung sehr lose ist. Sie haben dann gar keine Gelegenheit, wirksam zu werden. Ich glaube, daß wir im allgemeinen bei der Synastrie den Orbis zu eng ansetzen. Das gilt vor allem für Sonne und Mond.

FRAGE: Und was ist mit Saturn?

LIZ GREENE: Ja, es gilt auch für Saturn. Saturn ist ein sehr mächtiger Planet, ich glaube, daß er ebenso wichtig ist wie Sonne und Mond. Mir schien es immer, als stellten Sonne und Saturn so etwas wie das Rückgrat des Geburtshoroskops dar. Beide Planeten beziehen sich auf das Ich in seinen schöpferischen und seinen defensiven Aspekten. Sonne und Saturn sind das Fundament der Persönlichkeit.

FRAGE: Auf welche Aspekte würden Sie beim Vergleich von zwei Horoskopen vor allem achten?

LIZ GREENE: Auf alle Aspekte. Ich glaube, daß schwächere Aspekte, wie ein Halbquadrat, ein Halbsextil und ein Anderthalbquadrat in Beziehungen ehenso wirksam sind wie die engeren Aspekte. Bei Progressionen werden Sie sehr schnell feststellen, daß die schwächeren Aspekte sehr wichtig sind. Es ist ein Fehler, sie zu übersehen. Durch die Progression eines schwächeren Aspektes werden wichtige Geburtsaspekte intensiviert.

FRAGE: Benutzen Sie Composit-Horoskope? Und wenn ja, wie werden Sie die äußeren Planeten in solch einem Horoskop deuten?

LIZ GREENE: Ich arbeite mit Composit-Horoskopen, obwohl sie mich im Prinzip stören, weil sie eigentlich nicht funktionieren sollten. Aber sie beschreiben die Schwerpunkte und die Reibungspunkte in einer Beziehung sehr genau und sind sogar für Transite sensibel. Ja, noch schlimmer, man kann eine Synastrie zwischen einem Composit-Horoskop und einem Dritten erstellen, und dieser Vergleich wird viel darüber aussagen, wie der Dritte die Beziehung beeinflußt. Ich finde, Composit-Horoskope sind etwas Außergewöhnliches, aber sie sind mir auch nicht ganz geheuer, da sie etwas Unpersönliches enthalten. Sie beschreiben ein Gebilde, das keinerlei Willen zur Veränderung zeigt. Es existiert nur in einer abstrakten Form. Sie können ein Composit zwischen sich selbst und Cosimo de'Medici erstellen, und es wäre gültig, obwohl er schon sechshundert Jahre tot ist. Das stört mich. Ein Composit beschreibt etwas, das unabhängig von den menschlichen Seelen, aus denen es gebildet wird, besteht. Es ist fast wie eine Maschine.

Ich glaube, daß die äußeren Planeten in einem Composit-Horoskop dieselbe Bedeutung haben wie in einem Individualhoroskop. Nur gibt es keine wirkliche Verbindung zu einem Ich, das mit ihnen umgehen kann. Ich glaube, daß Uranus mit der Sphäre der Beziehung zu tun hat, in der zwei Menschen Einsamkeit, Freiheit von der Beziehung und Brüche aus unkontrollierbaren Motiven erleben. Neptun deutet wohl auf die Sphäre hin, in der Opfer gebracht werden müssen, in der zuviel Idealismus zu Erwartungen führt, die nicht ganz erfüllt werden können und deshalb Enttäuschungen bewirken. Und Pluto hat meiner Meinung nach mit der Lebenssphäre zu tun, die für beide an der Beziehung beteiligten Menschen durch Probleme und Konflikte zu Veränderungen und Wandlungen führt.

Soweit ich gesehen habe, wirken sich diese Plazierungen in Composit-Horoskopen innerhalb der Beziehung aus. Was mich daran stört, ist das Gefühl der Unausweichlichkeit. Alles, was man tun kann, ist, darauf gefaßt zu sein, daß etwas in der Natur der Beziehung zu Positivem oder zu Konflikten in bestimmten

Bereichen führen wird. Vielleicht können dann beide Menschen versuchen, ihre Beziehung so zu erweitern, daß sie diese Dinge verkraftet, anstatt überrascht zu sein, wenn sie an die Oberfläche kommen. Vielleicht ist es auch richtig zu akzeptieren, daß bestimmte Aspekte unserer Beziehungen schicksalhaft oder unausweichlich sind und daß das Leben sich aus Freiheit und Notwendigkeit zusammensetzt. Jung beschrieb einmal den freien Willen als die Fähigkeit, gerne zu tun, was man tun müsse, und ich nehme an, daß ein Composit eher zeigt, was man in der Beziehung tun muß, während die andere Art von Synastrie – der Vergleich von Interaspekten usw. – die Bereiche beschreibt, in denen wir bewußt Dinge wahrnehmen und verändern können. Es ist schicksalhaft, daß wir sind, wie wir sind, und wenn zwei Menschen zusammenkommen, so wird die Verbindung ihrer individuellen Naturen gewisse unvermeidliche Wirkungen haben.

Siebenter Vortrag

Ich möchte Ihnen zu Beginn des heutigen Gesprächs eine etwas merkwürdige Karte zeigen, die auf die Astrologin Grete Baumann-Jung, C. G. Jungs Tochter, zurückgeht. Ich finde die Idee sehr interessant, wenn sie vielleicht auch anfechtbar ist, denn sie beruht auf einer eher intuitiven Betrachtungsweise und hat nichts Pragmatisches oder statistisch Überprüfbares. Es ist eine Art Horoskop der astrologischen Zeitalter, in dem sich die Schwerpunkte ethischer Werte, Konflikte und Veränderungen in den verschiedenen Lebensphasen der etwa 2100 Jahre eines astrologischen Zeitalters widerspiegeln.

Sie plaziert das Zeichen, das Herrscher eines Zeitalters ist, am Aszendenten des Horoskopes; die anderen Zeichen folgen in ihrer Reihenfolge, dem zweiten bis zwölften Haus zugeordnet. Wir können an diese Stelle das Fische-Zeitalter stellen, das unserer Tradition entsprechend in den letzten Zügen liegt.

Sie sehen, daß der Widder ins zweite Haus fällt, wenn man die Fische an der Spitze des ersten Hauses plaziert. Das läßt darauf schließen, daß die allgemeine kollektive Haltung im Fische-Zeitalter in den für das zweite Haus typischen Bereichen Geld, Sicherheit, Stabilität eher zur Aggressivität, Einseitigkeit und zum Egoismus neigt. Der Stier steht an der Spitze des dritten Hauses; die geistige Haltung ist also eher pragmatisch und stützt sich auf das sinnlich Wahrnehmbare. Wissen oder Weisheit, die durch andere Wahrnehmungsarten gewonnen werden, sind für den Stier nicht wirklich annehmbar, denn seine Stärke liegt im Umgang mit der materiellen Wirklichkeit. Sie sehen, nach welchem Grundprinzip dieses Horoskop funktioniert. Der Skorpion erscheint an der Spitze des neunten Hauses, was darauf hinweist, daß die allgemeine kollektive Einstellung zu religiösen Fragen eher emotional gefärbt ist und keine rationale Basis hat, daß sie sehr heftig, vielleicht sogar dogmatisch und kämpferisch ist. Sie werden bemerkt haben, daß diese Verallgemeinerungen durchaus den historischen Tatsachen entsprechen, denn kein anderes astrologisches Zeitalter hat Religionen hervorgebracht, die so leidenschaftlich intolerant gegenüber jeder Form von Häresie waren wie die großen Religionen des Fische-Zeitalters. Der Löwe, das Zeichen, das am meisten mit dem Prinzip der Individualität in Zusammenhang gebracht wird, fällt an die Spitze des sechsten Hauses, was dafür spricht, daß man sich auf dem Weg zu individuellem Bewußtsein und zur Weiterentwicklung vor allem auf die Arbeit, auf Pflichten und die Rituale des täglichen Lebens stützte.

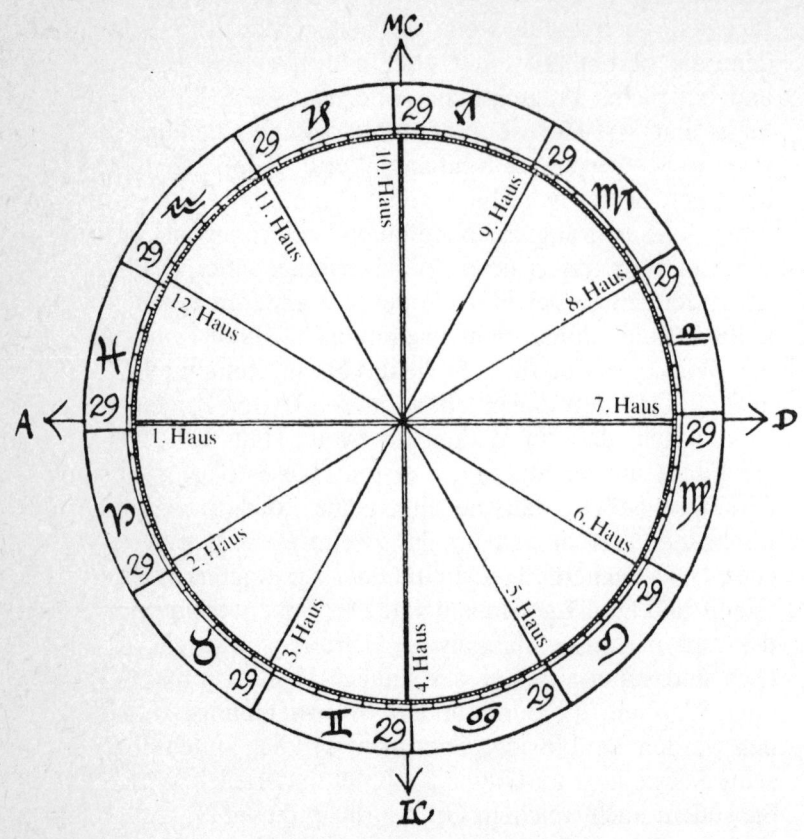

Abbildung 13:
DER BEGINN DES FISCHE-ZEITALTERS

Nachdem ich Ihnen die Weise angedeutet habe, in der man mit dieser Karte arbeiten kann, versuche ich nun, den Wassermann an die Spitze des ersten Hauses zu setzen, um eine Vorstellung davon zu bekommen, welche Veränderungen wohl zu erwarten sind. Hier taucht der Löwe, der vorher an der Spitze des sechsten Hauses stand, an der des siebenten auf. Das bedeutet, daß im Wassermann-Zeitalter die individuellen

Werte und Entwicklungsmöglichkeiten in den menschlichen Beziehungen und im Ausgleich der Gegensätze gefunden werden. Als intuitive Vorausschau auf mögliche Veränderungen erfüllt mich das mit einer gewissen Hoffnung, und ich glaube auch, daß die Tiefenpsychologie in diese Richtung weist.

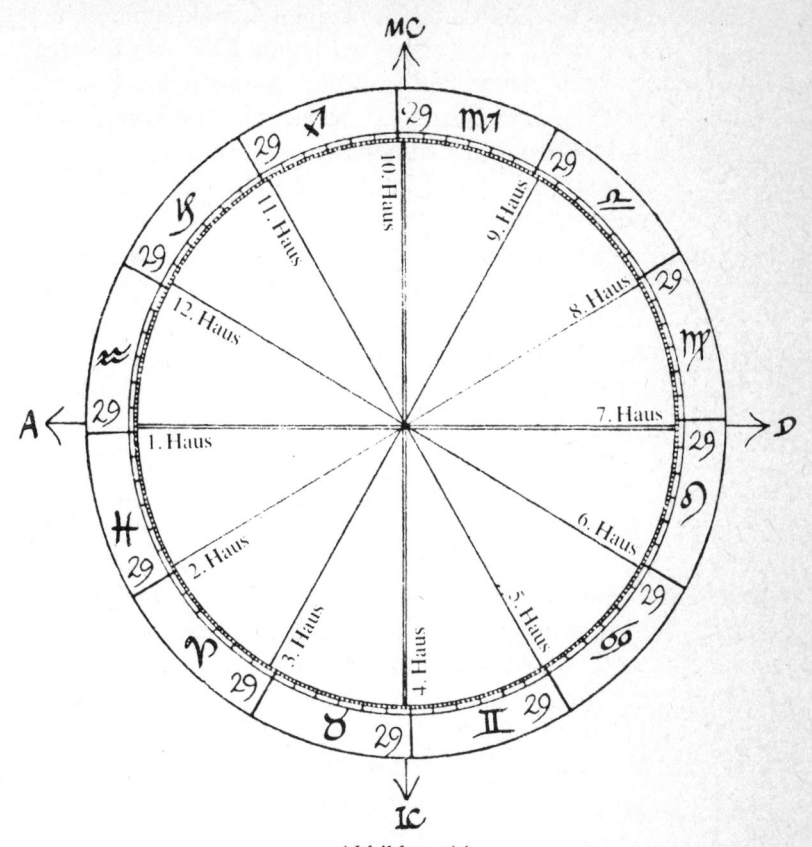

Abbildung 14:
DER BEGINN DES WASSERMANN-ZEITALTERS

Es ist auch interessant zu sehen, was mit dem Steinbock geschieht, der auf der Karte des Fische-Zeitalters an der Spitze des elften Hauses steht und auf der des Wassermann-Zeitalters an der Spitze des zwölften. Meiner Ansicht nach bedeutet das, daß im Fische-Zeitalter das Gefühl der Begrenzung, der Bindung und Hemmung – die Erfahrung des Schattens – anderen zur Last gelegt wurde, also vom Kollektiv auf andere Länder, andere politische Parteien, andere soziale Gruppen verlagert wurde. Nun landet er genau in einem Haus, das mit dem Unbewußten zu tun hat, vor allem mit dem kollektiven Unbewußten, als dämmerte es den Menschen langsam, daß der Feind im eigenen Innern zu finden ist und daß sich dort jahrtausendealte Konflikte und Dunkelheiten angesammelt haben. Die Begrenztheit des Lebens wird dann als etwas Inneres erfahren und nicht nach außen projiziert, wenn es uns endlich gelingt, die Last unserer eigenen ambivalenten und komplexen menschlichen Natur auf uns zu nehmen.

Das möge als eine Art Einführung in dieses Horoskop genügen. Nun ermittelt man die darüber transitierenden Planeten. Die Transite der inneren Planeten gehen natürlich außerordentlich schnell vonstatten und werden im Lauf von zweitausend Jahren nicht viel Staub aufwirbeln. Die Transite der äußeren Planeten sind viel langsamer, und man kann erwarten, im Lauf eines Lebens die Intensivierung bestimmter Konfliktbereiche im Kollektiven zu erleben. Uranus braucht ungefähr sieben Jahre, um sich durch ein Zeichen zu bewegen; er wird dieses Horoskop in vierundachtzig Jahren durchlaufen haben und sieben Jahre in einem Haus verbringen. Neptun bringt etwa vierzehn Jahre in einem Haus zu und Pluto eine Zeitspanne zwischen achtzehn und dreißig Jahren. Das ist lang genug, um eine Wirkung dieser Aktivität wahrzunehmen. Es vermittelt einem ein Gespür für einen zugrundeliegenden Rhythmus, für Blüte und Niedergang neuer Ideen, Bewegungen und Visionen, die aus der Kollektivpsyche aufsteigen und die im Lauf eines Zeitalters viele Male um das *Welthoroskop* kreisen.

Betrachten wir zunächst Pluto, der im Augenblick in der Waage zu finden ist und sich irgendwo im achten Haus des Horoskops aufhalten müßte, wenn wir annehmen, daß der Aszendent bei den ersten Graden Fische oder bei den letzten Graden Wassermann steht. Vergessen Sie nicht, daß wir uns im Lauf der Zeit rückwärts bewegen, nicht vorwärts.

Uranus hat sich, während er im Skorpion war, durch das neunte Haus bewegt, wenn wir 0° Skorpion als Spitze dieses Hauses annehmen, und Neptun ist irgendwo im zehnten Haus zu finden. Pluto im Durchgang durch das achte Haus läßt vermuten, daß unsere Einstellung gegenüber der Sexualität und unsere Auseinandersetzung mit den primitiven und instinktgebundenen Tiefen in uns eine Zeitlang tiefgreifenden Veränderungen unterworfen war. Wenn sich der Pluto in den Skorpion bewegt, wird er allmählich auch religiöse Ebenen beeinflussen, aber es wird noch eine Reihe von Jahren dauern, bis er die radikale Veränderung unserer verborgenen Triebnatur bewirkt haben wird. Einfacher ausgedrückt haben wir etwa in den letzten zwanzig Jahren eine Revolution unserer Einstellung der Sexualität gegenüber erlebt, während wir dann, wenn Pluto in den Skorpion tritt, die folgenden zwanzig Jahre eine Veränderung unserer Einstellung Gott gegenüber erleben werden. Uranus hat im religiösen Bereich schon Explosionen ausgelöst, und mir drängt sich unwillkürlich ein Bezug zum Ausbruch »fundamentalistischer« Bewegungen wie der im Islam herrschenden auf. In den letzten Jahren haben neue revolutionäre Sekten sich in ganz Amerika verbreitet. Wir haben im Augenblick eine richtige Hochkonjunktur exzentrischer Religionszweige. Sie wird sich wahrscheinlich beruhigen, wenn sich Uranus in das Zeichen Schütze bewegt, und Pluto wird dann kurze Zeit darauf seine langsame und tiefergehende Unterminierung unserer kollektiven religiösen Strukturen und Maßstäbe in Gang setzen. Wenn sich Uranus ins zehnte Haus bewegt, wird er die Veränderung in Richtung Regierungsstil und Umschichtung der Klassenstrukturen und Parteiensysteme verschieben, da dies zum zehnten Haus gehörige Bereiche sind.

    Es wäre jetzt vielleicht interessant, die Konjunktion, die wir in diesem Wochenendkurs besprochen haben, im Zusammenhang mit dem Steinbock in diesem Horoskop zu betrachten. Bisher haben wir diese Konjunktion hinsichtlich der Horoskope einzelner Länder und der psychologischen Bedeutung solch einer Konstellation für die tieferen Schichten der Kollektivpsyche untersucht. Hier in diesem Horoskop für das Ende des Fische-Zeitalters und den Beginn des Wassermann-Zeitalters trifft die Konjunktion auf das elfte Haus. Die allgemeinste Bedeutung dieses Hauses ist meiner Meinung nach die der menschlichen Familie, der Gruppe. Es repräsentiert auch die Ziele und Ideale der Gruppe im Sinne einer Evolution des Bewußtseins und der Entwicklung einer menschengemäßeren Gesellschaft. All unsere Vorstellungen über die richtige ethische Entwicklung sozialer Gruppen und unsere Bilder von der

Idealgesellschaft müssen sich gründlich verändern. Wir müssen uns wohl von der Natur des Menschen einen neuen Begriff machen, denn all unsere Bemühungen um eine *bessere Welt* gründeten sich auf bestimmte Mutmaßungen über den Menschen als soziales Wesen mit bestimmten Bedürfnissen und Charakteristika, die sich zum Teil vielleicht als falsch und überholt erweisen werden.

Als Uranus, Neptun und Saturn im Jahre 1307 im Skorpion in einer Konjunktion vereinigt waren, fielen sie ins neunte Haus dieses Horoskops für das Fische-Zeitalter. Ich habe versucht zu formulieren, was meiner Ansicht nach damals auf einer kollektiven Ebene geschah – der unerschütterliche Glaube an die Kirche und an die Unfehlbarkeit des Papstes zerfiel. Das sind Ereignisse, die auch durchaus zum neunten Haus passen. Hier haben wir ein klares und etwas beunruhigendes Beispiel dafür, daß dieses Horoskop wirklich stimmig ist, auch wenn es so spekulativ und intuitiv zu sein scheint. In ein paar Jahren wird Pluto in den Skorpion eintreten, während sich die drei anderen wichtigen Planeten im Steinbock aufhalten. Dann wird Pluto seine Runde durch das neunte Haus machen, das zu Beginn des Wassermann-Zeitalters an seiner Spitze 29° Waage haben wird. Das deutet auf noch plötzlichere religiöse Veränderungen hin, da Pluto sich nicht damit begnügt, nur einzelne Aspekte zu verändern. Er macht reinen Tisch und fängt ganz neu an. Natürlich war Pluto früher schon einmal im neunten Haus, da er seine Kreisbahn in zweihundertundachtundvierzig Jahren läuft. Aber zu Beginn des Wassermann-Zeitalters hat er das neunte Haus noch nicht durchlaufen, zu einer Zeit also, in der ohnehin im Kollektiv neue religiöse Bilder und Richtungen auftauchen.

Das Zeichen des Zeitalters, das auf den Aszendenten dieses »Welthoroskops« fällt, bedeutet hier wohl etwas sehr ähnliches wie in einem individuellen Horoskop. Der Aszendent ist das, wonach wir streben, die Ahnung des Göttlichen, die unser Leben antreibt. Das nehmen viele Menschen nur sehr zögernd an; mir sind viele Menschen begegnet, die ihren Aszendenten nicht mögen, vor allem, weil dieses Zeichen etwas Schwieriges bedeutet, mit dem sie zurechtkommen müssen, ob sie wollen oder nicht. Doch es ist, als formulierte sich Gott oder das Leben in Erfahrungen, die für das Zeichen am Aszendenten typisch sind, und es sind gerade diese Dinge, die den Menschen wachsen lassen und nach denen er sich, wenn er ehrlich ist, sehnt. Ein astrologisches Zeitalter ist im Grunde nicht anders. Das Merkmal des Fische-Zeitalters war in vieler Hinsicht die Sehnsucht nach der Vereinigung mit dem Göttlichen und nach einem Entrinnen vor Tod, Sünde und Finsternis des irdischen Lebens. Mit den Augen der Fische gesehen, ist das Leben im besten Fall ein Weg zur Verehrung Gottes und nichts, das an sich schon gut und schön wäre. Die drei großen Religionen, die im Verlauf des Fische-Zeitalters gegründet wurden – das Christentum, der Buddhismus und der Islam – stehen jede auf ihre Weise unter diesem Vorzeichen. Im Wassermann-Zeitalter wird sich das wahrscheinlich ganz anders ausprägen, und so werden sich wohl auch unsere religiösen Bedürfnisse verändern. Für den Wassermann sind Geist und Materie nicht so unvereinbar wie für die Fische. Gott lebt in der Materie und wirkt in den Naturgesetzen und besonders in den Gesetzen der menschlichen Natur. Möglicherweise gibt uns der Transit Plutos durch den Skorpion in den achtziger und neunziger Jahren einen Vorgeschmack dessen, wie die Religion der Zukunft aussehen wird.

Die große Konjunktion von 1524, vor der alle Astrologen zitterten, wäre in das erste Haus des Horoskops gefallen, genau auf den Aszendenten-Punkt. Es war eine Konjunktion von Sonne, Mond, Merkur, Venus, Mars, Jupiter, Saturn und Neptun, obwohl man damals natürlich von der Existenz Neptuns noch gar nichts wußte. Diese Konjunktion fiel mit dem Beginn der Reformation zusammen. Das bedeutet, daß die tieferen Beweggründe der Reformation nicht so sehr eine Angelegenheit des neunten als des ersten Hauses waren, daß es also um eine Definition oder Neudefinition des christlichen Mythos in bewußtere Begriffe ging. Das ist es, was meiner Meinung nach geschieht, wenn wichtige Transite über den Aszendenten vor sich gehen. Wir werden dazu gezwungen, unsere Selbsterfahrung, das, was wir wirklich sind, neu zu definieren. Das Hauptanliegen der Reformation war in meinen Augen die Lösung der Frage, ob der Mensch die Institution der Kirche als einzigen Weg zu Gott braucht, oder ob er fähig ist, sich auf seine innere Stimme, sein Gewissen zu verlassen. Es ging nicht um die Gültigkeit des christlichen Mythos – es ging um die Frage, ob einzelne das Recht hatten, ihn individuell zu interpretieren.

Sehr oft erlebt man, daß neue Inhalte der Kollektivpsyche zunächst in den Träumen einzelner sichtbar werden. Jung beschrieb dieses Phänomen ausführlich in bezug auf die Träume seiner deutschen Patienten vor Ausbruch des letzten Krieges. Aus den Träumen konnte er ablesen, daß sich etwas Gewaltiges und sehr Gefährliches anschickte, aus der Kollektivpsyche hervorzubrechen, was seiner Meinung nach mit der alten teutonischen Gottheit Wotan zusammenhing, die man lange Zeit vernachlässigt hatte und die sich nun wieder zu rühren schien. Ich glaube, daß es sich auch heute in den Träumen einzelner abzeichnen wird, wenn neue religiöse Formen und Symbole von kollektiver Bedeutung entstehen. Ich kann noch nicht viel dazu sagen, da ich diese Vorgänge noch nicht lange genug beobachtet habe; eines der beständig auftauchenden Themen, die mir immer wieder begegnen, ist das einer sehr zornigen weiblichen Gottheit, die offenbar bewußt gemacht und angenommen werden möchte. Ich überlasse es Ihnen, sich darüber Gedanken zu machen, denn hier spricht nur meine Intuition. Ich habe jedoch das starke Gefühl, daß, welche religiösen Krisen oder Dilemmas auch am Beginn der neuen Ära ausbrechen, eines der Hauptthemen wahrscheinlich der weibliche Aspekt der Gottheit sein wird, dem man in den letzten zweitausend Jahren nicht genug Beachtung geschenkt hat.

Ich weiß, daß in Träumen und Hellseher-Visionen viele Bilder von Erdbeben, Überschwemmungen und anderen überdimensionalen Katastrophen herumspuken. Ich kann nicht sagen, ob diese Dinge im wörtlichen Sinn zu verstehen sind oder nicht, denn ich bin keine Hellseherin, und selbst wenn ich es wäre, würde ich nicht darauf bestehen, daß meine Bilder unbedingt konkret sein müssen. Ich bin diesen Motiven in Träumen einzelner Menschen begegnet; sie weisen auf eine heftige Umwälzung im Unbewußten hin. Diese Art von Träumen kündigt fast immer starke Persönlichkeitsveränderungen an, und das Ich fühlt sich oft erschüttert und bedroht, da neue Elemente an die Oberfläche treten und Altes dabei ist zu sterben. Das Ausmaß der Katastrophe reflektiert das Ausmaß, in dem der alte Standpunkt des Ich bedroht ist. Manchmal implizieren Träume wie diese die Gefahr, daß das Ich völlig überwältigt wird; ich glaube jedoch nicht, daß sie ein sicheres Indiz dafür sind, denn das Ich hat die Möglichkeit zu verstehen, was jetzt erforderlich ist. Deshalb neige ich dazu, die Ankündigungen von Hellsehern als Träume zu betrachten, denn beides kommt meiner Meinung nach aus dem Unbewußten. Menschen, die mit diesen Bereichen in Berührung stehen und die Umwälzungen spüren, sind, astrologisch gesprochen, dem zwölften Haus sehr nahe.

FRAGE: Können Sie etwas zur Beziehung des zwölften Hauses mit dem Karma-Haus sagen?

LIZ GREENE: Karma ist ein sehr schwieriger Begriff, denn wir haben uns von der ursprünglichen Bedeutung des Wortes weit entfernt. In der indischen Philosophie bedeutet Karma das Prinzip von Ursache und Wirkung. Es verbindet sich damit keine bestimmte Moral, da alle irdischen Geschehnisse ohnehin nur Illusion sind, *gute* Taten ebenso wie *böse*. Der Mensch sät seinen Samen, ohne sich der Folgen bewußt zu sein, und muß später ernten, was er gesät hat. Karma ist ein Naturgesetz und nicht ein System von Lohn und Strafe. Als die Theosophie sich mit der Idee des Karma zu beschäftigen begann, sah man sie durch die Brille der speziellen spätviktorianischen Moral, und der Begriff wurde verwässert. Hatte man in seinem letzten Leben etwas Schlechtes getan, so wurde man in diesem Leben dafür bestraft, und wenn man sich gut und moralisch verhielt, erntete man die Belohnung dafür im nächsten Leben. Ich halte das für eine starke Verfälschung eines viel tiefsinnigeren Gedankens, der mit dem in Verbindung steht, was die Griechen *heimarmene* nannten, der ewigen Ursachenkette in der Natur. Wir können diese Ursachen nicht sehen, weil sie in der Materie selbst liegen. Karma in diesem Sinn hat mit Substanz zu tun. Gleiches zieht gleiches an. Durch eine Kette endloser Ursachen besteht man aus einer bestimmten Substanz; die Ursachen können in unseren vergangenen Leben liegen, vielleicht auch in unserem Erbe oder vielleicht in der ewigen Wechselwirkung des Lebendigen auf diesem Planeten. Aus dieser Substanz ist man gemacht, und man begegnet im Leben jenen Menschen und Situationen, die aus der gleichen Substanz sind. Es ist, als zupfe man einen Ton auf einer Gitarre an und eine

Stimmgabel in der Nähe nähme ihn auf, weil sie auf dieselbe Tonart gestimmt ist. Wie Jung sagt: das Leben eines Menschen ist charakteristisch für ihn selbst.

Betrachtet man Karma so, dann ist das ganze Horoskop karmisch, denn es beschreibt die Substanz des Menschen. Ich glaube, daß das zwölfte Haus mit dem Teil der Substanz zu tun hat, der aus der Vergangenheit stammt. Aus welcher Vergangenheit kann ich kaum sagen, denn die Vergangenheit einer Familie ist ebenso stark wie die mögliche Vergangenheit anderer Inkarnationen. Familiengespenster, Mythen und ungelöste Komplexe sind unglaublich wirksame Kräfte, ebenso wie rassische und nationale Belastungen, die sich in Jahrhunderten angehäuft haben. Vielleicht besteht auch gar kein Widerspruch zwischen der Vorstellung von einem psychologischen Familienerbe und dem Erbe aus vergangenen Leben, da man wahrscheinlich die Familie bekommt, die man verdient. Ich glaube jedoch, daß das zwölfte Haus dieses Reich der *heimarmene* beschreibt, die unsichtbare Kette der Ursachen, die in die Vergangenheit zurückreicht, die Vergangenheit der Familie, der Nation, der Rasse. Stehen im Geburtshoroskop Planeten im zwölften Haus, so beschreiben sie nicht nur die Bedürfnisse des Individuums, sondern auch die durch es ausgedrückten Bedürfnisse des Kollektivs, dem es entstammt. Der einzelne verkörpert seine Familienvergangenheit und muß sein Leben innerhalb der Begrenzungen seiner Erblast gestalten.

Wenn ein Mensch für diese tiefen Lebensschichten sensibel ist, trägt er in gewissem Sinn auch das Karma einer Gruppe. Ich möchte betonen, daß ich das ganz und gar nicht im moralischen Sinne meine. Er trägt die Substanz der Gruppe, der Familie in sich. Er kann nicht einfach beschließen, ein völlig unabhängiges, selbstgestaltetes Leben zu führen. Er muß sich mit übergreifenden, kollektiven Problemen beschäftigen, bevor es ihm erlaubt ist, sich zu befreien. Ich glaube, das hat mit der Bindung zu tun, die man so oft mit dem zwölften Haus in Zusammenhang bringt. Die Bindung an kollektive Probleme aus der Vergangenheit muß erkannt und schöpferisch verarbeitet werden. Das ist auch nicht »karmischer«, als wenn man viele Planeten im zweiten Haus hat und sich deshalb mit der materiellen Wirklichkeit, mit Geld und Selbständigkeit auseinandersetzen muß. Wenn es das zwölfte Haus ist, hat man nur ein Gefühl der Fremdheit, weil es nicht um Eigenes sondern um Kollektives geht.

Mir ist aufgefallen, daß sich Menschen mit einem stark besetzten zwölften Haus oft schrecklich einsam fühlen, da sie mit Unterschwelligem und Wahrnehmungen leben müssen, von denen die meisten von uns gar nichts ahnen. Manche dieser Menschen hatten die seltene Gabe, die Seele eines Ortes zu erspüren, die uralte Vergangenheit, die in einem Haus oder in einer bestimmten Landschaft lebendig ist. Ich habe jemanden kennengelernt, der verschiedene Planeten im zwölften Haus hat; er konnte es nicht ertragen, durch Nordfrankreich zu reisen, weil dieser Teil Frankreichs so sehr getränkt ist vom Blut vieler Kriege durch Jahrhunderte hindurch. Für diese Frau war das eine Realität und eine unerträgliche Erfahrung, während andere diese Erfahrung als hysterisch bezeichnen würden. Ich glaube, daß die geschichtlichen Ereignisse und die Erlebnisse menschlicher Seelen Spuren hinterlassen, und diese Spuren bleiben mit bestimmten Orten verbunden und werden zur Ursache für das Verhalten der Menschen, die später an diesen Orten leben. Das zwölfte Haus spürt all diese Dinge. Schwierig daran ist, daß der Betroffene oft gar nicht weiß, was ihn da so stark anrührt. Er hat das Gefühl, ein bißchen verrückt zu sein, und beginnt an seinen eigenen Wahrnehmungen zu zweifeln, wenn die anderen sich gar so rational geben.

Ich weiß nicht, was das mit den Veränderungen zu tun haben könnte, die wir in den nächsten Jahrzehnten erwarten. Aber ich möchte gerne glauben, daß die Welt des elften und zwölften Hauses, die letzten Endes mit dem Zusammenhang aller Dinge im Leben und der unsichtbaren Welt des Archetypischen zu tun haben, stärker in unser Bewußtsein treten werden. Das wäre dann in der Tat das Ende einer Welt und der Beginn einer neuen. Ich glaube, daß das weniger mit Spiritualität als mit Bewußtsein zu tun hat. Vieles in dieser unsichtbaren Welt ist sehr dunkel und sicher nicht nur gütig, hell und voller Liebe und Mitleid. Dennoch gehört sie zum Leben. Ich glaube auch, daß ich die Vorzeichen dafür bei einzelnen Menschen erkennen kann. Ich mache seit siebzehn Jahren Horoskope; als ich begann, kamen die Menschen, weil sie Probleme hatten, die stets vom Leben, von anderen Menschen und äußeren Situationen verursacht wurden. Höchst selten begegnete ich jemandem, der ein Horoskop wollte und von Anfang an darauf vorbereitet war, seine eigene Seele als Ursprung seiner Schwierigkeiten zu sehen. Ebenso selten war es, daß jemand sich nicht seiner Konflikte schämte und Schuldgefühle deshalb hatte. Man hat uns in dem Glauben erzogen, der natürliche Zustand des Menschen sei Harmonie und Gelassenheit und das Auftauchen eines inneren Widerspruchs oder Konflikts bedeute Krankheit.

Meines Wissens hat sich das in den letzten Jahren geändert. Es sind mir immer mehr Menschen begegnet, die nicht nur Hilfe suchten, sondern auch bereit waren, dem ins Gesicht zu schauen, was sie selbst mit ihren Schwierigkeiten zu tun hatten. Ich treffe auch immer mehr Menschen, die wissen, daß Konflikte zur menschlichen Psyche gehören und daß man sich weder zu schämen braucht noch ein schlechtes Gewissen haben muß, wenn man das erkennt und mehr darüber erfahren möchte. Das finde ich außerordentlich erfreulich. Nur zu gerne würde ich glauben, daß das ein Zeichen für eine noch fast unmerkliche aber sehr wichtige Veränderung innerhalb der Kollektivpsyche anzeigt, ein Ergreifen der Verantwortung dafür, daß unser Leben so ist wie wir sind. Natürlich kündigt das eher ein Zeitalter eines großen persönlichen Ringens an als ein Zeitalter, in dem nur Liebe und Brüderlichkeit herrschen. Wenn ich jedoch bereit bin, diese innere Auseinandersetzung zu wagen, und wenn Sie alle bereit sind, das ebenso zu tun, dann werden dem Kollektiv möglicherweise blinde Qualen erspart. Im Augenblick nehmen all unsere Familien-Sündenböcke, die von Schizophrenie, Anorexie und Depressionen geplagt sind, unsere kollektiven Schmerzen auf sich, während wir übrigen ungeschoren davonkommen. Was würde wohl geschehen, wenn wir uns alle mit unseren individuellen Psychosen konfrontierten? Sie sehen, warum es einfacher ist, die Sache unter den Teppich zu kehren. Selbst die Astrologie benutzen wir hierfür.

FRAGE: Wann genau endet das Fische-Zeitalter und wann beginnt das Wassermann-Zeitalter?

LIZ GREENE: Es gibt viel Streit über diese Frage. Ich bezweifle, daß man darüber sehr exakte Aussagen machen kann. Ich möchte nicht entscheiden müssen, welcher Stern das Ende des

Sternbildes Fische und den Beginn des Sternbildes Wassermann anzeigt. Ich glaube, man sollte von einer Übergangszeit von vielleicht hundert Jahren sprechen. Ich habe von vielen Zeitangaben gehört. Soweit ich weiß, hat das Wassermann-Zeitalter letzten Dienstag begonnen... Ich halte es für anregender, sich dieses Jahrhundert als eine Zeit der Überschneidung vorzustellen. Der Geruch der Verwesung vom sterbenden Körper der Fische und der Geruch der Säfte, die durch die bevorstehende Geburt des Wassermanns steigen, vermischen sich zur Zeit, so glaube ich.

FRAGE: Was Sie sagen, verwirrt mich etwas. Man liest doch überall, daß uns das neue Zeitalter Brüderlichkeit unter den Menschen bringen wird.

LIZ GREENE: Das wird es wohl auch; aber wenn das die Vision ist, die aus dem Kollektiven hervorbricht, dann müssen wir erst durch einen langen und schmerzhaften Prozeß herausfinden, warum wir bisher zur Brüderlichkeit noch nicht fähig waren. Kein Individuum wird sich seiner selbst kurz und schmerzlos bewußt und ebenso keine Gesellschaft. Die Psyche funktioniert nicht so. Wenn etwas sterben muß, so ist das ein leidvoller Prozeß, und wenn etwas geboren wird, so verursacht es dem Gebärenden Schmerzen. Man kann einer Frau eine Narkose geben, wenn sie ein Kind zur Welt bringt; die Seele kann man jedoch nicht unter Narkose setzen, jedenfalls nicht ohne einen furchtbaren Preis dafür zu bezahlen. Ich fürchte, ich kann nicht so ganz in den Jubel über das Zeitalter der Liebe und Brüderschaft einstimmen, das in den nächsten Wochen anbrechen soll. Solche Dinge brauchen ihre Zeit. Vielleicht bringt uns der Wassermann das Bewußtsein dafür, daß wir wirklich Teil eines großen zusammenhängenden Lebensgebildes sind, sowohl biologisch als auch psychologisch. Aber dieses Bewußtsein wird auch alles in uns zum Vorschein bringen, was uns davon abhält, unsere Zukunftsvisionen zu verwirklichen. Jung betrachtete das Wassermann-Zeitalter als den Entscheidungskampf zwischen Gut und Böse, und wenn ich ihn recht verstehe, glaube ich, daß er wie immer den Kampf dieser Gegensätze innerhalb des Individuums meint. So stelle ich es mir eher vor, als so, wie es unsere mystisch angehauchten Astrologiebücher ankündigen. Es steht uns eine riesige Herausforderung, ein harter

Kampf bevor, und ich bin sicher, daß wir noch nicht wissen, wie er ausgehen wird. Wir beginnen, Gott zu verinnerlichen, und das ist sehr gefährlich, beinhaltet aber auch große schöpferische Möglichkeiten.

Ich bringe den Wassermann mit dem Mythos des Prometheus in Verbindung. Er ist der Titan, der Zeus das Feuer stiehlt, um es den Menschen zu bringen. Prometheus begeht eine Sünde, denn er bringt den Menschen das göttliche Bewußtsein, das Zeus ihnen bewußt vorenthalten hat, weil er nicht will, daß der Mensch erkennt, daß er denselben göttlichen Funken in sich trägt. Prometheus hat etwas sehr Großes getan, er ist der große mythische Wohltäter der Menschen und wird dafür grausam bestraft, was er unerschütterlich hinnimmt. Er ist aber auch ein Narr, denn er bedenkt nicht, was die Menschen mit dem Feuer anrichten können. Sie können die Götter stürzen und sich selbst vernichten. Bewußtseins-Wachstum birgt immer Gefahren in sich, denn der Schatten kann die neu errungenen Fähigkeiten für seine eigenen Zwecke mißbrauchen, und nur die zarte Stimme des Bewußtseins und der inneren Integrität kann den Kampf damit aufnehmen. Ich traue Prometheus nicht, und ich zweifle daran, daß das Wassermann-Zeitalter eine Garantie für ein Paradies auf Erden ist.

Im Zusammenhang mit dem Anbruch des Neuen Zeitalters bezieht man sich oft auf den Text der Offenbarung. Liest man die Offenbarung psychologisch, so beschreibt sie meiner Meinung nach den Ausbruch des kollektiven Schattens, den wir in diesem Jahrhundert schon erlebt haben und auch sicher noch weiter erleben werden, bis wir individuell damit umgehen können. Wenn dieser große Ausbruch der dunklen Kräfte nicht auf kollektiver Ebene geschehen soll, so muß er auf individueller Ebene geschehen, in jedem einzelnen von uns. Das verstehe ich unter der Jung'schen Vorstellung vom Kampf zwischen Gut und Böse. Es gibt noch eine ganze Reihe anderer prophetischer Texte, die ein ähnliches kollektives Ereignis zu beschreiben scheinen. Bekannt ist natürlich Nostradamus; auch Malachi ist ein sehr interessanter Prophet.

Malachi beschäftigte sich vor allem mit dem Schicksal der Kirche, die vor allem zu seiner Zeit, im zwölften Jahrhundert, die wichtigste Rolle spielte. Er will eine Vision der genauen Anzahl der Päpste gehabt haben; er zählt sie auf und ordnet jedem ein bestimmtes Bild oder Symbol zu; danach soll es in Rom keinen Papst mehr geben. Was er damit meint, ist nicht ganz klar. Es könnte das Ende der katholischen Kirche, aber auch ihre Verwandlung bedeuten. Auch in diesem Fall würde ich zu einer symbolischen Deutung greifen, auch wenn er in seinen Prophezeiungen so konkret und genau ist. Der Papst ist nicht nur eine reale Person, er ist auch der Stellvertreter Christi auf Erden, der Vermittler zwischen den Menschen und Gott. Zu Malachis Zeiten gab es keinen anderen Weg zu Gott. Wenn kein Vermittler mehr da ist, wie sollen dann die Menschen Gott begegnen? Wenn ein Mensch träumt, daß der Papst stirbt oder nicht mehr da ist, so würde ich dazu neigen, es als eine Entwicklung zu einer direkteren Erfahrung des Geistes zu deuten, als das Ende einer veräußerlichten Projektion spiritueller Autorität. Das sagt nichts über die reale Existenz eines Papstes aus.

Nostradamus scheint sich mit einem breiteren Spektrum als nur dem Papsttum beschäftigt zu haben. Seine Prophezeiungen haben die Menschen seit dem sechzehnten Jahrhundert verwirrt, da viele von ihnen äußerst vieldeutig sind. Ihm zufolge sieht es jedenfalls in den letzten Jahrzehnten des zwanzigsten Jahrhunderts recht düster aus. Obwohl sich bei ihm seine unleugbare Hellsichtigkeit mit astrologischem Wissen verband, konnte er nichts von der Konjunktion zwischen Uranus, Neptun und Saturn wissen, da Uranus und Neptun damals noch gar nicht entdeckt waren. Die Konjunktionen, die ihn beschäftigten, waren die zwischen Jupiter und Saturn und Mars und Saturn. Er glaubte, daß am Ende dieses Jahrhunderts eine Katastrophe großen Ausmaßes geschehen würde, der eine Art goldenes Zeitalter folgt. Auch bei ihm wimmelt es nur so von Bildern einer großen kollektiven Erschütterung. Der Zusammenbruch des Papsttums scheint Nostradamus ebenfalls beschäftigt zu haben, aber auch in diesem Fall würde ich das mehr symbolisch deuten.

Auch Dichter sind Propheten; eine der eindrucksvollsten Prophezeiungen, die ich gelesen habe, ist das Gedicht *The Second Coming* von William Butler Yeats. Yeats war sehr bewandert in Astrologie und beschäftigte sich speziell mit den astrologischen Zeitaltern. Das Gedicht beginnt natürlich mit einer Beschreibung des Zerfalls und des Umbruchs in der

Gesellschaft und der Ankunft eines *wilden Tieres* mit dem Kopf eines Menschen und dem Körper eines Löwen – Löwe und Wassermann, die beiden Pole des neuen Zeitalters. Dieses Gedicht ist keine Prophezeiung eines Zeitalters der Liebe und Brüderlichkeit, sondern des kollektiven Chaos und der Entstehung einer neuen religiösen Vision.

Es tut mir leid, wenn ich jemanden mit diesen Dingen beunruhigt habe, aber es ist vielleicht vernünftiger, die Dinge realistisch zu betrachten. Ich glaube, daß alles sehr einfach aussieht, wenn sich jemand nur mit Horoskopen und theosophischen Büchern beschäftigt. Aber wir alle sind nicht einfach, sondern außerordentlich komplex, und jeder, der nur etwas psychotherapeutische Erfahrung hat, wird wissen, daß man Wachstum nicht erzwingen kann. Die Psyche hat ihre eigenen Gesetze; zwischen dem, was wir sind und dem, was wir gerne wären, besteht eine große Diskrepanz. Ich bin nicht pessimistisch sondern nur realistisch. Das Problem der Liebe ist nicht durch idealistisches Denken zu lösen. Das wird sicher jedem von Ihnen einleuchten.

Vor ein paar Jahren hatte ich in Zusammenhang mit diesem Thema ein merkwürdiges Erlebnis. Ich hatte damals Gelegenheit, an einer Tagung teilzunehmen, bei der sich Fachleute auf dem Gebiet der Psychologie und des spirituellen und alternativen Heilens treffen sollten. Das Thema der Tagung war das Wassermann-Zeitalter. Zwei außergewöhnliche Redner kamen zu Wort. Ich möchte keine Namen nennen, aber manche von Ihnen werden den ersten der beiden wahrscheinlich erkennen, da er viel von sich reden gemacht hat. Er sprach von der Wiederkunft Christi. Mit beruhigender, warmer Stimme erzählte er uns davon, wie Christus mit seinen Jüngern wiederkehren würde. Er betrachtete es als ein ganz konkretes Ereignis, eine Wiederkehr der Geschehnisse vor zweitausend Jahren, so als sei das in unserer modernen Welt mit ihrer Technologie, ihrem Zynismus, ihrem Agnostizismus und ihrer Übersättigung mit Gurus und spirituellen Weisheiten möglich. Sicher war er ein sehr beeindruckender und charismatischer Sprecher, und ich hörte ihm zu, obwohl ich erst einmal vom ersten Erscheinen Christi überzeugt werden müßte.

Der zweite Sprecher berichtete uns von der Existenz außerirdischer Wesen, die sich in diesem Moment vorbereiteten, auf der Erde zu landen. Er war nicht im mindesten religiös im gewöhnlichen Sinne, sondern sprach mit beachtlichem technologischem Sachverstand über die Art der Raumschiffe und über die Methoden, mit denen diese außerirdischen Wesen mit bestimmten Menschen schon telepathischen Kontakt hergestellt hatten. Er betrachtete dieses große bevorstehende Ereignis ähnlich wie der erste Sprecher seine Vision der Wiederkunft Christi sah. Beide erwarteten, daß diese Ereignisse den Anbruch des Wassermann-Zeitalters ankündigen würden, und beide glaubten, daß daraufhin die spirituelle Erleuchtung der Menschen stattfände.

Mich faszinierte diese Gegenüberstellung. Beide Männer versuchten das gleiche zu beschreiben, aber sie benutzten völlig gegensätzliche Metaphern. Der eine beschrieb die bevorstehende Veränderung in strengen biblischen Begriffen, in Verbindung mit Wundern und anderen dazugehörigen Phänomenen. Der andere beschrieb sie in streng technologischen Begriffen, wissenschaftlich erklärbar und rational. Diese verschiedenen Metaphern stimmten zweifellos mit der unterschiedlichen Psyche der beiden Männer überein. Ich hatte den Eindruck, daß der eine in den Metaphern des Fische-Zeitalters und der andere in denen des Wassermann-Zeitalters sprach. Beide jedoch versuchten, eine Art innerer Vision zu artikulieren. Vielleicht drückten sie diese Vision sehr konkret aus. Ich neige dazu, es so zu betrachten, denn ein Ereignis nimmt nur solche kosmischen Ausmaße an, wenn gleichzeitig ein Mythos geboren wird. Deshalb interessiert mich die Geburt des christlichen Mythos am Beginn des Wassermann-Zeitalters viel mehr als die Geburt einer historischen Person namens Jesus. Wenn das antichristlich klingen sollte, so versichere ich Ihnen, es ist nicht so gemeint. Ich bin nur dagegen, die Dinge allzu wörtlich zu nehmen.

Doch das, was der eine Redner die Wiederkunft Christi nannte, ist eine Vorstellung, die sich immer weiter verbreitet. Viele Menschen gehen zu den Vorträgen dieses Mannes und unterstützen sein Unternehmen mit großen Geldsummen. Ich mache mich nicht über die Erwartung eines solchen Ereignisses lustig. Aber ich nehme an, daß es ein inneres und kein äußeres Ereignis ist, und ich möchte sogar so weit gehen, anzunehmen, daß es im Seelenleben einzelner schon eintritt. Dieser kleine

Funke eines wachsenden Verantwortungsgefühls und der Erkenntnis eines inneren und sehr geheimnisvollen Prozesses ist für mich ein Signal für die Wiederkunft Christi, aber nicht in einem Sinn, in dem ein bibelgläubiger Mensch es verstehen würde. Es ist ein so kleines und bescheidenes Etwas, dieses bißchen Bewußtsein. Man sieht es in der analytischen Arbeit, wenn man in langer, mühevoller Arbeit scheinbar banale weltliche und intime Einzelheiten aus dem Leben erforscht und wenn allmählich das Gefühl wächst, daß irgendwo im Inneren ein Ordnungsprinzip herrscht, ein Etwas, das das Leben schöpferisch formt. Ich hoffe, daß Ufos landen werden, denn das wäre sicher sehr aufregend, und es wäre ebenso faszinierend, wenn Jesus Christus wiederkäme; ich fürchte jedoch, man würde ihn ziemlich bald für schizophren erklären und in ein Irrenhaus sperren, weil er soviel Unruhe stiftet. Keine dieser Metaphern berührt mich jedoch sehr als Symbol für das, was kommen wird. Aber ich schaue gebannt auf den Entwicklungsprozeß, der in den einzelnen Individuen stattfinden wird.

FRAGE: Ich habe vor kurzem etwas über die hinduistische Idee des Kali Yuga und den Kreislauf von Schöpfung und Zerstörung gelesen. Diesen Vorstellungen nach gehen wir der Zerstörungsphase des kosmischen Prozesses entgegen.

LIZ GREENE: Ja, davon habe ich auch gehört. Ich glaube, daß das eine weitere große mythische Interpretation eines Symboles ist. Im Mittelalter stellte man sich die Weltgeschichte ähnlich vor; man dachte, es habe einst ein goldenes Zeitalter gegeben, und dann seien die Menschen schlecht und böse geworden; eines Tages werde alles durch Feuer oder Wasser zerstört, das goldene Zeitalter kehre wieder zurück. Die Vorstellung ist sehr alt, daß die Geschichte zyklisch verläuft, daß Gott ein- und ausatmet und sich die Schöpfung manifestiert und wieder zerstört wird. Auch diese Vorstellungen sehe ich als bildhafte Interpretationen eines grundlegenden psychischen Vorganges, der die Entwicklung des Bewußtseins beschreibt. Man kann das Bild vom goldenen Zeitalter sehr individuell auffassen, als eine archetypische Erfahrung der glücklichen Vereinigung mit der Muttergöttin im Mutterleib. Die Geburt ist wie ein Sündenfall, ein Eintritt in Dunkelheit, Bosheit und Sterblichkeit. Wenn sich das Ich entwickelt, wird es immer isolierter und einsamer, bis das Gefühl der Entfremdung fast unerträglich wird und spontan Phantasien über die glückliche Vergangenheit entstehen, die zur glücklichen Zukunft wird, in der man im Tod oder im Paradies mit der Quelle wieder eins wird. Das mag für manche von Ihnen schrecklich reduktiv und psychologisch klingen, aber an einer archetypischen Erfahrung ist nichts Reduktives. Ob wir von der Erfahrung der Seele in ihrem Bereich vor der Inkarnation sprechen oder von der Einheit des Unbewußten, von Mutter und Kind im Mutterleib – es handelt sich um eine numinose Erfahrung, die wir immer wiederzufinden versuchen. In gewissem Sinn ist diese Vertreibung aus dem Paradies, aus dem Unbewußten, auch historisch wahr. Es gibt eine Entfernung von der *participation mystique* und dem Unbewußten des Primitiven hin zu dem, was wir Zivilisation und die Entwicklung des bewußten Ich nennen. Die Anthropologie drückt den Mythos vom goldenen Zeitalter in Begriffen wie Entwicklung des individuellen und des Stammes-Bewußtseins aus. Das einzige Heilmittel für die zu große Verderbtheit ist ein Tod, ein Ende und dann eine Wiedergeburt. Ich glaube, man setzt das Unbewußte mit Unschuld gleich und das Bewußtsein mit Verderbtheit. In gewissem Sinn ist das prometheische Feuer das gleiche wie Adams Biß in den Apfel. Es ist eine Sünde gegen die Mutter Natur.

Das ist eines der Themen von Goethes Faust. Die große Sünde besteht darin, der Natur ins Handwerk zu pfuschen, denn sobald wir das tun und dem Unbewußten seinen Schatz rauben, um das Ich zu entwickeln, stehlen wir Gott etwas. Und Gott ist sehr eifersüchtig auf diesen Schatz. Hier haben wir auch das mythische Thema des Drachenkampfes, bei dem dem Drachen ein Schatz entrissen wird, den er bewacht. Das tut Sigfried in *Wagners Ring,* und ebenso tun es Hunderte von griechischen, teutonischen, keltischen und indischen Helden. Im Garten Eden ist Gott sehr eifersüchtig auf den Baum der Erkenntnis des Guten und Bösen und noch mehr auf den Lebensbaum. Die Früchte dieser Bäume würden den Menschen zu einem Gott machen, und Gott wehrt sich ebenso wie sich das Unbewußte wehrt, wenn man versucht, etwas ins Bewußtsein zu heben. Paradoxerweise unterstützt dieses selbe Unbewußte den Prozeß, ebenso wie Gott paradoxerweise Adam mit dem freien Willen geschaffen hat.

Der Sündenfall ist also ein Symbol der Verderbtheit und des Abstieges des Menschen oder auch des Aufstiegs ins Bewußtsein, je nachdem, wie man es betrachtet. Das einzige Mittel gegen eine wachsende Verderbtheit ist eine Art zyklischer Wiederkehr zur Quelle, eine Reinigung oder Taufe mit Wasser oder Feuer, durch die das Getrennte wieder vereinigt wird. Die Zerstörung der Schöpfung ist auch eine Erneuerung der Schöpfung, eine Rückkehr zu Vater oder Mutter.

BEMERKUNG: Der Mythos des Gartens Eden war ursprünglich sumerisch und die Schlange war kein Symbol des Bösen.

LIZ GREENE: Ja, das ist mir bekannt. Aber das kollektive Unbewußte veränderte die Erinnerung daran, und die Bedeutung, die der Mythos über viele Jahrhunderte hinweg hatte, ist meiner Meinung nach entscheidend. Da uns ein Gefühl der Schuld für die Entwicklung des menschlichen Bewußtseins angeboren scheint, schauen wir zurück und haben das Gefühl, gesündigt zu haben. Daß der Mythos nun verändert oder falsch verstanden wurde, ist zwar interessant, aber in gewissem Sinn irrelevant, da der im Westen für uns lebendige Mythos der von Adams Sündenfall ist. Vielleicht hatten die Sumerer nicht das Empfinden, durch ihr Bewußtsein schuldig geworden zu sein. Vielleicht waren sie aber auch, wie das für die alten Kulturen typisch ist, vom Unbewußten nicht weit entfernt und hatten deshalb ein sehr starkes Bewußtsein eines Verlustes und eines Sündenfalles. Ich glaube, daß dieses unbewußte archetypische Schuldgefühl einer der Gründe dafür ist, warum wir meinen, eine psychologische Beschäftigung mit seelischen Störungen und Krankheiten rechtfertigen zu müssen. Wir schauen nur wirklich nach innen, wenn wir dazu gezwungen sind, nicht, wenn wir allein sind. Jeder Abstieg in die unbewußte Psyche ist ein Verlust der Unschuld. Im Sinne der westlichen religiösen Tradition ist es eine schlimme Ketzerei, da man mit einem Mal entdeckt, daß auch die Götter selbst verdorben sind und sich verändern müssen. Die schlimmste Verderbtheit, deren sich die Alchimisten schuldig machten, ist die schockierende Erkenntnis, daß Gott noch nicht bewußt ist und vielleicht ein wenig Hilfe braucht. Aber anstatt dem ins Auge zu schauen, was das bedeutet, projizieren wir unsere Verderbtheit in die äußere Welt und sagen angesichts unseres Finanzsystems oder unserer Technologie: »Oh wie korrupt, schlecht und abscheulich!« Dann haben wir Jahrtausend-Visionen von einem Ende der Welt und einer Rückkehr zum goldenen Zeitalter, oder wir versuchen zur Natur zurückzugehen und unsere Unschuld wiederzugewinnen, indem wir Vollkornbrot essen, so wie Marie-Antoinette sich als Schäferin verkleidete und mit Lämmern und Ziegen in den Gärten von Versailles spielte, um ihrer eigenen Verderbtheit zu entrinnen und zum goldenen Zeitalter zurückzukehren.

Dieser Glaube, daß wir einst alle unschuldig waren und in Harmonie mit Gott und der Natur lebten, jetzt aber sündig geworden sind und unsere Seelen verloren haben, scheint eine tief verwurzelte kollektive Vorstellung in uns allen zu sein. Das Problem ist, wie wir zurückkehren können, ohne alles, was wir geschaffen haben, zu zerstören. Das Tarot beschreibt diesen Kreislauf der Unschuld, die in Verderbtheit übergeht und wieder zur Unschuld zurückkehrt, in sehr schöner Weise. Der Narr beginnt den Zyklus der Arkana-Karten. Er steht am Anfang – unschuldig und unbewußt. Er geht die verschiedenen Wege, die durch die anderen Trümpfe symbolisiert werden, durch Tod und Teufel und seine Erlösung im gehängten Mann. Am Ende des Kreislaufes sind wir wieder beim Narren, der auf seiner Karte keine Zahl hat, da er am Anfang und Ende der Reise steht.

FRAGE: Ist Unschuld etwas Unbewußtes oder etwas Instinktives?

LIZ GREENE: Das ist eine sehr schwierige Frage. Niemand scheint ganz genau zu wissen, was mit Instinkt gemeint ist. Sicherlich sind Instinkte unbewußt, in dem Sinn, daß sie nicht vom Ich *erfunden* sind, sondern in jedem lebenden Organismus, ja im Körper selbst, als lebenserhaltendes System existieren. In diesem Sinn sind die unschuldig. Die Idealvorstellung des *natürlichen* Menschen, die Gauguin und D. H. Lawrence so sehr faszinierte, ist eine Vision der göttlichen Unschuld der Instinkte. Eines der allgegenwärtigsten Symbole dieser göttlichen Unschuld ist das Bild des Kindes, des göttlichen Kindes. Das Kind lebt aus seiner Mitte heraus, aus seinem Selbst, aus seinen Instinkten, aber es repräsentiert auch die Möglichkeit eines erwachenden Bewußtseins. Wir projizieren diese innere

Erfahrung der göttlichen kindhaften Unschuld auf unsere eigenen Kinder, die vielleicht nicht im mindesten unschuldig sind und bestimmte angeborene Charakteranlagen in sich tragen, die sie zu Individuen machen. Aber wir stellen uns so gerne vor, daß ein Kind ein unbeschriebenes Blatt ist, weil wir diese Vision vom göttlichen Kind auf es projizieren. Kinder können schrecklich grausam und sehr gewalttätig sein, wie Melanie Klein es so eindrucksvoll beschreibt. Aber das göttliche Kind ist die Verkörperung der Unschuld, das, was existierte, bevor sich das Ich von den Instinkten und vom Unbewußten entfremdete.

BEMERKUNG: Der östlichen Lehre nach sind die Welt und ihre Verderbtheit nur Illusion und die Wirklichkeit ist der Zustand des Einsseins mit Gott.

LIZ GREENE: Nun, was könnte ich dagegen sagen? Zweifellos träumt die Seele in gewisser Weise, und was wir für das Leben halten ist in Wirklichkeit nur ein Traum. Das ist auch die hinduistische Idee von Kali Yuga. Brahma atmet ein, und das sichtbare Universum verschwindet. Brahma atmet aus, und das sichtbare Universum entsteht. Ich bin sicher, daß sich Brahma im Moment im Schlaf herumwälzt und einen Alptraum hat. Es steht mir wirklich nicht zu zu sagen, was Wahrheit und Wirklichkeit ist. Ich habe keine blasse Ahnung davon. Aber etwas, daß ich Ihnen während dieses Wochenendkurses nahebringen wollte, ist, daß das Ende der Welt ein archetypisches Motiv ist und einen inneren Prozeß beschreibt und daß es sehr hilfreich und nützlich für uns alle sein könnte, wenn wir lernen würden, ein Symbol von einer konkreten Weltuntergangsprognose zu unterscheiden. Der Jahrtausend-Mythos ist ein zyklischer Mythos; er hat die Tendenz in Zeiten großer Veränderungen in regelmäßigen Intervallen aus der kollektiven Psyche auszubrechen. Wenn wir uns nicht bemühen zu verstehen, was auf einer inneren Ebene in Erscheinung treten möchte, so zwingen wir den Mythos dazu, in seiner konkretesten Form wahr zu werden, und dann steht uns wirklich das Ende der Welt bevor, da wir die Technologie besitzen, es herbeizuführen. Offensichtlich geschieht mit uns allen etwas. Jeder nimmt es anders wahr, je nach seiner psychischen Konstitution, seinen eigenen Träumen, Wünschen, Visionen, Unsicherheiten, Ängsten, nach seiner Herkunft und seiner Ideologie. Ich glaube nicht an völlige Objektivität. Vielleicht können wir nicht mehr tun, als uns bewußt zu sein, wo das Individuum endet und wo das Kollektiv beginnt und das mythische Element in unserer Angst vor einer Katastrophe wahrzunehmen. Wir erleben eine Hochblüte des Mythischen, auch wenn ein Blick in das Fernsehprogramm daran zweifeln lassen mag. Aber der Anbruch eines neuen astrologischen Zeitalters läßt immer neue Mythen wuchern. Und Astrologen sind besonders anfällig für sie. Deshalb wäre es sehr vernünftig, sich daran zu erinnern, wenn Sie demnächst jemand verängstigt fragt, ob die Uranus-Neptun-Saturn-Konjunktion das Ende der Welt bedeutet. Die Art, wie wir diese Dinge wahrnehmen, reflektiert unsere individuelle Fähigkeit, uns mit den Veränderungen um uns und in uns auseinanderzusetzen. Blinder Fatalismus negativer Art oder blinder Fatalismus positiver Art sind Methoden, dem schwierigen und ambivalenten Platz in der Mitte auszuweichen, wo es noch eine Wahl gibt, wo die Wahl aber letztlich von der individuellen Verantwortung abhängt. Ich wünschte, ich hätte Antworten, aber ich fürchte, daß ich viel zu sehr damit beschäftigt bin, Antworten auf die Fragen meines eigenen Lebens zu suchen.

FRAGE: Können Sie Lektüre zu diesen Themen empfehlen?

LIZ GREENE: Ja. Zur Einführung wäre Norman Cohns *The Pursuit of the Millenium* geeignet. Er beschäftigt sich mit den chiliastischen Vorstellungen des Mittelalters, zieht aber auch Schlüsse für die Gegenwart. Er hat auch ein Buch namens *Europe's Inner Demons* geschrieben, das außerordentlich interessant ist. Es behandelt die Hexenjagden des sechzehnten und siebzehnten Jahrhunderts, aber auch hier zieht er wieder Parallelen zur Psychologie des zwanzigsten Jahrhunderts. Natürlich ist alles von Jung sehr wichtig, vor allem *Die Archetypen und das kollektive Unbewußte* (Band 9 der Gesammelten Werke, Teil 1) und *Aion* (Band 9, Teil 2). *Psychologie und Alchemie* (Band 12) ist ein wunderbares Buch. Wenn Sie sich für das Thema »Goldenes Zeitalter« interessieren, könnten Sie Harry Levin's Buch *The Myth of The Golden Age in The Renaissance* lesen. Im Augenblick könnte ich Ihnen keine anderen Titel nennen, ich glaube jedoch, daß jeder Astrologe, der die äußeren Planeten und die Kollektivpsyche verstehen möchte, sich mit Geschichte, Mythologie und Tiefenpsychologie beschäftigen sollte.

FRAGE: Könnten Sie eine kurze Deutung der Aspekte zwischen allen äußeren und inneren Planeten geben oder ist das zu langweilig für Sie?

LIZ GREENE: Das ist keine Frage von Langeweile, es ist nur nicht die Art, in der ich unterrichten möchte. Es wäre sehr schön, wenn Sie, da es Sie schon interessiert, ein *Rezeptbuch* von Interpretationen dieser Art verfassen könnten. Solche Bücher sind sehr nützlich für den Astrologiestudenten, und ich habe sie immer sehr wichtig gefunden.

Was ich jedoch hoffe, ist, daß Sie das Grundprinzip der Arbeit mit den äußeren Planeten verstanden haben und sich nun zu Hause ihre eigenen Gedanken dazu machen können. Ich möchte keine fertigen Interpretations-Rezepte zitieren und sie von Ihnen nachplappern lassen. Es wäre mir viel lieber zu sehen, daß sie, durch Grundgedanken an diesem Wochenende angeregt, sich bemühen, etwas in ihren eigenen Worten formulieren. Es wäre mir sehr unangenehm, wenn sie all das, was ich gesagt habe, aufgeschrieben und auswendig gelernt hätten. Schrecklich, wenn meine Worte aus Ihrem Mund kämen! Ich hoffe, daß ich Ihnen etwas vom Kern der Bedeutung der äußeren Planeten mitteilen konnte, damit Sie sich jetzt Ihre eigene Liste von Aspekten zusammenstellen können. Ich habe während des ganzen Wochenendes immer wieder davon gesprochen, wie wichtig es ist, herauszufinden, was die Dinge für einen selbst ganz individuell bedeuten. Wie wirken Ihrem Eindruck nach die äußeren Planeten in ihrem eigenen Horoskop? Was können Sie selbst kombinieren? – Ich hoffe, Sie verstehen, warum ich so nicht unterrichten kann. Aber wenn Sie ein Nachschlagewerk über die Aspekte der äußeren Planeten schreiben, so werde ich es kaufen, das verspreche ich Ihnen.

WEITERE TITEL KAILASH/IRISIANA IM HEINRICH HUGENDUBEL VERLAG

Liz Greene
SATURN
264 Seiten, Paperback

Saturn – der Pervertierer der Anlagen, die in Materie gepreßte Seele, der Hüter der Schwelle, der gefallene Engel Gottes!
Diese Attribute und noch andere, meist recht negative Qualitäten werden ihm, astrologischer Tradition entsprechend, zugeschrieben. Liz Greene untersucht, ob diese einseitige Beurteilung nicht den positiven Aspekt Saturns unterschlägt. Sicherlich, Saturn bedeutet immer eine Aufgabe, eine Lektion. Aber was passiert, wenn wir uns der Aufgabe stellen – ja sie vielleicht sogar willkommen heißen?!
Dann entpuppt sich der Teufel als Lehrmeister, der uns auf dem Pfad der Erkenntnis weiterbringt.
Dieses klar gegliederte Werk untersucht die Wirkung Saturns in jedem der 12 Häuser, in der Partnerschaft, sowie seine Aspekte zu anderen Planeten.

Stephen Arroyo
ASTROLOGIE, KARMA UND TRANSFORMATION
Die Chancen schwieriger Aspekte
330 Seiten

Klassische Astrologie beschäftigt sich mit Charakterfestlegung und Prognose. Im Gegensatz hierzu untersucht Arroyo die spannungsreichen Aspekte hinsichtlich ihres Potentials, destruktive Energien in Kreativität umzuwandeln. Dieses richtungsweisende Werk kann als Astrologiebuch, aber auch als Nachschlagewerk für Aspekte, Transite und die Planeten in den Häusern dienen.

Stephen Arroyo
ASTROLOGIE, PSYCHOLOGIE UND DIE 4 ELEMENTE
224 Seiten

Obwohl Astrologie die älteste Disziplin darstellt, die sich mit dem menschlichen Charakter und dem daraus resultierenden Schicksal beschäftigt, wurde sie bislang von der Schulpsychologie ignoriert. Dies ist unverständlich; denn Astrologie gibt dem hierin Kundigen ein hervorragendes Diagnosemittel zur Hand, mit dem er die tieferen Probleme des um Hilfe Suchenden sofort erkennen kann. Das Horoskop als Diagnose-Instrument ist in seiner Einfachheit wohl allen Tests überlegen und könnte in der therapeutischen Praxis viel Zeit ersparen. Insbesondere verdeutlicht der Autor, was die überragende Bedeutung der Astrologie ausmacht: Grundbausteine der Kräfte zu veranschaulichen, die das Leben auf unserem Planeten Erde formen. »Eine energetische Betrachtungsweise der Astrologie und ihre Anwendung in den psychotherapeutischen Verfahren« heißt der Untertitel der amerikanischen Ausgabe, und genau hierum geht es.

Dane Rudhyar
ASTROLOGIE DER PERSÖNLICHKEIT
442 Seiten

Mit »Astrologie der Persönlichkeit« wird deutschsprachigen Lesern zum ersten Mal die Möglichkeit gegeben, sich mit dem bedeutendsten Astrologen des englischen Sprachraums bekannt zu machen. Dieses Werk beinhaltet die Verdichtung langjähriger astrologischer Praxis, interdisziplinärer Studien und inspirierter Darstellungsweise des Psychologen, Komponisten und Philosophen-Schriftstellers D. Rudhyar. Besondere Beachtung verdienen die Kapitel über die Häuser und Zeichen mit ihren jeweiligen Gegenüberstellungen traditioneller und ganzheitlicher Betrachtungsweise – Kabbalistik und Astrologie – Progressionen und Transite – die Erläuterung der Symbole für jeden der 360 Tierkreisgrade.

Dane Rudhyar
DAS ASTROLOGISCHE HÄUSERSYSTEM
240 Seiten

Der Autor erkennt im Kreis der Häuser einen dynamischen Entwicklungsprozeß, den jedes Individuum durchlaufen muß, um ganz, um heil, um vollkommen zu werden. Die Häuser werden nicht, wie in der klassischen Astrologie, unabhängig voneinander gedeutet, sondern als Entwicklungsstadium gesehen. In jedem geht es um den Erwerb spezifischer Fähigkeiten und Talente, aber auch um Prüfungen, denen wir uns stellen müssen.

Dane Rudhyar
DIE ASTROLOGISCHEN ZEICHEN
Der Rhythmus des Zodiak
156 Seiten

Dieses grundlegende Werk Rudhyars enthält seine Interpretation der 12 Tierkreiszeichen. Hierbei legt der Autor vor allem auf die sinnhafte Verknüpfung und logische Abfolge der Zeichen Wert. Dane Rudhyar erkennt im Tierkreis eine evolutionäre Entwicklung. Jedes Zeichen baut auf die in den vorhergegangenen Zeichen bereits bewältigten Lernschritte auf. Somit werden die grundlegenden astrologischen Prinzipien erklärt, die den Tierkreiszeichen symbolische und persönliche Bedeutung verleihen.